그는
가고

나는
남아서

이 책은 한미약품(주)의 지원으로 제작되었습니다.

# 그는 가고 나는 남아서

김원석 · 남궁인 · 오흥권 외 지음

의사와 환자의 만남,
그 생생하고 애틋한 기록들

청년의사

CONTENTS

 **환자가 의사를 만든다**

 **아픈 이들에게도 삶이 있다**

## 5 그래도 희망은 있기에

# 1

# 환자가
# 의사를 만든다

"자, 우리 이제 다신 보지 말자. 이게 내가
해 줄 수 있는 제일 축복하는 말이야.
잘 살고 진짜 진짜 다신 보저 말자."

그 말이 기어코 그를 울리고 말았다.
머쓱했지만 나는 악수를 청했다.

・・・

# 악수

　나는 피부과 의사다. 20년도 전에 피부과를 시작해서 계속 대학병원 근무만 했고 어느덧 지천명의 나이다. 피부과는 생명이 위험한 환자를 보거나 몇 시간씩 걸리는 대수술을 할 일이 거의 없다. 그래서 꽤 오래 대학병원에서 근무하였지만 소위 누군가에게 침을 튀기며 말하거나 듣는 이들의 눈이 똥그래질만한 그런 무용담은 없다.

　내 이야기는 생각하면 약간은 웃음도 나지만 어찌 보면 지긋지긋한 기억이기도 하다. 제목처럼 '찐한 악수'를 마지막으로 헤어진 그 청년을 떠올렸던 건, 최근 교수 승진을 앞두고 지금까지 썼던 논문 목록을 정리하면서였다. 〈Treatment of recalcitrant wart using(치료가 힘든 사마귀의 치료 경험)……〉이란 제목의 오래된 논문에 실린 흉측한(?) 손바닥 사진이 그 시절 나와 그의 이야기를 말해 주었다.

15년 전의 일이다. 두 손바닥 전체에 커다란 뿔들이 주렁주렁 달린 청년이 내 진료실로 들어왔다. 그는 대학생이었고 20대 초반이었다. 초진 환자에게 의례적으로 하는 "어디 때문에 오셨냐"는 말은 금방 뒷말을 찾지 못하고 끊어졌다.

중세시대라면, 그는 아마도 마귀나 악마로 몰렸을지 모른다. 양 손바닥을 둘러싼 크고 두꺼운 뿔 같은 덩어리들은 주먹을 쥐지도, 글씨를 제대로 쓸 수도 없게 만들었다. 그는 벌써 몇 년째 이 병원 저 병원을 돌아다니며 치료를 받았지만 효과는 없고 점점 커지기만 했다고 말했다. 그는 내가 할 말을 이미 다 알고 있다는 표정을 지었다. 여러 병원을 전전하게 하는 이상한 병에 걸린 사람들은 처음엔 "왜 내게 이런 일이" 같은 분노를 거친 뒤 결국 체념하는 상태에 이른다. 그는 체념의 단계가 분명했다.

"사마귀 같아 보이지만 이렇게 심할 수는 없을 겁니다. 조직 검사부터 해 보고 치료합시다. 혹시 암이나 유전 돌연변이일지도 모릅니다"라는 나의 말에 "그러죠. 다른 병원에서도 그랬어요"라고 힘없이 답했다. 그는 많이 지쳐 보였다.

조직 검사 결과는 그냥 사마귀였다. 이 바이러스 덩어리는 사람 피부에 기생충처럼 달라붙어 성장한다. 냉동치료로 얼려 죽여도, 레이저 치료로 불태워 죽여도 다시 부활해서 자라는 억척스러운 질환이다.

작은 사마귀 하나도 치료가 힘든데, 손바닥 전체를 다 점령한 사마귀 치료는 막막했고 그래서 내 첫 번째 선택은 회피였다. 손바닥을 다 도려내거나 딴 살을 떼서 이식을 하는 게 가능할 리 없었지만 난 그를 정형외과로 보내 버렸다. 폭탄 돌리기일 뿐이라 생각하면서도 그땐 그냥 피하고 싶었다. 아니, 솔직히 환자가 그러다 지쳐 딴 병원으로 가 버렸으면 했다.

딱 1주일 만에 정형외과 질환이 아니라는 짧은 답변을 가지고 그는 돌아왔다. 초점 없이 나를 바라보는 그에게 내가 뭐라도 해 보자는 심정으로 던진 말로 앞으로 벌어질 2년여의 사투가 시작되었다.

"레이저로 하나씩 잘라 내 봅시다."

치료는 2~3주마다 반복됐다. 2시간의 연고마취와 손바닥 전체에 수십 번의 국소마취주사를 놓으면, 레이저 치료가 1시간 이상 진행되었다. 고통 없이 치료를 진행하고자 전신마취를 의뢰해 보았지만 사마귀 바이러스로 수술장을 오염시킬 수 없다는 마취과의 거부만 돌아왔고, 달리 다른 선택이 없었다. 고통스럽고 효율적이지 못한 국소마취, 살타는 역겨운 냄새를 만드는 레이저 치료, 그리고 고통으로 절규하는 환자의 비명이 반복되었다. 피부과는 그럴 때는 치료실이 아닌 고문장에 가까웠다.

정상적인 손에 대한 그의 열망이 통증을 이겼는지 그는 두말없이 때가 되면 치료하러 왔지만 먼저 지친 것은 나였다. 솔직히 누가 봐도 효과가 너무 없었다. 1년을 치료했는데 고작 10% 정도나 없어졌을까? 미친 듯이 태워 놓고 다음에 보면 상처가 아물면서 사마귀들의 뿔은 다시 우뚝 솟았다.

하루는 식은땀을 흘리며 고통을 참던 그가 말을 걸어왔다.

"좋아지고 있는 겁니까?"

이제 제발 포기하면 안 되겠냐는 말이 나의 입안을 맴돌았지만, 점점 나아지고 있다는 뻔한 대답을 했다. 그는 "어쨌건 참 고맙습니다. 여태껏 포기하란 말을 하지 않고 계속 치료하자는 의사는 선생님이 처음입니다"라고 했다. 그 말이 고맙지 않고 괜히 화만 났던 나는 화제를 돌렸다.

"손이 나으면 제일 하고 싶은 게 뭔가?"라는 질문에 잠시 생각하던 그가 답했다.

"당구요. 제가 예전엔 친구들 중에 젤 당구를 잘했는데, 지금은 큐를 고정하지도 못해요. 당구장에 가고 싶어요."

"오, 그렇지! 당구장……. 우리 다 나으면 당구장 같이 가 볼까? 가서 짜장면도 시켜 먹으면 좋겠다. 짜장면 하면 당구장 짜장면이지……."

잠깐 동안 어색했지만 웃음이 오갔다. 어쨌든 치료를 했던 그 긴 시간 동안 처음으로 같이 웃었던 거 같다. 나는 또 물었다.

"그럼 손 때문에 제일 불편한 건 뭐야?"

생각하던 그의 대답은 짧았다.

"악수요."

악수는 인간의 오랜 습관이고 만국 공용어다. 먼 인류의 조상 때부터 나는 아무 무기를 숨기지 않았고 당신을 공격할 뜻이 없다, 나는 당신을 존중하며 친구로 생각한다는 표시였다. 악수는 맨손을 붙잡으며 하는 짧지만 경건한 의식이다. 그에게 악수는 그가 하지 못하는 게 아니라 다른 이들이 해 주지 않는 것이라 더욱 서글픈 일일 것이다. 다시 우리는 웃음을 잃었다.

반복된 치료는 1년 이상 계속되었다. 그동안 두 번쯤 더 손 수술 전문인 정형외과 친구에게 수술을 부탁해 보았고, 암 치료가 전문인 방사선 종양학과에도 의뢰를 했다. 물론 어쩌라고 우리 과로 보내려 하냐는 핀잔밖엔 얻은 게 없었다.

회피를 꿈꾸는 한편, 그 시절 나는 업무가 끝나면 습관처럼 인터넷을 검색했다. 당연히 검색어는 사마귀다. 뭐라도 건질 게 없나 목말라하는 내 눈에 짧은 연구논문이 보였다. 〈건선약을 이용한 사마귀의 치료〉라는, 피부를 빨리 벗겨 주는 건선약을 사마귀 치료에도 쓸 수 있다는 연구였다. 당연히 국내에는 아무런 연구보고가 없었지만 나는 하늘에서 내려온 동아줄을 본 거 같았다. 당장 시도를 했고, 우리는 희망에 불탔다. 건선약은 부작용이 꽤 있다. 특히 입술과 피부가 튼 것처럼 갈라지고 껍질이 벗겨지는 부작용이 있다.

약을 받아간 지 4주 만에 그가 다시 방문했다. 입술이 다 터져 피가 나고 얼굴은 각질에 뒤덮여 노숙자 같은 모습으로 들어섰지만, 그는 웃고 있었다. 성공을 직감했다. 그 지겨운 사마귀들이 반으로 줄어 있었다. 부력의 법칙을 깨닫고 벌거벗은 채 목욕탕을 뛰쳐나와 "유레카"를 외친 아르키메데스의 기분이 이랬을까? 처음으로 우리는 '완치'란 단어를 입에 올렸다.

약과 레이저를 병행하자 사마귀는 급격히 치료가 되었고, 치료가 잘 되면서 그가 오는 빈도가 점차 줄었다. 2~3달에 한 번 정도 경과 관찰만 하러 왔고, 가끔 다시 재발되는 것도 크기가 작아서 치료하면 바로 없어졌다.

그즈음 나에게도 일신의 변화가 왔다. 전공의 시절부터 10년 넘게 지내온 병원을 떠나, 지금 있는 병원으로 갑자기 옮겨야 했다. 외래를 다른 교수들에게 넘기고 단골 환자들이 올 때마다 마지막 인사 나누느라 바빴던 때, 그가 갑자기 방문했다. 외래 일정도 없었는데 내가 다른 데로 간다는 말을 듣고 왔다고 했다.

"선생님, 다른 데로 가시면 전 어떡합니까? 제 치료는요?"

나는 말했다.

"참나, 다 나았는데 뭘 어떡해, 그냥 잘 살면 되지. 혹시 조그만 게 다시 생기면 어느 피부과 의사든 빨리 찾아가서 치료하면 되는 거잖아. 이젠 별로 해 줄 게 없어."

아무 대화 없이 잠시 시간이 흘렀다. 그는 눈시울을 붉히며 고개를 떨구고 있었다. 나도 감정이 복받쳐 왔다. 2년 이상의 치료 동안, 사적인 대화나 서로를 알기 위한 교감의 시간이 있었던 거 같진 않다. 친하기엔 나이 차도 나고 서로 치료에 지쳐 지긋지긋했던 사이였는데……. 뭐랄까? 표류하는 배에서 살기 위해 사투를 벌였던 사람들 간에 느끼는 감정이 이런 걸까 싶었다. 고맙거나 감사한 것보단 그냥 포기하지 않았던 서로에 대한 대견함, 그런 감정 말이다.

눈물이 날 거 같아 서둘러 다른 말을 했다.

"자, 우리 이제 다신 보지 말자. 이게 내가 해 줄 수 있는 제일 축복 주는 말이다. 잘 살고 진짜 진짜 다신 보지 말자."

그 말이 기어코 그를 울리고 말았다. 머쓱했지만 나는 악수를 청했다.

"마지막이니까, 악수하고 헤어져야지. 쿨하게."

나의 쭉 뻗은 손을 보고 움칫하며 그는 손을 내밀지 못했지만, 난 그의 손을 세게 움켜쥐었다. 없어진 사마귀 부위에 남은 흉터로 손은 거칠고 따갑기까지 했다. 하지만 상관없었다. 그와의 악수는 내가 당신을 존중하고 친구로 생각한다는, 악수의 진정하고 오랜 의미가 담겨 있었다.

다시는 보지 말자는 내 부탁을 어기고, 옮긴 병원으로 그가 한 번 찾아왔었다. 맛이라곤 하나도 없는 빵 같은 걸 사 왔는데 당구를 쳐서 친구들한테 딴 돈으로 샀다고 했다. 그게 사실은 진짜 마지막이었다.


요즘도 심한 사마귀를 가지고 찾아와서는 이렇게 심한 것도 치료가 가능하냐고 묻는 환자들이 종종 있다. 어김없이 그와의 기억들이 떠오른다.

그리고 내 대답은 한결같다.

"하나도 안 심한데요……."

제16회 대상 수상작이다. 글쓴이 김원석은 성균관의대 강북삼성병원 피부과 교수로, 수상 소감에서 "이 글은 그냥 있었던 일을 회상하며 편하게 적어 내렸다. 쓰는 내내 참 행복했다. 그땐 많이 찌든 삶을 살았고, 높지 않은 지위와 미래에 대한 걱정으로 불안했고, 치료에 대한 내 자신의 믿음도 약했다. 하지만 아무 생각 없이 환자에게 뭔가 더 해 주고 싶었다. 때론 진짜 뭔가를 해 줬고, 한편으론 상처로 남기도 했다. 결과는 분류가 되어 남았지만, 소소한 열정의 기억들은 행복이란 한 바구니에 담겨졌다"고 말했다.

* * *

# 거즈 유감

내 얼굴은 하얗게 질렸을 것이다. 거울을 당장 볼 순 없으니 확실치는 않지만, 아마 내 안색을 살핀 누구라도 평소 웬만한 일에는 잘 놀라지 않는 내가 사색이 된 진풍경을 볼 수 있었을 것이다. 생리 현상 탓에 다급히 뛰어들어간 화장실에서 마침 비어 있던 한 칸에 느긋하게 앉아 즐기는 사색思索이 아니라, 모든 칸이 꽉 차 있을 때 절망과 함께 찾아오는 바로 그 사색死色 말이다.

외래에서 조금 전 촬영한 복부 엑스레이 사진을 설명하려고 환자와 그 남편에게 모니터를 보여주면서, 나는 10여 년의 의사 생활 중 가장 기억에 남는 순간을 맞이했다. 동시에 이보다 더한 일들을 앞으로 남은 내 의사 생활 중에 만나지 않기를 간절히 염원했다. 수술 후 구토와 간헐적인 복통이 있어서 나를 다시 찾아온 환자의 엑스레이를 화면에 띄우자마자, 하복부 근처에 하얀색 띠가 보였기 때문이다. 그것은…….

나는 어떤 절대자가 정해 주는 길을 수동적으로 받아들이며 자기 의지와 상관없이 살아 내야 한다는 식의 운명론은 믿지 않지만, 인연이라는 것에는 어느 정도 운명적인 부분이 존재하는 것 같다. 환자와의 인연 역시 내가 개입해서 어찌할 수 있는 노릇이 아니어서, 5개월 전 그 날 당직이 하필 나였고, 우리 병원 환자의 대다수가 서울 동부 지역에 거주하는데 반해 수원에 사는 환자가 4년 전 수술을 받았던 병원에 다시 갔더니 우연히 그 날 수술실 사정이 여의치 않아서 우리 병원을 찾아온 것 모두, 내 의사와 전혀 무관한 일이었다.

물론 외과 의사와 환자의 인연은 깔끔한 수술과 좋은 경과로 인해 선연이 될 수도 있고, 그와 반대로 악연이 될 수도 있다. 하지만 삶의 양태가 그리 간단치는 않은 법이어서 임상 경과와 환자와의 관계rapport가 반드시 비례하지 않는 경우도 많다. 좋은 경과를 보이지만 까다롭고 예민한 성격으로 입원 기간 내내 '얼른 퇴원시키고, 외래에서도 한 번만 보고 다시는 안 봤으면' 싶었을 정도로 나쁜 기억이 있는가 하면, 장 천공에 의한 범발성 복막염 및 패혈증으로 수술한 80대 노인 환자가 결국 이겨 내지 못하고 돌아가셨음에도 가족들이 도리어 내 손을 잡고 최선을 다한 데에 고마움을 표시하셨던 일도 있다.

사실 인턴 시절부터 지금에 이르기까지 환자와의 관계가 좋지 않았던 기억은 거의 없다. 워낙 이야기 주고받기를 좋아하는 성격이라 환자들과 시시콜콜한 삶의 이야기를 나누곤 했으니까. 개복 수술을 받고 통증 때문에 잘 일어나지도 못하시면서 당신 손자가 명문대에 입학했다는 자랑만큼은 쉬지 않으셨던 어떤 할머니가 기억나고, 한 중년 아주머니는 수술 전날 설명하고 동의서를 받는데 하도 긴장하셔서 함께 손을 잡고 기도해 드렸더니 기도 후에 "실은 우리 남편이 목사님이요" 하고 멋쩍게 웃으셨던 일도 생각난다.

전공의 시절 모교 병원에서는 '이달의 친절 직원'을 직종별로 몇 명씩 선정했었다. 환자들과 마주칠 일이 상대적으로 적은 사무직은 어떤 방식으로 정하는지 모르지만 교수, 전공의, 간호사 등 의료진들은 환자들이 직접 QI실에 찾아가서 몇 줄의 사유를 적는 수고를 감내해야만 선정에 반영이 되었다. 나는 4년 내내 숱하게 '이달의 친절 직원'에 이름을 올렸고, 매년 상위 몇 명씩을 선발해 싱가포르 유명 병원들을 견학시켜 주는 제도의 혜택도 받았다. 물론 선정되는 달마다 소정의 문화상품권이 지급되었다는 사실도 한결같은 미소를 유지할 수 있는 원동력에 기여한 바가 없진 않았다는 고백을 빠뜨리면 안 되겠다.

이 환자와의 관계 역시 매우 좋았다. 환자는 4년 전 다른 병원에서 충수염이 터져 생긴 복막염 탓에 장을 자르고 이어 붙였고, 5개월 전 그 부위가 알 수 없는 이유로 터져서 내가 추가로 장을 절제했던 터였다. 이후 음식도 잘 드시고 별다른 합병증이 없는 채로 잘 퇴원하셨고, 외래에서 한 번 상태를 확인한 후 치료를 종결하였다.

하지만 지금, 내 외래 진료실 모니터를 세 사람이 함께 바라보던 그 순간, 내 머릿속에는 이제 이 환자와의 rapport는 끝이라는 생각이 몰려왔다. 이와 동시에 사람이 죽기 직전에 지난 세월이 주마등처럼 지나간다는 표현을 하는데, 완전히 같을 수는 없겠지만 그 찰나의 시간 동안 정말로 많은 생각들이 스쳐 지나갔다.

아, 학생 6년, 인턴과 레지던트 5년, 군대 3년, 펠로우 2년, 총 16년을 거쳐 교수 생활을 한 지 이제 2년째인데. 평생에 한 번 겪을 일이라면 조금 나중에 겪을 것이지. 언론에 나올지도 모른다. 주요 일간지에서 인터뷰를 요청하면 어떡하지? 해임당하기 전에 사직하는 것이 병원에 누를 끼치지 않는 현명한 결정인가? 환자와 가족들이 소송을 걸면 어떻게 할까? 이럴 때를 대비해서 판사나 검사 친구를 뒀어야 하는 거였나. 평생 재판정은 커녕 경찰서에도 가 본 일이 없는데.

이 일이 모든 외과 의사가 평생에 한 번은 겪을 수 있는 일이라곤 하지만, 사실 대부분의 의사는 남의 일이라고만 여긴다. 아니, 나의 일이 아니기를 바라는 것일 수도 있다. 그런데 이 일이 지금 나에게 일어났다.

"정말 죄송합니다."

몇 초의 짧은 시간 동안 참 많은 생각들이 흘러들어 왔지만, 나는 무언가를 말해야 했다. 나와 모니터를 번갈아 가며 주시하는 네 개의 눈 앞에서 검사 결과를 설명해 줘야만 했다. 심장이 쿵쾅쿵쾅 뛰고 목 뒤로 땀 몇 방울이 흘러내렸지만, 이성은 모든 생각들을 떨쳐내고 지금 이 환자의 상황과 해결책에 집중하라는 지시를 내게 내렸다. 그래, 지금의 상념들은 나중으로 미뤄도 된다. 무엇이 잘못됐나 궁금해 마지않는 환자와 그 남편의 면전에서 고민할 일이 아니다. 그리고 내가 내린 결론은 단호한, 그리고 진심을 가득 담은 사과였다.

"배 속에 수술용 거즈가 들어 있는 것 같습니다."

"네?"

"혹시 제게 수술받으신 이후 다른 곳에서 배 수술을 또 받으신 적이 있으신가요?"

"아니요. 그간 건강히 잘 지내다가 최근에 좀 아랫배가 불편했고, 이틀간 계속 토해서 온 거예요."

"그렇다면 제 수술 당시 사용했던 거즈일 가능성이 큽니다. 경위를 조사해서 알려드리겠지만, 우선 그 수술의 책임자로서 진심으로 사과드립니다. 오늘 바로 입원하시고 제거 수술을 진행하시지요."

이렇게 말하면서 나는 너무나도 뒤로 물러나 앉고 싶었다. 적어도 날아올지 모를 주먹이나 흉기의 사정거리에서 약간의 안전거리라도 확보하고 싶었던 게다. 멱살 잡히기 좋은 넥타이를 오늘 안 메고 온 것을 다행이라 생각했고, 혹시 남편이 주먹을 날리면 맞아야 하나 피해야 하나 잠시 고민했다. 폭력, 성, 기타 범죄 예방을 위해 반드시 필요한 CCTV 설치가 왜 진료실에는 아직도 금지되어 있단 말인가! 이럴 줄 알았으면 엑스레이를 먼저 확인하고 보안요원들을 미리 불러 놓았으면 좋았을 것을. 하지만 물러나 앉을 순 없었다. 사소한 행동이 오해를 불러일으켜 행여 사과의 진정성을 희석시키지는 않을까 싶어서였다.

의과대학 교과서에 나와 있지는 않지만 학생 실습 때, 그리고 인턴, 레지던트 과정에서 어깨너머로 체득하게 되는 일종의 잠언들 가운데 '절대로 환자나 보호자에게 사과하지 마라'는 내용이 있다. 진료 과정에서 의학적인 실수나 사고가 없었더라도 일정 부분 합병증이나 후유증이 발생할 수 있는 게 의료의 특성이다. 그러한 일을 당한 환자의 고통과 불편에 대해 공감하고 유감을 표하고자 '미안하다', '죄송하다'는 말을 하면 의료진의 의도와 달리 환자와 가족들은 의료진이 무언가 잘못했고 실수했음을 인정하는 것으로 받아들이는 경우가 많다는 이유에서였다. 그래서 만약 법정에까지 가게 될 경우, 의료진은 단지 인간적인 미안함을 표현했을 뿐인데, 환자 측에서는 이미 의료진이 잘못을 인정하지 않았느냐는 취지의 주장을 한다는 것이었다. 그래서 정 미안하면 '안타까운 일이다'라든지, 혹은 '유감이다'라고 에둘러 표현하는 것이 좋다고 한다.

그러니 나는 배운 것과 정반대의 행동을 한 셈이 됐다. 하지만, 내 배 속에 의료진의 실수로 수술 도구가 들어 있다면? 환자의 입장에 서자 분노가 치밀었고, 그래서 너무나 미안했다.

나 역시도 보호자의 입장이었던 적이 있다. 모교 병원에 둘째 아이가 입원해서 병실을 지키고 있을 때 주사약 0.1mg을 0.01mg으로 잘못 가져온 간호사나, 인공호흡기 연결을 위해 기도에 해야 하는 삽관을 식도에 해 버린 소아과 전공의를 보며 (진료 과정에 대한 지식이 있는 의사인 보호자는 까다로운 경우가 많기에 그러지 않으려고 애썼음에도) 화를 꾹꾹 눌러댄 적이 있었다. 비록 개인적인 경험이 역지사지를 배우고 공감 능력을 향상시키는 귀한 기회가 되긴 했지만, 의사라는 업을 행할 때 공감이란 어떤 시험 성적보다도 중요한 요소임을 더욱 믿게 되었다.

아무튼 사과로 끝날 일은 아니었다. 사과는 이 사건의 출발점이지, 종결은 아니었다. 마지막에 할 말이 아니라 시작부터 할 말이고, 해결 과정 내내 가져야 할 마음가짐이었다. 앞으로 최선을 다해 이 문제를 해결하는 것이 당면 과제이지만, 나는 그 출발이 올바른 사과에서부터라고 확신했다.

수술은 무사히 끝났고, 거즈는 잘 제거되었다. 하지만 나와 환자와의 관계는 깨어지지 않았고, 법정 다툼 역시 없었다. 수술 후 퇴원이 가까워 올 무렵 환자의 남편이 조심스레 물었다.

"저, 혹시 병원 측에 이 건에 대해 문제를 제기하면 교수님께 해가 되진 않을까요?"

그렇게 되면 나는 이런저런 회의에 불려 다니고 징계를 받을지도 모르지. 거액을 주고 합의해야 할 수도 있고. 병원이 내게 구상권을 청구하려나? 그러나 나는 그 남편에게 내 걱정 말고 가족들의 결정대로 하시도록 권유했다. 의료진과 환자 누구에게나 사고임이 틀림없는, 누구나 겪을 수 있는 이러한 일은 (당연히 예방이 최선이지만) 이미 발생한 사건을 타산지석 삼아 재발 방지를 위해 논의하고, 또 교육하는 것이 유익하기 때문이다. 연구에 따르면 gossypiboma 혹은 textiloma라고도 하는, 수술 거즈나

19

스펀지 등이 수술 부위에 남겨지는 경우는 약 5천 명당 1명 정도의 확률로 발생하며, 발생한 사건 중 70% 정도는 수술을 마치고 봉합하기 전 거즈의 개수를 세어 일치도를 확인한 경우라고 한다. 즉, 분명히 올바르게 세었다고 생각했는데도 오류의 여지가 있다는 점을 관련자들이 겸허히 받아들이고 안전에 만전을 기해야 하는 일이다. 어느 병원에서라도 발생 가능한 일이 일어났다면 쉬쉬하며 덮는 것보다 창피하더라도 드러내는 것이 내가 속한 병원의 질적 향상을 위한 일인 것이다.

완치된 후 퇴원한 환자는, 다시 외래로 찾아왔다. 종이 쇼핑백에 무언가 먹을거리를 잔뜩 들고 (물론 김영란법 시행 전의 일이고, 이미 치료가 끝났으니 대가성도 없기에) 웃으며 문을 여는 환자를 보고서야 나는 안도할 수 있었고, 수술 후에 촬영한 복부 엑스레이를 보며 한 마디를 건넬 수 있었다.

"이번에는…… 아무것도 안 보이네요."

제17회 장려상 수상작이다. 글쓴이 김창우는 강동경희대병원 외과 교수로, 수상 소감에서 "외과 의사는 반드시 피하고 싶은 상황을 만나곤 한다. 이번에는 그중 하나를 골라 당시의 섬뜩했던 심정을 글로 풀어 보았다. 미안하다는 말, 그 말 한마디를 먼저 꺼내 진심 어린 마음을 표시하고, 환자와 가족들의 입장에 서 보는 것이 귀한 경험이라는 걸 함께 나누고 싶었다"고 말했다.

···

# 마음 읽어 가기

영상 판독을 영어로 'reading'이라고 한다. 환자의 영상 검사 사진을 '해석'한다는 뜻이다. 나는 어떻게 아프게 되었는지 직접 이야기 들은 적도 없는 환자의 사진을 보고 판독하면서 가끔 생각하곤 한다. 차트에 쓰여 있는 몇 줄을 보고 아픈 사람에 대해 판단을 하는 게 옳은 진료일까? 나는 사진의 패턴을 기계적으로 읽고 있는 건 아닐까? 환자를 생각하고 읽어야 하는데……

영상의학과 의사는 환자에게 질병이 있는지 없는지, 즉 누군가의 낮과 밤을 구분해 주는 시계와 같은 역할을 한다. 그리니치 천문대처럼 표준시라도 있으면 좋으련만 판독을 하면서 느끼는 소회는 해와 달을 보고 어림잡는 일도 심심치 않게 있다는 것이다.

환자의 시간은 밤을 향해 달려가는데, 나는 미로에 갇혀 있을 때가 있다. 치료 방침의 결정에 중요한 변수가 되는 판독을 하면서 깊은 고민에 빠질 때다. 판독에 따라 중요 장기를 절제하거나 수술 범위가 달라질 환자를 생각하면 고민을 하지 않을 수 없다. 물론 번뇌에 빠지지 않는 쉬운 길도 있다. 교과서적으로 적립된 확률적인 판독을 하면 된다.

그러나 나에게는 뭔가 석연찮은 기분이 들면 그냥 넘어가지 못하는 고질병이 있다. 이러한 병을 나에게 안겨 준 사람은 한 아이의 어머니였다. 쉬운 길을 아무 생각 없이 걷던 나에게, 사진이 아닌 환자를 읽으라고 말해 준 어머니.

5년 전 전공의 시절, 생후 4개월 된 민성이를 어린이 병원에서 처음 알게 되었다. 부산에 있는 큰 병원에서 우측 콩팥에 '윌름종양'이라는 악성 종양을 진단받고, 콩팥을 떼어 내야 한다는 말을 들었던 아이. 민성이 어머니가 그렇게는 못 하겠다고, 다시 검사받겠다고 해서 내가 있는 어린이 병원으로 오게 된 것이었다.

당시 민성이의 CT와 MRI 사진을 교수님과 함께 보았지만 교수님은 별다른 이견이 없다는 결론을 내리셨다. 그런데 이상하게도 나는 콩팥 종양의 석회화 부분이 마음에 걸렸다. 뭔가 찝찝한 기분이 들었지만 그냥 기분이 그러려니 하며 넘어갔다.

그런데 무슨 인연인지 수술을 앞둔 민성이와 민성이 어머니를 병원 복도에서 우연히 보았다. 자신에게 앞으로 무슨 일이 생길지 모르는 천진난만한 아이의 모습과 대비된 어머니의 표정이 말하고 있었다.

'차라리 내 콩팥을 떼어 가오.'

어머니의 마음이 말하지 않아도 느껴졌다. 아이의 앞날을 걱정하는 그 마음이. 민성이 어머니는 일에 쫓겨서 뭔가 석연찮은 마음을 그냥 넘겼던 나에게 뭉클함을 느끼게 해 주었다.

민성이 어머니를 보고 나니 갑자기 어릴 적 기억이 떠올랐다. 나는 어렸을 때 급성간염으로 한 달 동안 병원 생활을 했었다. 평소 갖고 싶던 것들을 어른들이 다 사 주고, 관심도 많이 가져 줘서 혼자 신이 났던 기억이 있다. 민성이도 지금 그런 기분일까? 그런데 우리 어머니는 날이 갈수록 수척해지셨다. 그때 어머니 심정을 이제야 알 것 같다.

민성이 어머니는 지푸라기라도 잡는 심정으로 여기까지 온 것인데, 너무 빨리 포기한 건 아닌지 생각해 보았다. 바쁘다는 핑계로 뭔가 찜찜했던 기분을 그냥 지나친 나 자신도 다시 한번 돌아보게 되었다. 내가 선생님 소리를 들을 자격이 있는지를. 환자에게 정성을 보여야겠다는 생각이 부끄럽지만 그제야 들었다.

한 번도 그런 적이 없었지만 그 길로 교수님을 다시 찾아갔고 우리는 다른 가능성을 논의해 보았다. 찾다 보니 전 세계에서 15건의 증례 보고만 있는, 아주 희귀한 어린아이 콩팥 양성종양인 '신장골화성섬유종'을 알게 되었다. 교수님께서는 교과서에 제대로 정리된 영상소견이 없어서 진단하기 어렵고 가능성이 희박하다고 하셨다. 나는 조금 더 연구를 해 보겠다고 했다. 양성종양이면 콩팥 내부의 종양만 적출하면 되기 때문에 콩팥을 보존해서 아이가 정상인으로 살아갈 수 있기 때문이었다.

민성이가 정상인으로 살아가길 내심 기대하며 퇴근하고 집에서 자료를 찾아보기 시작했다. 그런데 실망스러운 것은 교수님 말씀대로 전 세계적으로 워낙 드문 질환이다 보니 확실한 영상소견을 정리해 놓은 자료가 없었다는 것이다. 그래서 찾을 수 있는 자료는 전부 다 출력을 해서 15건의 증례 보고 사진들을 하나하나 비교해 보았다. 천천히 보다 보니 신장골화성섬유종은 윌름종양과는 콩팥 내부에서의 위치와, 종양 내부의 석회화에서 패턴의 차이가 있다는 것을 알게 되었다.

하지만 교과서적으로 정립되지 않은 소견이었기 때문에 이걸 이야기를 해야 하는지 고심이 되는 게 사실이었다. 이대로 민성이 콩팥을 적출해도 누구 하나 나에게 뭐라고 할 사람은 없다. 반대로 혹시 내 주장이 틀리면 그 비난은 내가 감당해야 했다. 아이에 대한 가여운 마음이 이성적인 판단을 흐리게 하는 건 아닌지도 곱씹어 보았다. 그래도 지푸라기라도 잡는 심정으로 찾아온 민성이 어머니를 생각하며 밤늦게까지 고민한 결과, 양성종양인 신장골화성섬유종의 확률이 높을 것이라는 생각이 들었다.

생각을 정리하고 다음 날 교수님을 찾아갔다. 내가 연구한 바로는 민성이는 양성종양인 신장골화성섬유종의 가능성이 클 것 같고, 판독을 바꾸고 싶다고 말씀드렸다. 기존의 지식으로나 확률적으로나 악성종양의 가능성이 크지만 교수님은 열린 마음으로 전공의의 말을 자세히 들어 주셨다.

"양성종양이라는 것에 제 오른 손목을 걸겠습니다"라고 웃으며 말씀드렸더니 "그렇게 해"라고 대답하셨다. 영화 〈타짜〉의 주인공도 아니면서 무슨 소리를 이렇게 호기롭게 했던 건지. 치료 방침에 중요한 영향을 미치는 판독이라 사실 말은 그렇게 했지만 선무당이 사람을 잡는 건 아닌지 많이 초조하기도 했다. 그렇지만 민성이가 앞으로 정상인으로 살아가면서 가끔 나를 기억해 준다면 기쁘지 않을까 생각했다.

그렇게 민성이는 콩팥을 떼어 내지 않고 종양만 적출하게 되었다. 며칠 뒤에 판독실에 들어갔는데 동료 전공의가 민성이 얘기를 해 주었다. 양성종양인 신장골화성섬유종으로 최종 병리 결과가 나왔다는 말이었다. 그 얘기를 들은 교수님이 "도끼 준비해 놨는데 쓸데가 없네"라며 껄껄 웃으셨다.

이후에 나는 연구한 소견을 정리해서 신장골화성섬유종의 영상소견 논문을 세계 최초로 썼고, 현재는 전 세계적으로 교과서에서 인용되는 논문이 되었다. 민성이와 같은 아이들이 이제는 정상인으로 살아갈 수 있는 길을 열어 주는 큰 수확이었다.

가끔 판독을 하면서 민성이의 기억을 떠올린다. 아픈 사람과 그 가족의 마음을 헤아린다면 더욱더 치열하게 고민해 보아야 하지 않을까 생각한다. 가끔은 힘든 길을 가야 하겠지만 그걸로 누군가에게 기쁨을 줄 수 있다면 그만한 보람이 또 어디 있겠는가.

환자의 마음을 진정으로 reading 할 수 있는 그 날이 오길 기대하며, 오늘도 누군가의 낮과 밤을 함께하고 있다.

제17회 우수상 수상작이다. 글쓴이 이상환은 H+양지병원 영상의학과 과장으로, 수상 소감에서 "환자는 의사에게 자신의 절박한 마음이나 속내를 다 표현하지는 못한다. 그러나 병원에 올 때 많은 기대감을 가지고 온다. 매번 좋은 결과가 있을 수 없고 매번 가장 정확한 진료를 할 수도 없지만, 환자가 느끼는 고통을 마음으로 이해하고 노력을 할 수 있는 부분에는 최선을 다하는 게 의사라는 직업의 이유가 아닐까 생각한다"고 말했다.

. . .

# 돌아오지 않는 강

1.

'이중섭의 주치의 유석진 박사 소장 작품'

그림은 빛바래 있었다. 어둡고 침울했다. 이 그림을 그린 이가 한국 근대 미술의 대표적인 화가라는 걸 알려 주는 표식은 어디에도 없었다. 도화지에 그려진 그림은 이중섭의 시대별 작품 중에서도 덩그러니 떨어진 외딴섬마냥 한쪽 구석에 전시되어 있었다. 내가 그 그림의 짤막한 작품소개를 그냥 지나치지 않았던 건, 거리에서도 지나가다 보이는 병원 간판을 놓치지 않는 직업병 때문이었으리라.

해방 후, 이중섭은 그의 아내 야마모토 아사코를 일본으로 돌려보내야 했다. 지독한 가난도 문제였지만, 일본인은 모두 자국으로 돌아가라는 사회적 처분 때문이기도 했다. 얼마 후면 다시 만날 거라는 기대는 기다림이 되어 몇 달이 되고, 몇 년이 되고, 급기야 그의 마지막 작품 이름처럼 '돌아오지 않는 강'이 되고 말았을 때 그는 정신병을 앓고 말았다. 더 살아갈 이유가 없다는 절망이 함묵증과 거식증으로 나타난 것이다.

이중섭은 정신과 전문의 유석진 박사의 병원에 입원했다. 그는 주치의에게 도화지와 물감, 크레파스 등을 사다 달라고 간청했다. 당시 예술치료에 관심이 있던 유석진 박사는 그에게 여러 그림 도구를 구해 주었고, 주치의의 호의로 이중섭은 입원실에서 그림을 그렸다. 그리고 그는 다음 해, 적십자 병원에서 무연고자로 생을 마감했다.


2.

그 환자는 자신이 폐암 말기라고 했다. 30대 중반에 폐암 말기라니. 환자와 나는 서로를 물끄러미 쳐다보았다. 잠깐의 적막은 진료실에 무언가 가지러 들어온 직원 덕분에 깨졌고, 나는 환자의 병력을 캐내는 의사 본업의 자세로 돌아왔다. 환자는 자신의 병력을 대수롭지 않은 듯 말했다. 일 년 전, 너무 숨이 차 병원에 갔더니 폐에 물이 찼다고 했다. 물만 빼면 되는 줄 알았는데, 대학병원의 담당 교수는 미간을 찌푸리며 물이 찬 원인이 폐암 때문이라고 말했다. 그리고 정신 차리기도 전에 암이 벌써 몸 이곳저곳에 퍼졌다는, 즉 말기 암이라는 이야기를 차분히 전해 주었다고 한다. 수술도 못 하는 지경의 암을 선고받고 항암제를 먹기 시작했다. 초기에는 반응이 좋았지만 6개월 뒤, 항암제에 내성이 생겨 이제는 임상 실험 중에 있다고 했다. 그리고 자신이 집 근처 동네 의원에 온 이유는 너무 못 먹고 기운이 없어 수액 치료를 받기 위해서라고 말했다.

내가 진단한 케이스도 아니고 내가 치료 중인 환자도 아닌, 그저 보존적인 치료만을 담당하게 된 동네 의사로서 간단한 수액 치료만 지시하면 끝날 진료였지만, 내 손가락은 어쩐지 허공에서 머뭇거렸다.

3.

그는 사진작가였다. 처음 폐암을 진단받을 당시, 그는 곧 있을 개인전을 준비하고 있었다. 외국에서 오래 유학한 후 돌아와 처음으로 여는 전시회였다.

"그때 너무 무리했던 탓이었을까요?"

수없이 자신에게 물었을 질문은 건조했다.

그는 자주 나를 찾아왔다. 대부분은 수액 치료를 위해서였고, 가끔은 소화불량, 변비, 통증 때문에 오기도 했다. 내가 해 줄 수 있는 일이라야 그가 고통과 속마음을 내보일 때 잘 들어주는 것뿐이었다.

"사실, 죽게 된다는 현실보다 아직 세상에 나오지 않은 작품들 때문에 더 절망스러웠어요. 저는 결혼도 안 했고, 부양해야 할 가족도 없죠. 홀로 왔다 홀로 가면 되는 인생이지만, 아직도 세상에 보여주고 싶은 작품이 많은데……. 작품이 바로 나 자신이고 내 자식들인데 그럴 수 없다는 게 더 괴로워요."

예술가들은 그런 걸까? 그들에게 예술이란 단지 밥벌이를 위한 수단이 아니라, 죽음 앞에서도 미련을 지울 수 없는 아련한 것일까? 눈에 넣어도 아프지 않은 자식과 같은 것일까?

한 번은 그의 손에 커다란 카메라 가방이 들려 있었다. 오늘은 수액을 맞고 나서 사진 찍으러 갈 참이라고 한다. 그는 병을 선고받고도 사진을 계속 찍는다고 했다. 예전처럼 발길 닿는 대로 다니며 찍지는 못하지만, 사진을 계속 찍지 않으면 자신이 정말 죽은 것 같다는 생각이 들기 때문이란다. 최근엔 기운이 없어 중단했지만 오늘은 좀 괜찮은 것 같아 가까운 곳이라도 가서 몇 장 찍고 올까 한다고 했다.

그때, 나는 무슨 생각으로 그랬을까? 그에게 실례가 안 된다면 진료실

의자에 앉아 있는 나를 한 번 찍어 달라고 부탁했다. 전혀 예상하지 못했던 부탁에 그도, 충동적으로 말을 건넨 나도 잠시 말을 잃었다. 다시 무슨 말을 해야 할지 모르겠다는 생각이 들 때쯤, 그는 헛기침을 한두 번 한 후 흔쾌히 그러겠다고 말했다. 그러고는 가방에서 커다란 카메라를 꺼내더니 내게 가능하면 사진기를 의식하지 말고 편하게 있으라고 했다.

그는 진료실 여기저기를 둘러보았다. 사진작가의 눈길이 닿자 평범한 진료실이 다르게 보였다. 밝은 부분과 어두운 부분이 한결 도드라지고, 정리되지 않은 채 쌓여 있던 책들은 하나의 배경이 되었다. 그 순간, 이 작은 공간의 주인은 내가 아니라 그였다. 나는 마치 그에게 내 모든 것을 드러내야 하는 환자처럼 앉아 있었다. 사진기를 들고 있는 그의 손이 보였다. 바짝 마른 그 팔은 사진기를 들기에도 버거워 보였다. 한때는 저 팔에 펄떡펄떡한 힘줄과 혈관이 있었으리라. 마치 이중섭의 그림들 속 소처럼…….

말기 암 환자이자 사진작가인 그 앞에서 나는 어떤 표정을 지어야 할지 몰라 무척 곤란한 모델이 되었다. 그가 사진기를 내리고 말했다.

"원장님, 좀 웃으세요. 원장님이 말기 암 환자 같아요."

그제야 나는 긴장을 풀고 웃으며 편히 포즈를 취했다. 죽음을 앞두고도 작품을 포기하지 않는 최고의 사진작가에게 최고의 모델이 되어 보려고.

가을이 깊어 가도록 그는 다시 오지 않았다. 긴 치료를 받으러 갔을 수도 있겠지. 이사 갔을까? 사진을 찍어 달라고 하지 말았어야 했나? 그의 안부가 새삼 궁금했다. 그래서 어느 한가한 날 오후, 나는 그의 이름을 접수창구에서 띄워 보았다. 조회가 되지 않았다.


4.

정신병원에서 나온 이중섭이 마지막으로 그린 작품은 〈돌아오지 않는 강)이었다. 이제는 더 이상 가족을 만나기가 불가능하다는 걸 알게 된 이중섭은 빈집에서 누군가를 기다리는 소년을 어두운 색채로 그렸다. 소년이 기다리는 여인은 저 멀리서 오고 있었지만, 소년은 사랑하는 사람과 자신 사이에 돌아오지 않는 강이 있다는 걸 알고 있는 듯하다. 누구도 그의 그림을 알아주지 않았지만, 이중섭은 절망 속에서도 그림을 놓지 않았다. 돌아오지 않는 강이 자신과 세상을, 자신과 가족을 갈라놓아도 단지 그것을 그림으로 그렸다. 절망은 예술이 되고, 그는 그림을 그리다 죽어 갔다.

나는 잠시 이 땅의 예술가들에게 고개를 숙였다. 그들은 예술을 하지 않으면 살 수 없는 사람들이다. 예술을, 죽음을 이기기 위한 도구로도 사용하지 않았다. 죽게 되더라도 그리고 싶은 걸 그리고, 표현하고 싶은 걸 표현했다. 그렇게 살아야 단 한 순간이라도 제대로 살았노라고 믿는 사람들이다. 나는 의술은 예술이라며, 너무 쉽게 후배들 앞에서 떠들었던 걸 후회했다. 나는 내 죽음 앞에서도 상관없이 환자를 돌볼 수 있을까? 너무도 부끄러웠다.

나는 젊은 사진작가 또한 추모했다. 조그마한 진료실에서 일희일비하는 나의 의술을 초라하게 만든 이였다. 그가 찍은 내 사진을 꽂으려고 준비했던 액자를 서랍 속에 넣었다. 분명 어색했을 내 표정이 작품으로 나오지 않은 것에 안도했다. 그리고 그 액자는 그대로 비워 둬야겠다고 생각했다.

---

제17회 우수상 수상작이다. 글쓴이 조석현은 누가광명의원 원장으로, 수상 소감에서 "이중섭의 작품 〈돌아오지 않는 강〉을 보고 내가 만난 예술가들의 정신을 기리고 싶었다. 나의 의술이 정말 예술의 경지에 이를 수 있을지도 자문하고 싶었다. 언제나 글을 쓰고 나면 그 글에 못 미쳐 살아가고 있는 자신이 부끄럽기만 하다. 그러나 언젠가 나 또한 제대로 된 의술을 펼치는 것이 살아가는 이유와 동기가 된다면 오늘의 초름함에 감사할 수 있을 것이다"라고 말했다.

# 세 번째 만남

피천득 선생님은 수필 〈인연〉에서 '아사코와 나는 세 번 만났다. 세 번째는 아니 만났어야 좋았을 것이다'라고 했다. 하지만 내게는 세 번째 만나고 싶은 사람이 있다.

따르릉. 커피를 마시려다가 벨이 울려 전화를 받았다. 시간은 오전 9시가 막 지나고 있었다. 진료 시간이 9시 반부터라 직원들은 아직 출근하지 않았지만 원장인 나는 그날 혼자 일찍 출근했다. 병원을 개업한 지 얼마 안 되어 정리할 게 많다. 시원한 커피나 한잔하면서 더위 좀 식힌 후 시작하자 했는데, 벨소리가 계속 울려 어쩔 수 없이 전화를 받았다.

"○○○○의원입니다."

"저기요. 엊그제 토요일, 거기서 코에 필러를 맞았는데요. 어제 자고 일어나니 노랗게 고름이 잡혔어요. 그래서 혹시 받나 싶어서 어제도 전화 몇 번 했고, 오늘은 8시 반부터 계속 전화했는데 드디어 받으시네요."

나는 굉장히 당황했다.

"예? 뭐라고요? 고름이요? 고름이 얼마나 심하세요?"

그녀는 코 전체에 고름이 잡혀서 너무 보기 싫고 무섭다고 했다. 어디 사는지 물으니 병원에서 도보로 10분 거리에 산다고 했으며, 코가 이래서 출근도 못하고 급작스럽게 병가를 하루 냈다고 했다. 그래서 빨리 병원으로 오라고 하니, 5분도 채 지나지 않아서 마스크를 쓰고 왔다.

처치실에서 관찰하니, 쌀알 절반 크기의 농포가 코 전체에 쫙 깔려 있었다. 수많은 농포를 보자마자 나도 모르게 머릿속이 하얘졌다.

'이걸 터트려야 하나? 어떻게 해야 하지?'

아무런 생각도 나지 않고 멍해져서 10초 정도 염증 부위를 보고만 있었다. 이제 갓 한 달이 된 초짜배기 개원 의사인데, 이런 심한 염증을 보니 어떻게 해야 할지 몰라 그저 멍하니 손 놓고 있었다.

정신을 차린 후에 "진료의뢰서 써 줄 테니 큰 병원 가서 진료 한번 받아보세요"라고 말하니, 그녀는 "이 병원에서 토요일에 필러 맞고 이렇게 됐는데, 혼자서 큰 병원으로 가라는 게 말이 되나요?"라고 한다. 이 말을 듣고 나는 누군가가 내 머리에 전기충격파를 가한 듯한 느낌을 받았다.

'그 말이 옳다. 내가 한 시술 때문에 이렇게 되었고, 그녀는 지금 어찌 된 영문에 고름이 잡혔는지도 모르는데, 혼자서 큰 병원으로 가라고 하니 그녀로서는 황당하겠지.'

겨우 정신을 차리고 한 원장님께 전화를 걸었다. 내가 공중보건의 말년 휴가 때부터 개원 전까지 개원가에서 하는 여러 가지 시술을 보고 배웠던 원장님이었다. 환자 상황을 설명하니 병원으로 모시고 오라 한다.

'병원이 어디였지? 어느 길로 가야 하지?'

평상시 자주 가던 길인데도 생각나지 않았다. 머리는 멍하고 가슴도 두 근두근해서, 운전하면 도저히 안전하게 도착할 수 없을 것 같아 택시를 타고 둘이 함께 그 병원에 갔다.

진료를 시작한 지 얼마 안 된 시간이지만 잘되는 병원이라 대기실에 환 자가 많았다. 접수 직원에게 원장님께 연락하고 왔다고 설명하니, 직원이 나와 그녀를 처치실로 안내한 후 원장님을 모시고 돌아왔다. 원장님은 상 태를 확인하면서 "너무 걱정하지 마세요" 하며 그녀를 먼저 안심시키고 이 전에 어떤 시술이나 수술받은 적 있는지, 혹은 다른 질환이나 복용하는 약물이 있는지 등을 물으셨다. 그녀는 1~2년 전에 다른 병원에서 코에 필 러를 맞은 적이 있었고, 먹는 약은 없지만 지금 생리기간이라고 했다. 원 장님은 다른 병원에서 맞은 필러가 조금 남아 있거나, 혹은 생리기간이라 평상시보다 출혈 경향이 약간 높은 상태에서 코에 필러를 맞아 국소 염증 이 생긴 것 같다고 하셨다. 그리고 앞으로 한 달 정도 소독하면서 항생제 주사를 맞고 약을 복용하면 흉터 없이 치유될 테니 걱정하지 말고 소독 잘 받으라 하셨다.

원장님은 그녀를 대기실에 잠깐 기다리게 한 후에, 나한테는 어떤 방법 으로 소독하는지, 코 염증에는 어떤 균 종류가 많으니 어떤 약이 적합한 지를 설명해 주셨다. 그리고 흉터가 안 생기게 매일 소독을 해야 하고, 무 엇보다 환자를 안심시키면서 정성껏 치료해 주라고 당부하셨다. 코 부위 가 다른 부위보다 쉽게 염증이 생기고, 생기면 치료가 잘 안 되며 염증이 오래가면 패인 흉터가 남을 수 있으니 주의하라는 말도 덧붙이셨다. 설명 을 다 듣고 같이 택시를 타고 돌아오면서 더운 여름인데도 어쩔 수 없이 마스크를 쓰고 있는 그녀에게 너무도 미안한 마음이 들었다.

그녀는 지하철로 30분쯤 걸리는 회사에 다니고, 9시까지 출근한다고 했다. 그래서 오늘은 소독했으니, 내일부터 8시 20분에 병원에 들러 소독받고 출근하기로 했다. 그리고 이유가 뭐든 간에 내 시술로 염증이 생겨서 죄송하다고 다시 한번 사과했다. 그녀를 보내고 종일 진료를 어떻게 했는지 모를 정도로 하루가 지나갔다. 그나마 개원한 지 얼마 안 되어 병원이 알려지지 않았고, 날씨가 더워 사람들이 많이 내원하지 않은 게 다행이라고 생각했다.

내가 어떤 잘못을 했는지도 천천히 생각해 보았다. 먼저 그녀의 '병력 청취'를 제대로 못 한 것 같았다. 전에 다른 병원에서 어떤 수술이나 시술을 받았는지 묻지 않고 곧바로 시술했으며, 출혈을 일으킬 수 있는 약 복용 여부나 몸 상태도 확인하지 못한 것이다. 기전은 확실히 모르지만, 여성들 생리기간에는 평상시보다 출혈 경향이 높기 때문에 미리 확인했더라면 시술을 생리 후로 미루거나, 아니면 염증 예방에 더욱 신경 썼을 텐데 그런 조치를 하지 못했다. 그리고 시술 부위에 대한 의학 지식도 부족했다. 큰 혈관이나 신경, 주요 구조물 등 해부학적인 면은 잘 알아서 주의하고 있었지만, 피부 중 코끝은 염증이 잘 생기는 부위라는 걸 간과했다.

그나마 다행인 점은 피부가 괴사에 이르지 않았고, 표피에 단순 염증만 생긴 거라 치료하면 좋아진다는 것이다. 만약 피부가 괴사 됐다면 이식수술을 해야 할 수도 있고, 그렇게 되면 얼굴 정중앙에 큰 흉터가 남을 수도 있는데, 그렇게까지 되지 않은 것이 경험이 미천했던 나에게는 행운이었다.

다음 날 아침 8시 20분, 그녀는 더운 여름인데도 마스크를 쓰고 병원에 왔다. 그녀 한 명 소독하기 위해 직원들을 일찍 출근시킬 수는 없으니 내가 혼자 소독하게 되었다. 소독은 충분히 혼자 할 수 있는데 문제는 근육주사였다. 지금같이 경험이 충분했으면 예방주사처럼 어깨 근육에 놓았겠지만, 그때는 경험도 부족하고 부작용 때문에 당황하여 관례대로 엉덩이에만 놓아야 한다고 생각했다. 그녀에게 염증이 빨리 좋아지려면 약과 함께 주사도 맞는 게 좋다고 설명하면서, 남자 의사인 내가 근육주사를 놓아도 괜찮은지 물어보았다. 그녀는 어제도 주사를 맞았고, 빨리 좋아져야 부작용이 생기지 않는다는 것도 들어서 아니까 나더러 주사를 놓으라고 했다. 지금은 성희롱에 휘말릴 수 있어서 모든 시술이나 처치에 직원을 대동하는데, 그때는 어쩔 수 없이 혼자서 소독하고 근육주사를 놓았다.

일요일은 쉬자고 할까 싶다가도, 나 때문에 생긴 부작용인데 힘들다고 안 하면 안 될 것 같아 일요일에도 시간을 정해 병원 문을 열고 소독해 주었다.

어떤 날은 그녀가 "오늘 사람들 많은 곳에서 발표하는데 마스크 쓰고 해야 해요"라며 불평하기도 했다. 발표 다음 날, "발표 잘 하셨어요?" 물어보니, 사람들이 발표 내용보다는 더운 여름에 감기도 아닌데 왜 마스크를 썼는지를 더 궁금해했다고 한다. 그래서 차마 미용시술 받고 부작용 났다는 말은 못 하고, 상처가 생겨서 썼다는 식으로 돌려 말했다고 한다.

처음에 그녀는 불평을 많이 했지만 매일 소독을 받아 상처가 좋아지니 불평하는 일이 조금씩 줄었다. 일주일 이상 근육주사를 맞고, 소독을 매일 2주 정도 하니 좁쌀 같은 고름이 가득 차 있던 농포가 거의 사라지고 코 부위에 빨간 염증만 남았다.

중간에 상처 확인과 경과 관찰을 위해서 그 병원으로 다시 갔다. 원장님은 "많이 좋아졌고, 계속 좋아질 것이니 지금처럼 1~2주만 더 하면 완벽히 좋아질 겁니다"라고 하셨다.

3주가 지나니 코 부위에 빨간 염증이 많이 사라지고 멀리서 보면 거의 안 보일 정도로 상처가 좋아졌다. 4주가 지나 한참 심했던 무더위도 꺾일 때쯤, 그녀는 드디어 마스크에서 해방되었다. 그리고 정말 다행인 건, 내 정성이 통해서였는지 몰라도 아무 흉터 없이 깨끗하게 상처가 치유되었다는 점이다.

나는 아침 일찍 소독하는 일이 끝났다. 그녀는 어떤 보상이나, 심지어 맞았던 필러 값 환불도 요구하지 않았다. 이렇게 그녀와의 첫 번째 만남은 끝이 났고, 나는 그녀를 점점 잊어가고 있었다.

그녀와의 두 번째 만남도 긴장과 걱정으로 시작되었다. 이듬해인 개원 2년차 봄이 올 무렵에, 전자차트의 진료 대기명단에 갑자기 그녀 이름이 뜬 것이다. 그녀 이름을 보자마자 '드물지만 몇 개월 후에 생기는 지연염증 때문에 온 걸까? 만약 그렇다면 큰일인데, 진짜 큰일…… 지연염증으로 염증세포가 딱딱하게 굳어 흉터가 생겨 온 거면 어떻게 해야 하나? 치유가 잘 안 될 텐데……' 하면서 안절부절못하고 있었다.

이윽고 그녀 차례가 왔다. 그런데, 그녀가 웃으면서 진료실로 들어오는 게 아닌가. '부작용 때문에 왔는데 나를 비웃는 건가?' 생각하며 더욱 긴장하고 있는데, 다행히도 부작용 때문이 아니라 이번에는 점을 빼러 왔다고 한다. 나는 속으로 '휴……' 하고 한숨을 몇 번이나 내쉬었는지 모르겠다. 심지어 그녀는 남자친구와 함께 점을 빼러 왔다. 함께 온 이유를 물으니 곧 결혼한다고 한다. 그리고 코는 그 이후 아무 이상이 없다고 했다.

코에 부작용이 생겨 더운 여름에 한 달 정도를 고생했는데, 시술한 나를 욕하지 않고 결혼할 남자랑 같이 다시 나에게 와 줘서 매우 기뻤다. 이번에는 더 정성을 다해서 시술해 줬다. 그녀는 결혼하고 이 동네를 떠났다.

그로부터 2~3년이 지난 뒤, 점을 빼고 빨간 흉터가 생겼다며 거의 매일 와서 불평하는 분이 있었다. 빨간 것은 흉이 아니고 피부 재생이 아직

덜 되어 그러니 시간이 지나면 사라질 거라고, 조금만 더 기다리면 된다고 몇 번이나 설명했지만 그분은 나를 믿지 못했다. 그러자 더운 여름에 묵묵히 마스크까지 쓰면서 고생했던 그녀가 생각나고 새삼 고마워서 문자를 보냈다.

'안녕하세요. 몇 년 전에 코 필러 때문에 고생시켜 드렸던 ○○○○의원 원장입니다. 그동안 잘 계셨는지요? 혹시 코에 지연염증이나 부작용이 생기지 않았는지 걱정되고 궁금해서 문자 보냅니다.'

조금 기다리자 그녀에게서 답장이 왔다.

'그때 엄청 당황하시던 원장님이 생각나요. 정성껏 치료해 주셔서 지금은 괜찮아요. 다음에 친정 가면 한 번 방문할게요'라고 했는데 아직까지 병원에 들르지 않았다. 그래서 그녀와의 세 번째 만남은 아직 이루어지지 않았다.

나는 그녀 사건 이후로 모든 시술을 할 때마다 '돌다리도 두들겨 보고 건너라'는 격언을 마음에 되뇌곤 한다. 그래서인지 몰라도 그 이후 10년 동안 큰 부작용은 겪지 않았다. 만약 그녀가 불평하면서 "당신 때문에 내가 이렇게 되었고, 더는 당신을 믿지 못하겠으니 다른 병원으로 가겠다"고 했다면 어땠을까? 나는 모든 시술에 자신감을 잃고 점점 위축되었을 것이다. 그녀는 초짜 개원 의사인 나에게 병력 청취가 무엇보다 중요하다는 것을 경험으로 알려준 고마운 사람이다. 나를 믿고 한 달 동안 고생했던 그녀를 생각하며 그 이후에는 항상 '조심, 또 조심' 하면서 시술과 처치를 하고 있다.

그때부터 개원 10년이 지난 지금까지, 그녀를 소독해 줄 때처럼 나는 매일 아침 일찍 출근한다. 아무도 없는 조용한 시간에 전날 일을 돌아보고 오늘 할 일을 생각하는 시간을 갖는다. 지금은 그러지 않지만, 한동안은 아침 일찍 전화벨이 울리면 '또 무슨 부작용이 생겼나?' 하는 걱정과 긴장을 하면서 전화를 받았었다.

　와이프에게 그때 한 달 동안 여성분을 매일 일대일로 만나 소독했는데, 혹시 딴마음 가졌다면 의사와 환자 관계를 넘어서 지금 내 옆에 다른 사람이 있었을지도 모른다고 말하니 도리어 "아이고, 그러세요? 지금도 늦지 않았으니 좋은 사람 있으면 가세요" 이런다. 와이프의 그런 자신감은 도대체 어디서 나오는지 모르겠다.

제17회 장려상 수상작이다. 글쓴이 이용찬은 에스웰빙의원 원장으로, 수상 소감에서 "수상 소감을 뭐라고 쓰지, 고민했더니 4학년인 둘째가 '부족한 저에게 이렇게 훌륭한 상을 주시니 감사합니다'라고 하면 된다고 일러 주었다. 동감한다. '스튜~핏', '브로큰 센텐스', '주술 일치가 되지 않는다'는 등 빨간 펜 선생님이 되어 주신 우리 집 제일 높으신 분(와이프)에게도 감사의 마음을 전하며, 두 딸이 올해도 건강하게 잘 자라기를 바란다"고 말했다.

# 조금은 특별했던 이별

가쁜 숨을 몰아쉬는 할아버지의 눈에는 미련이나 원망이라고는 전혀 보이지 않았다. 모든 것을 받아들이는 듯한 한없이 평화롭고 온화한 시선만이 나를 주시하고 있었다. 말할 힘도 없어 침묵하는 그의 마른 입술 대신, 눈가에 젖은 촉촉한 이슬이 내게 말하고 있었다. 그동안 고마웠다고 그리고 미안했다고. 나 역시 침묵한 채 괜찮으니 편히 가시라고 눈으로 화답했다. 그 어떤 언어보다도 더 훌륭히 공감되는 무언가를 느낄 수 있었다.

내가 할아버지를 처음 만난 건 10여 년 전 내과 전공의 시절이었다. 할아버지는 난치병인 류머티즘 관절염을 진단받았다. 60이 넘은 나이에도 단단하고 다부진 체격, 군데군데 보이는 문신과 강렬한 인상이 한때 뒷골목을 전전했을 법한 사람이었음을 짐작하게 했다.

첫인상대로 그는 퉁명스러운 말투와 거친 행동으로 가끔 의료진이나 다른 환자들과 문제를 일으키곤 하는, 이른바 '진상' 환자였다. 막무가내로 진료 대기순서를 바꾸어 달라고 난동을 부리거나, 진료비가 너무 비싸다고 버티기도 했으며, 약을 먹어도 호전되지 않는다며 큰소리를 지르기도 했다. 한 번은 주사실에서 할아버지에게 주사를 놓던 간호사가 울면서 찾아온 적도 있었다. 간호사가 새내기였는지 여러 번 주삿바늘을 찔러 대자 노발대발하며 무섭게 화를 냈던 것이다.

이런 그에게 무슨 사연이 있는지 보호자라고는 할머니와 어린 손녀딸 둘뿐이었다. 이들은 할아버지의 난감한 행동에 대신 사과하러 다니곤 했다. 할아버지는 심지어 보호자인 가족들에게도 욕설을 하며 함부로 대하곤 했지만 할머니는 변함없이 남편을 걱정하고 때로는 내게 다가와서 조심스레 말하곤 했다.

"교수님! 사실 우리 영감이 마음은 따뜻한 분이요. 성질이 좀 급해서 그렇지."

"그럼요. 할머니, 저는 괜찮습니다."

할머니와 손녀딸은 한결같이 걱정스럽고 애정 어린 눈빛으로 할아버지를 바라보았다.

그런 할아버지를 나는 적절한 거리를 두고 진료했다. 사실 불편한 마음과 원망 어린 시선으로 경계하기도 했다. 무리한 요구를 하면 가차 없이 거절하거나 때론 큰소리로 질책하기도 했다. 사실 수많은 외래환자를 대하다 보면 너무 힘들 때가 있다. 왜 하필 저 환자가 나에게 와서 이러는지 내심 다른 병원으로 가 주었으면 하는 마음이 굴뚝같았다.

얼마나 세월이 지났을까? 만성질환인 류머티즘 관절염은 2~3개월에 한 번씩 정기적으로 진료 일정을 잡기에 할아버지와의 만남은 차츰 익숙해졌고, 세상에 악인은 없다고 하던가? 전에는 몰랐던 할아버지의 선한 모습을 발견하기도 했다. 때로는 사탕이나 초콜릿을 슬며시 두고 가시는 애교(?)도 있었다. 물론 가끔씩의 난동은 여전했지만 일상이 된 건지 크게 신경 쓰이지 않았다. 어느덧 미운 정이 들어 버린 것인지 그렇게 10년이라는 시간은 빨리도 지나가 버렸다.

그러던 어느 날, 항상 따라오시던 할머니가 보이지 않았다. 손녀딸과 병원에 방문하신 할아버지에게 연유를 묻자, 한 달 전 폐렴으로 갑자기 할머니가 세상을 떠나셨다는 것이다. 준비하지 못한 이별에 그토록 당당하던 할아버지의 모습은 온데간데없이 양어깨가 축 처지고 목소리에 힘도 없었으며 얼굴은 수척해져 있었다. 너무 외롭고 힘들어서 매일 우울증약을 먹고 할머니 산소에 가서 울고 온다고 하셨다. 나는 상투적인 위로의 말만 건넬 뿐 아무것도 할 수 없었다.

그동안 모질게만 대했던 할머니에게 너무 의지하며 살아서일까? 슬픔이 너무 큰 나머지 할아버지의 병세는 날로 악화되어 전보다 병원에 방문하는 횟수가 늘어났다. 면역력이 약해졌는지 관절염뿐만 아니라 폐렴으로 수차례 치료받기도 하셨다. 기침, 가래가 잦아지더니 수개월 전부터는 숨 쉬기가 힘들다는 말을 되풀이하곤 했다. 여러 조치에도 불구하고 호흡 곤란은 점점 심해져 결국 입원치료에까지 이르렀다.

입원 당일에 촬영한 단순 흉부 엑스레이 결과, 상태가 매우 심각하여 폐에 컴퓨터단층촬영CT 검사를 추가로 시행했다. 그런데, 아뿔싸. 만성폐포출혈이 강력히 의심됐다. 이는 류머티즘 관절염 환자에게 극히 드물게 발생하는 합병증으로, 폐 전체에 출혈이 발생하여 호흡 곤란과 저산소증을 일으켜 치료를 해도 사망할 가능성이 매우 높은 질환이다.

유일한 보호자인 손녀딸을 불렀다. 당장 중환자실로 옮겨서 기도 삽관하고 기계 호흡을 해야 한다고, 그렇지 않으면 사망에 이를 수 있다고 설명했다. 손녀딸은 한사코 그건 안 된다, 돌아가셔도 좋으니 함께만 있게 해 달라고 고집을 피우다 나중에는 제발 부탁이라며 애원까지 한다. 사실 기계 호흡을 하면 환자가 말을 할 수 없게 되고 병실도 중환자실로 옮겨야 하므로 보호자들과 격리될 수밖에 없다. 손녀딸은 수개월 전, 할머니를 비슷한 상황에서 어떤 말도 듣지 못한 채로 떠나보냈다며, 이제 유일한 혈육인 할아버지마저 그렇게 보내고 싶지 않다고 했다.

이런 경우 의사가 의학적 소견에 반하여 보호자의 뜻에 무조건 동의하기는 쉽지 않다. 의사로서의 윤리적인 의무나 책임뿐만 아니라, 자칫 법적인 문제에 휘말릴 수 있기 때문이다. 나 또한 이전에 이런 부탁을 받으면 대부분 단호하게 거절했다. 그러나 할 수 있는 한 최선을 다해야 한다는 나의 지속적인 설득에도 불구하고 손녀딸의 뜻은 확고했다.

결국, 많은 고민 끝에 그 뜻을 존중하기로 했다. 먼저 응급상황에 대비해 할아버지를 2인실로 옮겨 손녀딸과 둘만 있을 수 있게 배려했다. 그리고 기관 내 삽관하는 기계 호흡을 안 하는 대신 산소마스크로 대체하여 자유롭게 말할 수 있게 하면서 경과를 관찰하기로 했다.

매일 할아버지의 흉부 엑스레이를 촬영하며 관찰한 결과, 폐 음영이 날로 하얗게 변하고 있었다. 폐출혈이 심해지고 있다는 증거였다. 넋 놓고 있을 수는 없어 고용량 스테로이드에 면역억제제, 면역글로불린주사 및 강력한 항생제 등을 추가로 투여했지만 백약이 무효했다. 수시로 드나들며 그의 상태를 주시했다. 손녀딸의 지극한 간호에도 불구하고 상태는 갈수록 눈에 띄게 악화되었다.

의학적으로 내가 할 수 있는 것이라곤 할아버지가 너무 힘들어할 때 진정제를 투여해 고통을 조금 덜어 주는 것뿐이었다. 기도하는 마음으로 차가운 할아버지의 손을 잡고 온기를 전해 줄라치면, 본인의 운명을 예감하셨는지 내 두 손을 꼭 부여잡고 "어째, 교수님 힘들것지요?" 하고 물으신다. 나는 그저 "어르신 힘내셔야지요"라는 습관적인 위로의 말만 할 뿐이다. 그럴 때마다 할아버지는 힘없는 손짓으로 병실 구석의 과자 봉지와 음료수를 가리키셨다. 힘들 텐데 먹고 쉬었다 가라는 손짓이다. 그에게는 최선의 배려요, 나에게는 과분한 대접이다.

마지막 시간을 함께 보내는 할아버지와 손녀딸은 정말 다정해 보였다. 나는 둘이서 도란도란 나누는 이야기를 본의 아니게 듣게 되곤 했다. 그동안 부모 없이 힘들게 손녀딸 키웠던 이야기, 젊었을 때의 고생들, 아내에게 너무 모질게 대했던 미안함, 주위 사람들에게 저질렀던 잘못 등을 진솔하게 늘어놓는 그의 표정엔 회한보다는 온유함이 가득했다. 마치 고해성사를 마치고 나온 사람 특유의 후련함이랄까? 두 사람의 잔잔한 대화가 이어지는 그 방에는 참 따뜻하고 평화로운 분위기가 감돌았다. 내가 병실을 나올 때면 손녀딸은 우리 할아버지 힘들지만 않게 해 달라 부탁했다.

그날 밤, 할아버지의 의식이 희미해지며 잠꼬대처럼 언제 할머니가 오냐는 말만 되풀이하셨다. 흐려져 가는 동공의 초점을 보며 그와 짧지 않았던 인연이 끝나가고 있음을 어렵지 않게 예상했다. 늦가을 밤, 겨울을 재촉하는 차가운 바람이 앙상한 가지에 겨우 붙어 있던 마른 나뭇잎들을 우수수 떨어뜨리고 있었다. 바람이 야속하게 느껴졌다.

다음 날 이른 아침, 휴대폰 벨이 울렸다. 할아버지를 담당하는 내과 전공의 선생님이었다. 슬픈 예감은 항상 비껴가지 않는다. 손녀딸은 슬픔 속에서도 이별을 의연하게 받아들이는 듯했다. 우리에게 연신 고마웠다는 말만 반복했다. 나는 아무런 말도 할 수 없었다.

장례를 치르고 일주일쯤 지났을까? 여느 때처럼 아침 외래진료를 위해 진료실에 갔는데, 책상 위에 과자선물세트와 음료수 한 박스가 편지와 함께 놓여 있었다. 할아버지의 손녀딸이 놓고 간 것이다. 편지에는 아름다운 이별을 준비할 수 있게 해 줘서 감사하다는 내용과 함께, 내가 회진 때마다 과자와 음료수를 받지 않고 가는 게 마음에 걸렸던지 꼭 전해 주라는 유언과도 같은 할아버지의 부탁이 있었다는 내용이 적혀 있었다. 발신지가 하늘나라인 내 생애 첫 선물이다.

힘들어하는 누군가가 나를 보는 것만으로도 작은 위로가 되는, 그런 의사이기를 꿈꿨던 새내기 시절이 내게도 있었다. 지금의 나는 어떤가? 특별한 사건마저도 무덤덤하게, 의미 없는 일상으로 받아들이는 나를 발견한다. 타성에 젖어 내 환자의 죽음마저도 무덤덤한 일상으로 여기게 된 것이다.

짧지 않았던 의사 생활 동안 수없이 보았던 여느 환자들의 죽음과 달리, 할아버지와의 이별이 특별했던 이유가 뭘까 곰곰이 생각해 본다. 그와보냈던 시간의 무게? 첫 만남부터 시작된 애증의 관계? 애틋했던 보호자들? 생사의 갈림길에 있었던 치료 과정? 물론 그런 배경들도 분명히 일조했다.

그러나 그게 다는 아니었다. 가장 중요한 건 내 시선의 변화였다. 누군가의 죽음을 섬세하게 바라볼 수 있도록 특별히 허락된 그 시간과 기회가있었기에 가능했다. 그건 나를 바라보는 시간이기도 했다. 어느덧 무뎌진내 마음의 눈을 다시 크게 뜨라는 재촉이었다. 나에게 다가와 준 그 시간에 감사하다.


연구실 블라인드를 올렸다. 창가로 따스한 햇볕이 내리쬐고 하늘은 청명하다. 어제와 같은 가을 하늘이련만 유난히 파랗다. 우울하던 마음에작은 위로가 된다. 저 하늘처럼 누군가에게 소박한 위안을 주는 그런 의

사이기를 다시금 소망해 본다.

　할아버지와의 추억이 무척이나 그립다. 물끄러미 하늘을 바라보며 중얼거려 본다.

　'그곳의 가을도 끝나가지요?'

제16회 장려상 수상작이다. 글쓴이 김윤성은 조선대병원 류마티스내과 교수로, 수상 소감에서 "누군가의 죽음을 소재로 글을 쓰기가 고민되어 펜 들기를 주저했다. 고인의 숭고한 죽음을 모독하거나, 내가 모르는 그 삶의 의미를 훼손하거나 폄하시키지 않을까 하는 우려였다. 하지만 그의 죽음을 섬세하게 바라보며 기록으로 남기고 싶은 강한 충동이 밀려왔다. 어쩌면 그건 내가 잠시 잊고 살았던 삶의 의미를 되찾고 싶은 마음이 아니었을까?"라고 말했다.

· · · ·

# 세 번의 눈물

"전이(감정 이입)는 피할 수 없습니다.
모든 인간은 다른 이에게 영향을 줍니다.
왜 환자와 의사 관계에서는 그것을 원치 않지요?"

— 영화 〈패치 아담스〉 中

　의사들이 전이(여기서는 환자와 의사 사이에서 일어나는 모든 종류의 감정 이입을 의미한다)를 두려워하는 이유는 그것이 환자에 대한 임상적 판단을 흐릴 수 있기 때문이다. 의사는 환자의 치료 과정 중 언제나 객관적인 판단을 내릴 수 있어야 한다. 환자에게 감정이 이입되는 순간, 환자는 의학적 판단의 대상이 아니라 그 치료의 여부가 의사의 삶에 영향을 줄 수 있는 존재가 되며, 그때부터 의사는 정확한 판단을 하지 못하고 감정에 이끌린 치료 방침을 택하게 된다. 예로부터 내려오는 의사의 계명 중 하나인 '절대로 내 가족을 직접 치료해서는 안 된다'는 지침은 바로 이 전이에 의한 판단 교란을 막고자 했던 수많은 선배 의사들에 의해 만들어진 것이다. 이것이 의사들이 학교와 병원에서 배우는 전이에 관한 가르침이다.

그러나 이 가르침은 과연 옳은가? 아니 옳은지 그른지를 따지기 전에, 영화 〈패치 아담스〉에서 주인공이 했던 말처럼, 환자를 진료하며 그에게 나의 감정이 이입되지 않는 게 가능한가? 의사들은 자신의 이름 앞으로 배정된 환자를 만나면서부터 '전이를 주의하라'는 가르침을 시험받고 그로 인해 고뇌하기 시작한다. 청명한 하늘 아래 있던 의대생 시절엔 '나는 저렇게 냉랭한 의사가 되지 말아야지' 다짐했건만, 의사가 된 후 수없이 많은 죽음을 눈앞에서 보고 그에 무뎌진 나머지, 의사가 아닌 인간으로서의 공감 능력이 사라진 건 아닌가 하는 두려움을 느끼게 된다.

박재영은 《문학 속의 의학》에서 의사들의 고뇌를 이렇게 표현한바 있다. "환자와 의사의 거리는 과연 어느 정도가 적정한가? ……과연 의사되기의 첫발은 환자에 대한 개인적 관심을 제거하고, 환자를 '질병을 보유한 객체'로 보는 시선을 배우는 것에서 시작되는가?"

이는 비단 경험이 부족한 청년 의사의 고민만이 아니다. 남궁인은 자신의 저서 《지독한 하루》 에필로그에서 가슴 저미는 한 일화를 소개한다. 한 외과 교수가 자신의 제자를 직접 수술하게 되었다. 제자는 고락을 함께한 젊은 외과 전공의로, 위암 진단을 받았다. 그의 배를 열자마자 이미 복강 내에 퍼질 대로 퍼진 암 덩어리들이 발견되고, 절제 수술은 아무 소용이 없다는 사실이 명백해지는 순간, 피가 거꾸로 솟구치는 기분을 느낀 교수는 눈에 보이는 모든 암 덩어리를 떼어 내는, 의학적으로 의미가 없는 대수술을 시작한다. 아무도 그를 말릴 수 없었으며, 아무도 이를 잘못된 전이로 인한 쓸모없는 몸부림으로 치부할 수 없었다.

그러나 수련 과정의 가장 힘든 시기를 지나 보낸 의사는, 어느 순간 객관성과 공감 능력이 균형을 이루는 지점을 발견하게 된다. 여러 스승과 동료의 가르침과 진료의 경험으로 길러진 의사로서의 객관성과 그의 인생 전체 동안 쌓아 올렸던 공감 능력이 조화를 이루는 순간이 찾아오는 것이다. 그것이 전이를 어떻게 다루어야 하는지 깨닫는 순간이며, 앞으로 평생 환자를 대하면서 가져야 하는 마음가짐이 무엇인지 알게 되는 순간이다. 나는 그 순간을 위해 세 번의 눈물이 필요했다.

첫 번째 눈물을 흘렸던 당시, 나는 이제 막 병원에서 일하기 시작한 내과계 중환자실 인턴이었다. 중환자실 인턴의 임무는 일렬로 누워 있는 환자들의 피를 뽑고 욕창을 소독하고 소변줄을 가는 등 의사의 '잡일'을 하는 것이다.

일하기 시작한 지 얼마 되지 않아 나는 한 할아버지 환자의 죽음을 보았다. 나는 이 환자가 어떤 인생을 살아왔는지, 가족은 있는지, 심지어 무슨 병으로 중환자실에 누워 있는지도 잘 몰랐다. 할아버지는 의식이 있어 보였지만, 인공호흡기를 달고 있어 나와 대화를 나누는 것도 불가능했다.

왜 나는 할아버지의 죽음 앞에서 울음을 터뜨렸던 걸까? 지금 다시 생각해도 그날 중환자실 한가운데서 텅 빈 공간으로 터져 나간 나의 눈물을 이해할 수 없다. 뜻밖에 울고 있는 인턴을 발견한 중환자실 간호사가 나에게 티슈를 한가득 뽑아 가져다주었지만 눈물은 멈추지 않았다. 그러나 인턴이 해야 할 일감이 밀려 있었다. 중환자실 간호사는 이 불쌍한 풋내기 인턴을 차마 직접 부르지 못하고, 뻔히 보이는 저쪽 구석에서 아직도 울고 있는 인턴에게 휴대폰으로 전화를 걸어 평소와 같은 어투로 밀린 일감을 상기시켜 주어 내 눈물을 멎게 했다. 나에게 그 전화는 '환자와 적정한 거리를 유지해야 한다'는 가르침의 의미로 다가왔다.

하지만 나는 그렇게 하기에는 아직 가르침과 경험이 더 필요했다. 두 번째로 눈물을 보였던 그 날, 햇병아리 내과 주치의였던 나는 순환기내과 병동에서 일하고 있었다. 병동에는 이미 심장의 기능이 다해 가는 할머니 환자가 있었다. 할머니는 생의 마지막 시간을 이 병동에서 보내게 될 운명이었다. 할머니 심장의 마지막을 알리는 부정맥이 일어났을 때, 나는 부정맥을 제거하는 전기충격을 지시했다. 그러나 역할을 다한 심장이 꿈틀거리는 것도 잠시뿐, 할머니는 모든 가족이 지켜보는 앞에서 결국 숨을 거두었다. 막 마지막 숨이 꺼진 할머니와 슬퍼하는 가족을 뒤로하고 복도로 나온 나의 눈에서 눈물이 흐르기 시작했다. 이번에도 똑같았다. 눈물은 멈출 기세가 없었다.

그러나 주치의가 된 나의 각오는 인턴일 때와 달랐다. 나는 이제 내과 주치의가 아닌가. 환자는 나를 신뢰하고 모든 의학적 판단을 나에게 맡길 텐데, 언제까지 슬픔에 잠겨 다 죽어 가는 환자의 가슴에 쓸모도 없는 전기충격기를 들이댈 건가? 나는 눈물을 닦고 고개를 들었다. 다행히 복도에는 아무도 없었고 어떤 환자나 의료진도 주치의의 눈물을 보지 못한 것 같았다. 나는 아무렇지도 않게 병동 안쪽의 주치의 자리로 돌아왔다. 더이상 나는 감정에 휘둘리는 햇병아리 주치의가 아니었다.

이후로 많은 시간이 흘렀다. 나는 내과 전공의로 병동, 응급실, 그리고 중환자실에서 환자들의 목숨을 떠메고 미친 듯이 일했다. 아름다운 마무리와 비참한 마지막을 보고 또 보았다. 내과의 수련 과정은 내게 전이를 주의하라는 가르침을 주는 데 더하여, 너무 많은 끔찍한 장면을 본 나머지 그 어떤 상황을 만나도 감정이 움직이지 않는 냉랭함을 선사해 주었다.

드디어 나는 30분 간격으로 환자들의 사망을 선언하면서도 눈 하나 깜

짝하지 않는 내과 주치의가 되었다. 의사로서의 객관성은 나의 공감 능력을 압도해서 전이와 같은 현상이 전혀 발붙일 수 없도록 만들어 주었다.

그러나 환자들이 원하는 의사가 과연 이런 모습일까? 환자의 치료 과정 중 일어나는 수많은 변수에 맞대하며 '그럴 땐 이렇게 하시면 됩니다'와 같은 정확한 판단만을 내려 주는 인공지능과 같은 의사를 환자는 신뢰하고 자신의 몸을 내맡기게 될까?

두 번째 눈물로부터 2년이 훌쩍 지나 산전수전 다 겪은 내과 전공의 3년차가 되었던 해의 어느 날, 나는 암 병동에서 한 환자를 만났다. 유방암 4기라고 보기에는 전신 상태가 나쁘지 않은 50대 아주머니였다. 이제 어느 정도 경험이 쌓여 여유를 부리는 주치의였던 나는, 회진 때마다 아주머니와 이런저런 대화를 나누었다.

여러 차례 항암제 치료를 한 결과 아주머니의 유방암은 소강상태였다. 이번에 아주머니가 다시 입원하게 된 이유는 원인 모를 복막염이 생겼기 때문인데, 복수천자 결과 염증세포를 검출할 수는 있었지만, 그 염증의 원인균은 확인되지 않았다. 나는 원인균이 불확실한 자발성 세균성 복막염에 대한 치료 지침을 그대로 아주머니에게 적용했다. 그럼에도 불구하고 며칠 후 재차 시행된 복수천자에서 복막염은 조금도 나아지지 않았다.

"글쎄요. 아직도 원인은 불확실한데, 지금까지 썼던 항생제에 별로 반응이 없네요. 항생제를 다른 종류로 교체해 볼 때가 된 것 같아요."

"아유, 그러면 그렇게 해야죠. 선생님, 아직은 별로 힘들지 않아요. 선생님께 다 맡길 테니 잘 치료해 주세요."

그러나 세 번째 복수천자에서도 복막염은 호전될 기미가 보이지 않았다. 대체 호전되지 않는 이유가 뭘까? 거듭된 항생제 교체에도 반응하지 않는 복막염을 어떻게 치료해야 하는지는 지침에도 나오지 않았다. 이대로 놔두고 지켜보는 수밖에 없을까? 그랬다가는 얼마 지나지 않아 염증이 환자를 집어삼킬 것이다. 교수님과 나는 아주머니의 유방암 상태를 다시 평가해 보기로 했다.

다음 날 촬영된 복부 CT 영상은 왜 아주머니의 복막염이 항생제에 이토록 반응하지 않았는지를 기막히게 보여 주었다. 복강 전체에서 이전에 없던 전이암 결절들이 하얀 조영제를 먹고 반짝거렸던 것이다.

때로는 환자의 병세가 극적으로 악화되기도 한다. 내가 환자에게 검사 결과를 설명할 겨를도 없이 아주머니의 혈압이 갑자기 떨어지기 시작했다. 순식간에 병동은 난리가 났다. 뛰어들어 간 병실에서 숨을 몰아쉬던 아주머니는 내 얼굴을 보고 힘겹게 입을 달싹였다.

"선생님…… 그동안…… 잘 치료해 주셔서…… 감사했어요."

나는 지난 2년간 억지로 눈물을 참았던 것일까? 수없이 목격한 온갖 죽음 앞에서 나도 이제 무뎌졌다고 생각했던 건 착각이었을까? 환자의 '마지막 인사'를 듣는 순간 눈에서 눈물이 후드득 떨어졌다. 이럴 수가. 환자와의 거리를 완벽하게 유지하는 냉철한 내과 의사가 된 줄 알았는데.

"그런 얘기는 다 낫고 나서 하세요!"

뛰어들어 갈 때처럼 병실 밖으로 뛰어나온 나는 혈압을 올리는 승압제 사용을 지시했다. 이 또한 이미 죽음으로 한 발짝 들어간 환자를 이승에 잠시 붙들어 두는 의미밖에 없는 행위지만, 나는 시간을 벌어야 했다. 아주머니의 아들이 병사로 군 복무 중이었기 때문이다. 연락을 받은 아들은 날듯이 달려와 병원에 도착했다. 아주머니의 아들을 포함한 가족들은 그날 오후, 사랑하는 사람의 평안한 임종을 지킬 수 있었다. 내가 죽음의 영역으로 들어가는 아주머니를 위해 할 수 있는 일은 정확히 거기까지였다.

나는 아주머니의 임종을 더 힘들게 만들 의미 없는 처치를 지시하지 않으면서도, 환자의 마음과 함께하면서 이 시간 환자에게 가장 필요한 '돌봄'을 줄 수 있었다. 그제서야 나는 어렴풋이 알 수 있었다. 전이에 의한 잘못된 판단을 막기 위해서는 환자가 아닌, 환자의 질병과 거리를 두는 것으로 충분하다. 그것이 의사가 환자와 다른 편에 서 있다는 뜻은 절대로 아니다. 의사는 객관적인 시선을 유지하면서도 환자의 편에 서서 그의 어깨에 한 손을 얹은 채 환자와 함께 질병을 바라보아야 한다. 그날 가족들의 평안했던 모습처럼 돌아서서 병실을 나오는 나의 마음도 평안했다.

의사 인생을 살며 앞으로 나와 함께할 환자들이 너무나 많다. 그중 어떤 환자들은 삶의 중요한 분기점에 서서 의사의 객관적인 판단을 원할 거고, 어떤 환자들은 판단보다 의사가 자신의 상황을 이해해 주고 공감해 주기를 원할 거다. 하지만 어떤 환자든 자신을 담당하는 의사가 따뜻한 손으로 진료하며 자신의 말을 귀 기울여 들어주는 동시에, 신뢰감 주는 모습을 보여 주기를 원할 것이다.

이제 나는 전이를 두려워하지 않는다. 언제 다시 터져 나올지 모르는 나의 눈물도 두려워하지 않는다. 기꺼이 눈물 흘리는 의사가 되어 흔들림 없는 자세로 나를 필요로 하는 환자와 함께할 테니까.

제17회 장려상 수상작이다. 글쓴이 고성준은 서울대학교 호흡기내과 전임의로, 수상 소감에서 "〈세 번의 눈물〉은 내 전공의 생활을 관통하는 키워드 중 하나인 '눈물'을 소재로 한 글이다. 이 글의 문학상 수상은, 의사로서 지니는 나의 마음가짐이 남 앞에서 부끄럽지 않다는 격려의 의미로 다가온다. 앞으로도 의사의 길을 걷다가 운 좋게 발견하는 작은 들꽃이 있다면 글의 형태로 표현해 보고 싶다"고 말했다.

# 교감

1.

땅거미가 내려앉은 어느 늦은 여름날. 다섯 살배기 아들 녀석이 친구네 집에 놀러 간 틈을 타 아내와 함께 동네 카페에 자리를 잡고 앉았다. 살림과 육아에 지친 아내는 모처럼 갖게 된 둘만의 여유에 한껏 흥이 났다. 메뉴판을 이리저리 뒤적이며 여기가 요즘 뜨고 있는 봉선동 핫플레이스라는 둥, 여기 와서는 이 메뉴를 꼭 먹어 보아야 한다는 둥, 쉴 새 없이 재잘거린다. 저다지도 행복해하는데, 그 잠깐의 여유조차 쉽게 허락해 주지 못하는 것 같아 괜스레 미안한 마음이 든다.

부쩍 선선해진 저녁 공기 탓에 여름내 거들떠보지도 않던 핫초코를 주문하고 기다리는데, 불현듯 전화벨이 울렸다.

"병원이야? 무슨 일인데?"

전화만 오면 으레 긴장하는 건 나나 아내나 마찬가지다. 하루 24시간이 모자랄 정도로 쉴 새 없이 병동과 응급실 콜을 받던 전공의 1년차 시절에 비할 바는 아니겠으나, 퇴근한 외과 전문의를 부른다는 것은 그 경중을 따져 보았을 때 절대 만만치 않은 상황이라는 뜻이기 때문이다.

외과 의사 아내 5년차의 육감은 전화 받는 목소리와 표정만 보고도 응급상황인지 아닌지를 단번에 눈치채는 경지에 이르렀지만, 이번엔 내 표정이 어지간히도 애매했나 보다. 전화기를 내려놓기 무섭게 무슨 일이냐며 채근한다. 별일 아니라며 어물쩍 넘어가려는 부질없는 시도와 약간의 실랑이가 이어진 끝에 결국 사실대로 털어놓고야 말았다.

"스무 살짜리 남자앤데, 군대에서 대장암 진단을 받았나 봐. 응급실로 왔대."

"저런. 젊은 나이에 안됐다. 그런데 그게 뭐 그렇게 못할 얘기라고 나한테 숨기려고 그래?"

"……크론병이 의심된대."


2.

내가 크론병 진단을 받은 건, 신혼의 단꿈에 젖어 있던 전공의 3년차 봄이었다. 일 년간 세 차례나 항문 주위 농양과 치루로 수술을 받으면서도, 나는 나 자신이 크론병일 수도 있겠다는 생각은 하지 않았다. 아니, 애써 하지 않으려 했다. 크론병의 진행 과정과 예후를 누구보다도 잘 아는 외과 전공의로서는 그것이 속 편했다. 크론병 환자에게 수술동의서를 받으면서 주저리주저리 읊던 합병증들이 나에게 닥칠지도 모른다고 상상하는 것만으로도 소름이 끼쳤으니까.

대장내시경 검사를 받아야겠다는 큰 결심을 한 건 순전히 아내 때문이었다. 치루가 왜 이렇게 자주 재발하는지, 혹시 다른 이유가 있는 건 아닌지 캐묻기 시작한 아내를 이해시킬 만한 답변이 궁색해지던 즈음이었다. 그래, 기왕 이렇게 된 거 대장내시경 한 번 받고 깨끗이 털어 버리자. 차라리 잘 되었다. 애써 외면했던 마음 한구석의 의혹 한 점까지 말끔히 지워 버리리라.

하지만, 만에 하나라는 가정은 현실이 되었다.


3.

"장루를 꼭 만들어야 하나요?"

응급수술을 앞둔 J의 어머니가 간절한 눈으로 나에게 물었다. 서른 살의 크론병 환자. 살아온 날보다 앞으로 살아갈 날이 더 많을 이 젊은이가 남은 평생 가지고 살아야 할 똥주머니를 만드는 수술에 동의를 요구하는 건 참으로 못할 짓이다. 그러나 말단 회장의 크론병이 심해져 소장과 S상 결장, 소장과 방광 사이에 이미 누공이 발생한 상태라 선택의 여지는 없었다. 의학적 설명을 충분히 했음에도 J의 어머니는 묻고, 또 묻다가 끝내 닭똥 같은 눈물을 쏟아 내었다.

"아직 결혼도 안 했는데……."

지금 제일 큰 문제는 당신 아들이 결혼하느냐 마느냐가 아니라, 아들을 살릴 수 있느냐 없느냐라는 모진 말이 턱밑까지 올라오는 걸 애써 삼켰다. 전화 드릴 때마다 요즘 몸은 좀 어떠냐, 네 건강이 제일 걱정이다, 몸 챙겨 가며 일하라는 말씀을 반복하시는 우리 어머니의 모습이 겹쳐서 더 말을 이을 수가 없었다.

병실에서 만난 J는 오히려 담담했다. 장루를 만들어야 한다는 설명에도 이미 알고 있었다는 듯 의연한 반응을 보였다. 하지만 그건 분명 어머니 옆에서 약한 모습을 보여서는 안 된다는 과장된 태연함이었다. 나는 J의 눈동자 속에 드리워진 감출 수 없는 그늘을 보았다. 수술에 대한 두려움, 장루에 대한 거부감, 미래에 대한 절망감. 그 모든 것을 가슴 속에 담은 채 두 모자는 애써 담담함을 꾸며 내고 있었다. 그것은 흡사, 설사와 체중 감소로 힘들어하면서도 난 괜찮으니 엄마 건강이나 챙기시라며 매번 엄마를 안심시키던, 바로 내 모습이었다. 병실의 무거운 공기를 더는 견딜 수 없어서 수술하면 괜찮을 거라는 영혼 없는 위로를 남기고 서둘러 자리를 떴다.

4.

J의 배 속은 예상보다 훨씬 심각했다. 응급으로 말단 S상결장루 조성술과 소장결장 우회술을 시행한 것이 불과 사흘 전이었다. 장의 염증과 부종이 심하다 보니, 우회술로 연결해 준 소장과 횡행결장의 문합부가 미처 아물지 못하고 누출이 발생한 것이다. 아직 채 아물지도 않은 복벽에 다시 전기소작기를 가져다 대는 순간, 악취와 함께 복강 내에 고여 있던 대변이 흘러나오기 시작했다.

절대 동요하지 않으리라 다짐에 또 다짐하고 들어왔건만, 허사다. 다양한 종류의 복막염 환자를 마주하면서 이런 일에는 이골이 났다고 자부했지만, 누워 있는 환자가 크론병이다 보니 이야기가 달라진다. 내 배를 내가 가르는 기분. 내 배 속에서 똥이 새고 있는 듯한 오싹함. 여느 수술과 다름없는 모습을 보이기 위해 무던히도 애를 썼지만, 손끝의 미세한 떨림과 터질 듯한 심장박동을 나 자신에게까지 숨길 방도는 없다. 대체 왜 나는 외과 전문의가 되어 또 하필이면 대장항문을 세부 전공으로 선택하여 자신을 옥죄고 있는 것인지. 패혈성 쇼크 상태로 수술대에 누워 있는 환자는 물론이거니와, 불현듯 떠올라 집중력을 흩뜨려 놓는 오만 가지 잡생각과도 사투를 벌이고 나니, 수술은 무사히 마쳤으나 내 몸과 마음이 만신창이가 되어 버렸다.

"내일 퇴원하겠습니다."

하루가 다르게 수척해져 가는 얼굴로 J가 말했다. 중환자실에서 생사를 넘나드는 고비를 무사히 넘기고 상태가 안정되어 가던 입원 36일째였다. 180cm가 훌쩍 넘는 장신의 몸무게가 37kg까지 줄었다. 꺾어 놓은 나뭇가지처럼 침대에만 누워 지내고 있었다. 패혈증에서는 완전히 회복되어 재활치료와 약간의 영양보충 외에는 딱히 더 해 줄 게 없는 상황이긴 했지만, 길어진 와병으로 혼자서는 걷지도 못하면서 환자 스스로 퇴원을 먼저 요청하다니, 이런 경우는 드물다. 환자의 갑작스러운 퇴원 요구에 당황한 나는 원하는 대로 하시라고 더듬대며 겨우 한마디 내뱉고는 도망치듯 병실을 빠져나왔다. 한 달이 넘는 회진 동안 얼굴 마주칠 때마다 나를 괴롭히던 복잡한 상념들도 내일이면 거짓말처럼 사라지겠지. 퇴원이라니 정말 감사한 일이다. J에게도, 나에게도.


5.

옛말에 중이 제 머리 못 깎는다고 했다. 외과 의사는 제 몸은 물론이거니와, 가까운 가족의 몸에도 직접 메스 대기를 꺼린다. 환자와의 과도한 교감 때문이다. 어머니의 배를 가르면서도 냉정함을 유지하기가 어디 쉬운 일이겠는가. 그래서 상당수 의사는 내 가족의 집도의가 되기보다는 차라리 수술실 밖에서 마음 졸이는 보호자가 되기를 선택한다.

환자와 교감할 줄 아는 의사가 참된 의사다. 의과대학 학생일 때 그렇게 배웠고, 10년여의 아직 길지 않은 경험에 비추어 보더라도 부정할 수 없는 사실이다. 하지만 또 한 가지 분명한 것은, 지나친 감정이입은 냉철한 판단을 저해한다는 점이다. 매 순간순간 가장 현명한 판단을 해야 하는 외과 의사로서는 더더욱 그렇다. 가깝지만 너무 가깝지는 않도록 환자와의 거리를 적당히 유지하는 것. 앞으로 평생 크론병 환자를 다루어야 할 내가 짊어져야 할 숙제다.

J가 퇴원 한 달여 만에 60kg이 되어 외래에 나타났을 때 그의 두 손을 맞잡고 덩실덩실 춤이라도 추고 싶은 심정이었지만 끝끝내 참은 것도 환자와 적당한 거리를 유지해야 한다는 무의식의 발로가 아니었을지.

제16회 장려상 수상작이다. 글쓴이 이수영은 화순전남대병원 외과 교수로, 수상 소감에서 "사실, 이 글을 문학상에 응모하기로 결정하기까지 많은 고민과 용기가 필요했다. 나는 전혀 그렇게 생각하지 않지만, 글을 읽게 될 누군가는 나의 치부라고 생각할 수도 있는 내 병이 널리 알려지게 될 수 있기 때문이었다. 하지만 의사도 병도 있고 감정 조절에도 애를 먹는 한 사람의 인간이라는 사실을 알리고 싶은 욕구가 조금은 더 컸던 것 같다. 결과적으로는 잘한 선택이었다"고 말했다.

# 2

# 아픈 이들에게도
# 삶이 있다

형에게는 아직 시간이 있고
꿋꿋하게 살아 낼 준비도 되어 있었다.

11월은 '많이 가난해지는 달'이지만
'모두 다 사라진 것은 아닌 달'이다.

...

# 오기로 똘똘 뭉친 사나이

　검은색 빵모자를 푹 눌러쓴 남자가 상담실로 들어오더니 자리에 앉자마자 "쌍꺼풀 수술하러 왔습니다"고 말한다. 40세 초반의 나이, 상당한 미남형의 얼굴이다. 초롱초롱 반짝이는 눈에 몸은 운동선수처럼 군살 없이 탄탄했다. 그런데 모자를 벗고 보니 긴 칼자국이 선명하게 보이는 까까머리였다.

　'스님인가? 혹시…… 공갈단?'

　요즈음 성형외과 병원을 돌아다니며 성형수술하고는 결과가 좋지 않다며 협박해서 돈을 뜯어내는 무리가 있다는 말을 들어온 터였다. 환자는 오래전부터 쌍꺼풀 수술하는 것이 소원이었다고 말했다.

　"머리 흉터는 뭔가요?"

　"수술받은 지 보름밖에 안 됐어요. 요 앞 S 대학병원에 입원해 있습니다."

　그는 공손하게 대답했다. 무슨 수술을 받았냐고 묻자, 뇌암 수술이라고 한다.

"3년밖에 못 산대요."

남 말하듯이 무심하게 툭 내뱉는다.

3년이라니! 쌍꺼풀 수술을 하더라도 자연스럽게 되려면 6개월, 길게는 일 년도 걸린다. 3년밖에 못 산다면 정리할 일도 많을 텐데 왜 하필 쌍꺼풀 수술일까? 대학병원에 입원해 있다면 그쪽 성형외과에서 하는 게 여러모로 좋을 거라고 하자 이렇게 대꾸한다.

"암 병동에 있는데 의사들이 곧 죽을 사람이라고 우리를 폐품 취급해요."

아무리 시한부 생명이라고 해도 병원의 태도가 너무 마음에 들지 않는다고 했다. 곧 죽을 사람들, 의사로서는 적어도 의학적으로 최선을 다했기에 도덕적으로 꿀릴 것은 없다. 그렇다고 특별한 묘책도 없으니까 환자가 아프다고 하면 독한 약만 놔주곤 해서 몽롱한 상태로 지낸다고 한다. 그러다 보니 이젠 중독이 되어서 그 시간만을 기다리게 되었다고.

암 병동의 환자들은 누구나 삶을 연장해 보려는 열망을 가지고 있다고 그는 강조했다. 그러나 기댈 수 있는 것은 오직 방사선 치료나 항암제 주사 외에는 없다고 슬퍼했다. 그는 방사선 치료를 위해 병동 여기저기를 다니다 보니 환자들의 일상을 관찰하게 되었는데, 암 병동 환자들이 간호사나 담당자에게 궁금한 것을 물어보면 짜증스럽게 곧 죽을 놈들이 귀찮게 한다는 식의 눈치를 준다고 한다.

"분통이 터져서 담당 주치의한테 밖에 내보내 달라고 소리쳤어요."

그는 분이 풀리지 않은 듯 잔뜩 화난 어조로 말했다.

"죽기는 왜 죽어요. 몸 보니깐 3년 아니라 30년도 더 살겠습니다."

내가 말장단을 맞추며 얘기를 들어주니 그는 마음의 문이 열린 듯 한참 수다를 늘어놨다. 인간의 삶에서 수다는 매우 중요한 힐링의 의미를 지니고 있는 듯하다. 그래도 의사로서 죽음 얘기는 꺼내고 싶지 않은데 말이 자연스럽게 나왔으니 대화를 풀어가기가 수월했다. 녹차 한 잔을 마주하고 시작된 환자의 이야기는 계속되었다.

"의사한테 수술 끝나면 치과와 성형외과 상담 좀 하게 해 달라고 부탁했거든요. 그런데 보름이 지나도록 아무런 소식이 없는 거예요."

그가 화나는 이유는 너무 기다리게 했다는 것이다. 수명이 3년밖에 안 남은 사람에게 보름이란 시간은 일반인들의 시간으로 치면 4년에 해당한다는 논법이었다.

"4년을 조른 거라고요……"

그것은 입장의 차이다. 뇌수술을 받은 지 보름밖에 되지 않아 쌍꺼풀 수술을 받겠다고 하면 내가 담당 의사라도 거절했을 것이다. 게다가 충치 치료도 하겠다니 '죽을 때가 되니 별 희한한 돌출 행동을 한다'며 간호사한테 환자를 잘 지켜보라고 close observation(철저한 감시) 오더를 냈을지도 모른다. 문제는 의사와 환자 간에 소통이 부재한 탓이다. 하지만 그런 오해는 우리가 사는 세상사이기도 하다.

얘기를 다 듣고 보니, 쌍꺼풀 수술을 안 해 줄 수도 없게 생겼다. 그러나 적당한 말로 돌려서 "지금 모습이 훨씬 나은 것 같아요"라며 거절의 뜻을 담아 말을 건네자, 갑자기 분위기가 싸늘하게 냉각되었다. 어색한 침묵 속에 빤히 바라보는 그의 시선에 원망의 빛이 가득했다. '당신도 나를 곧 죽을 사람이라고 폐품 취급하는 것이냐?' 하고 질타하는 것만 같았다. 자기 말을 귀담아들어 주는 의사를 만나 기분 좋았는데, 너도 별수 없는 놈이구나 하는 눈초리였다.

"벌써 치과에 들러 썩은 이 다 뽑았다고요!"

어차피 내가 안 해 줘도 꼭 하고 말겠다는 의지의 표현이었다. 곰곰이 생각해보니 이것은 사람의 소원을 들어주는 일이기도 했다. 오래전부터 죽기 전 꼭 쌍꺼풀 수술을 하고 싶었다는 그의 말이 떠올랐다. 그는 어떤 희생을 치르더라고 꼭 쌍꺼풀 수술을 하고 말겠다는 결연함을 보였다. 그 집착을 누가 말리겠는가!

"좋소. 까짓 합시다!"

내가 허락하자 그는 벌떡 일어나 어린애처럼 손뼉 치며 좋아했다. 솔직히 걱정스럽긴 했지만 환자의 건강 상태를 보니 큰 문제는 없을 것 같았다. 수술 날짜를 뒤로 잡으면 그의 계산법으로 몇 년 뒤 스케줄이라고 할 것 같아 바로 해 주기로 했다.

"어떻게 해 줄까요? 남자들은 속 쌍꺼풀로 가늘게 만드는 편입니다."

그러자 그는 신이 나서 봇물 터진 듯 원하는 바를 말하기 시작했다. 깜짝 놀랄 만큼 주문이 까다로웠다. "여기는 바깥쪽으로 가면서 멀어지게 해 주고, 앞쪽은 이렇게 터주고요." 그의 요청은 수술대에 누워서도 거울을 보며 계속되었다.

수술 후 4일째, 실밥을 뽑으러 온 그가 조금 풀 죽어 보였다.

"주치의 선생님한테 혼났어요?" 하고 묻자 의외의 대답이 돌아온다.

"아뇨, 병실 환자와 보호자들한테 기립 박수받았습니다."

"네에?!"

"죽을 때 죽더라도 용기가 보기에 좋았답니다."

위암 말기의 어떤 환자 보호자는 통쾌하다는 말까지 했다고 한다. 담당 의사 말에 무조건 순종하고 처분만 기다리는 사람들이 아니라는 저항을 보여 준 것에 감사와 희망의 연대감이 형성된 듯했다.

그는 사람들이 시한부 생명으로 조금밖에 못 산다고 하면 멀쩡하던 사람도 침대에 쓰러져 일어나지 못한다며, 자기 침대 옆에 입원한 환자 이야기를 했다. 30대 남자인데, 한 달 넘게 기침이 심해서 진찰받으러 왔다가 입원해서 조사해 보자는 의사 말을 듣고 입원했다고 한다. 젊은 환자는 가슴 촬영에서 이상 소견이 나온 것도 없고, 기관지 내시경 검사도 특이 사항 없어서 너무 좋아하며 퇴원 준비를 하러 담당 의사를 만나러 갔다. 마지막으로 촬영한 MRI 결과를 확인하기 위해서였다. 그런데 폐하엽 뒤쪽에 작은 종괴가 있다는 말을 듣고는 병실로 올라와서 그대로 쓰러지더니 침대에서 영영 일어나지 못했다고 한다. 조직 검사 결과, 역시 악성 소세포암으로 나왔다. 퇴원을 준비하던 환자는 며칠 지나지 않아 삐쩍 말라서 침대에 퍼져 버렸고, 그걸로 끝이었다.

"바보 같은 놈이에요. 이겨 보겠다는 오기가 있어야 하는데 멀쩡하던 녀석이 그 후로는 침대에서 일어날 때도 벌벌 기어요. 쯧쯧."

그는 혀를 찼다.

오기? MRI로 확인될 정도면 최소한 1cm 이상 커져 있다는 뜻이다. 심인성 질병이 아니라 암세포가 폐 깊숙한 곳에서 자라고 있는데 오기로 해결될까?

"나는 억울해서 죽을 수 없어요. 이제 겨우 마흔을 넘겼는데……."

사람들은 처음 암 선고를 받으면 분노부터 생긴다고 한다. 왜 하필이면 나야? 뭔가 잘못된 것이라는 강한 부정과 함께 분노가 생기며, 마지막에는 체념하고 조용히 받아들이게 된다.

그런데 이 환자는 그런 종류의 분노와는 뭔가 달랐다.

"깨어나 중환자실에 있었는데 다음 날부터 밥을 먹었어요."

"토하면서도 먹었어요."

"나는 정말 살고 싶습니다."

방사선 치료 6주가 끝나면, 강원도 산골로 가 생식하고 영지버섯 따 먹으며 지낼 계획이라고 한다.

"암이 생기는 이유는 면역력이 약해져서 그래요."

"요즈음 가공 음식을 너무 많이 먹어서 그렇대요."

"건강을 위해 뭐든 해 볼 생각이에요!"

누가 뭐라고 하든 자기 스스로 준비를 이미 많이 해 놓았다. 가망 없다고 암 병동에서 쫓겨났던 어떤 사람한테서 온 편지도 소개한다. 6개월 시한부라고 했던 그분은 여전히 건강하게 잘 산다며…….

치료가 끝나면 퇴원하기 전, 얼굴이나 한 번 더 보자는 인사로 그와 작별했다.


그렇게 잊고 지내던 그가 불쑥 나타난 것은 3년이 훨씬 더 지난 어느 날 오후였다. 그는 매우 단단하고 건강한 얼굴로 나타나서 자기를 아느냐고 물었다. 반갑게 악수를 했다. 그는 자신감 넘치는 웃음을 보이면서, 자기의 삶을 성형 후기로 써 보지 않겠냐고 한다. 그러면서도 자기 쌍꺼풀이 마음에 들지 않는다며 손가락으로 원하는 형태를 그리면서 불만을 표시한다.

과연 그의 오기(?)는 삶의 원동력이었을까? 아무튼 살고 싶다는 열망으로 달궈진 그의 의지는 암세포도 기죽게 만든 것임이 틀림없다.


제16회 장려상 수상작이다. 글쓴이 이은정은 연세자연미성형외과 원장으로, 수상 소감에서 "3개월 시한부 인생이라면서도 쌍꺼풀 수술을 해 달라 요청하던 남자의 이글거리던 눈빛이 오랫동안 기억에 남았다. 그는 결국 살아남았다. 쌍꺼풀이 마음에 안 든다며 한 번 더 수술했다. 자신의 정해진 운명에 순종하지 않고 과감하게 도전하고 또 부리치며 맞장뜨는 모습이 보기 좋았다"고 말했다.

...

# 혈액형

"애기 피 검사할 때 혈액형 검사도 함께할까요?"

"혈액형 검사는 뭔디요. 아니, 빈혈 검사만 해 주셔잉."

의사가 하는 말에 옆에 서 있던 할머니가 한 발 다가서며 급히 제동을 건다.

"왜요? 피 검사하는 김에 같이 하면, 다음에 피 안 빼고 좋을 텐데."

의사는 시큰둥하게 말을 받으며 아기 손가락에서 피 한 방울을 빈혈 측정기에 떨군다. 할머니는 의사가 뭘 더 할까 봐 며느리 품에 있던 아기를 빼앗듯이 안아 뺨에 입을 맞추며 진찰실을 나간다.

며느리는 좀 어색한 듯이 가벼운 미소를 지으며 의사 앞에 앉아 검사 결과를 듣고 아기에게 먹일 이유식을 상담했다.

"어머니, 우리 하늘이 다 정상이래요."

할머니는 며느리 얘기를 듣는 둥 마는 둥 손자만 가슴에 안고 어르며 진귀한 보물 보듯이 아기의 얼굴에 눈을 박고 혼잣말인지 며느리 들으라고 하는 말인지를 웅얼거린다.

"야가 우리 전주 이씨 가문의 장손인디. 그럼, 다 정상이야지. 안 그람 큰일 나지잉."

그러고는 의사에게 말을 건다.

"선상님여, 우리 하늘이 애비 기억하시지여 잉. 애비가 국민핵교 댕길 때꺼정 이 병원에서 컸는디……."

"아, 그럼 기억만 하겠습니까? 지금도 건강하지요?"

의사는 허허 웃으며 쉽게 대답을 한다.


의사는 문득 20년 전 기억을 꺼내어 펼쳐 본다. 한곳에서 30여 년을 개업하다 보니 잔잔한 기억은 채로 걸러지듯 솔솔 다 빠져나가고, 굵직한 기억만이 자리를 잡고 있다.

머리에 남아 있는 기억 중 하나가 바로 할머니인, 하늘이 아비 엄마였다. 의사는 그 아기 엄마의 말이 구수하고 유쾌해서 기다리는 환자를 밀어 놓고 잠시 휴식을 취하는 기분으로 맞장구쳐 가며 말을 주고받곤 했다.

아기 엄마의 말에 의하면, 전주 이씨 가문에 시집왔더니 남편이 3대 독자였단다. 애를 많이 낳으려고 낮에는 남편 먹일 보약을 달였고, 밤에는 무심한 남편을 살살 어루만져 기름진 밭에 씨를 뿌린 후 잠을 잤지만, 들어서라는 애는 없고 살만 피둥피둥 올랐단다.

남편의 기둥은 항상 힘없이 늘어져 있었고 애써 가며 손으로 입으로 기둥을 세워 가며 어쩌다 뿌린 씨도 밭에 도달하기 전에 엄한 곳에 흩어져 이부자리만 얼룩졌다. 외간 남자 경험이 없는 여자가 생각해도 남편의 기둥은 볼품없이 작고 가늘었으며, 기둥 아래 달랑거리는 알집도 비었는지 쭈그러져 있었다. 왜 이 가문에 자손이 귀한지 몇 년이 지난 후에 알게 되었지만 아기 엄마는 불공드리는 심정으로 매일매일 밤마다 정성을 다해 남편 기둥을 세웠다.

몇 년이 지났고, 애가 안 들어서서 소박맞을 즈음에 달거리가 없어졌다. 단박에 산부인과를 갔고 임신을 확인했다. 달이 차기도 전에 아기는 일찍 세상에 나왔고 첫울음은 고고했다. 엄마는 아기를 처음 보는 순간 얼굴도 안 보고 탯줄도 젖히고 고추부터 눈여겨보았다.

아빠 것을 닮았나! 달려 있기는 있는데 흔적만 보인다. 그래도 남자아이라 대를 이을 수는 있겠구나, 생각하며 아픔에 눈을 감았다.

아기는 시골에서 자랐고, 학교 갈 나이에 병원 근처로 이사를 와서 의사의 병원에 다녔다. 엄마는 바싹 마른 아들 손을 잡고 별 증상이 없어도 병원에 다녔다. 콧물만 흘려도 왔고, 밥을 잘 안 먹어도 왔고, 똥이 딱딱하다고 왔고, 밤에 기침한다고 왔다. 그때 통통히 살진 애 엄마는 의사 앞에만 앉으면 매번 같은 말로 말문을 열었다.

"선상님여, 우리 아 거시기 좀 봐 주시겠스라우?"

"선상님여, 이담에 아가 결혼할 수 있겠스라우?"

의사는 애 엄마에게 가족 내력을 여러 번 들어 그녀 가슴에 박힌 두려움이 무엇인지 충분히 알고 있었고 그렇기에 수시로 아들의 성기를 살폈다. 고추는 나이에 비해 작았고 방울도 땅콩처럼 작았다. 호르몬 검사와 염색체 검사에 이상 소견은 없었다. 의사는 엄마에게 걱정하지 말라고 안심을 시켰지만 자신도 확신이 없었다.

아들은 커 가고 엄마는 늙어 가면서 병원 오는 횟수가 적어졌다. 대학을 마치고 번듯한 직장에 다니는 아들은 겉으로는 이상이 없었다.

어느 날, 아들은 어머니에게 머뭇거리며 말을 끄집어냈다.

"엄니! 나 결혼하면 안 될까?"

"뭐시라고. 야가 뜬금없이 뭔 말이다냐."

엄마는 놀라고 당황했으나 반가운 말에 얼굴을 돌려 아들을 빤히 보았다.

"엄니, 실은 사귀던 여자 친구가 임신을……."

아들은 쑥스러운 듯 고개를 숙였다.

"오매, 참말이다냐."

엄마는 눈을 크게 뜨고 아들의 입을 보고 또 보며 몇 번을 중얼거렸다.

"뭔 일이 요로코롬. 우리 아들이 남자 구실을 하는 겨? 굴러 들어온 복인디."

엄마에게는 세상에서 제일 반가운 날이었다. 산 아래 용하다는 사주팔자 집에서 결혼 날짜를 받고, 신 내린 박수 무당집에 복채를 두둑이 올리고, 아들딸 자손이 대추나무에 대추 열리듯 많이 많이 주렁주렁 열리게해 달라고 손바닥에 불나도록 빌고 빌었다.

며느리는 예정일에 매끄럽게 자연분만을 했고, 손자는 우렁찬 첫울음을 하늘에 토해 냈다. 하늘이 내려 준 사내아이였다. 하늘이 점지했기에 이름도 '하늘'이라 지었다. 이제 엄마는 할머니가 되었고, 할머니는 하늘이를 처음 안았다. 그리고 얼굴도 보기 전에 배냇저고리를 벗기고 하늘이의 고추부터 보았다.

"오매. 하늘이 꼬추가 내 엄지손가락만 하네. 그라고 방울은 대추알만 하고잉."

할머니의 큰 소리에 며느리는 멋쩍은 듯 고개를 돌린다. 할머니는 박수에게 빌듯이 혼잣말로 한없이 중얼거리며 흐르는 눈물을 몰래 훔쳤다. 아들이 커서 지 아비처럼 성기가 작아 아기를 못 낳으면 어쩔까, 여태껏 마음에 감추고 살아왔는데. 그런데 손자 하늘이는 달랐다. 그동안 옆집 앞집 동네 백일잔치에서 보아 온 고추처럼 잘생기지 않았는가! 할머니는 손자 하늘이를 보는 순간 박수의 은덕이라 생각했다. 전주 이씨 가문의 대가 끊이지 않도록 박수가 씨를 바꿔서라도 점지해 준 것이라 믿었다.

아들이 중학교 다닐 때, 고추가 크는 데 도움이 된다는 포경수술을 하며 비뇨기과 의사와 의논 후 정액 검사를 했었다. 비뇨기과 의사는 확신 없이 말했다.

"글쎄요. 정자 운동과 양이 적어서 임신은 안 될 것 같은데. 성인이 돼서 다시 한번 더 검사하죠."

그 후 할머니는 더 이상 검사를 포기했다.

그런데 손자 하늘이가 태어났고, 고추가 왕고추이고, 방울이 대추 방울이니 나만 입 꾹 닫고 있으면 앞으로 자손이 번성하여 대대손손이 이어지는 가문이 될 터니.

"괴안타. 괴안타. 며늘애가 결혼 전에 다른 남자 씨를 갖고 왔어도 이제 와 어쩔 건데, 어쩔 건데……."

할머니는 중얼거렸다.


피 검사 후 며칠 지나서 할머니가 혼자 병원에 왔다.

"저가 선상님 찾아온 거는, 앞으로도 하늘이가 계속 병원에 다니며 예방주사도 하고 아프면 약도 받아야 하는데……. 다른 병원 가면 혹시 피 검사하며 혈액형 검사도 하게 되어, 애비랑 다른 혈액형이 나와 혹시 친자식 아닌 것이 밝혀진다면……."

할머니는 목이 타는지 잠시 말을 쉬었다.

"만약에 며늘애가 결혼 전 다른 남자의 애를 가지고 우리 아들이랑 결혼해 낳은 아이로 밝혀진다면 집안에 풍파가 일 것이기에. 지는요, 임신했다기에 진즉에 알았스라. 애비가 무정자증이라 애가 없다고 오래전 비뇨기과 의사가 알려 줬는지라. 그런데 씨 다른 자식이라도 없는 것보다 나을 것이고. 선상님……. 요즘 유전자 검사로 쉽게 친자 확인이 된다지만, 지는요. 안 하겠쓰라. 하늘이가 내 친손주라 생각하며 그냥 내 복이려니 생각하고 살것스라우. 선상님, 부탁합니다. 앞으로도 하늘이 혈액형 검사 얘기는 하지 말아 주시여잉."

할머니는 손수건을 꺼내 눈을 찍으며 일어섰다.

나도 혼자 중얼거렸다.

"자식은 가슴으로도 낳을 수 있지."

제16회 장려상 수상작이다. 글쓴이 김진태는 전 영보복지의원 원장으로, 그가 수상 소감으로 작성한 시의 일부는 다음과 같다.

하나둘 지난 추억이 쌓이니 가슴에 얼음이 얼고 새싹이 돋고
미소가 피고 눈물이 흐릅니다.
마루에 작은 소반 무릎에 올려놓고 한 줄 두 줄 써 내려갑니다.
아이들은 나무가 되었고
세상일은 구름이 되었네.

．．．

# 사랑으로 자식을 품는다는 것

　　2016년 여름은 유난히 뜨거웠다. 그 뜨거움이 조금 가실 무렵 서른아홉의 나이에 첫딸을 얻었다. 워낙에 결혼이 늦었던 것이 노산의 큰 원인이었다. 허나, 한 차례 유산을 겪고 1년 넘게 다닌 난임클리닉의 시술에 모두 실패하면서 서른여덟 겨울을 맞이할 무렵, 나는 마흔 전에는 출산해야 하지 않을까 하는 생각에 몹시 초조해졌다. 그리고 임신과 출산을 위해서 일을 그만두기로 마음먹었다. 재수, 유급 한번 없이 교수가 되기까지 쉴 새 없이 달려온 외과 의사로서의 삶에 나름 인생의 큰 쉼표를 찍기로 결심한 것이다. 그리고 신기하게도 퇴직하기로 마음을 먹자마자 자연 임신이 되었다. 2016년 한 해의 유일한 목표는 건강한 아이 출산하기였다. 그리고 나는 원하고 원하던 아이를 얻었다.

　　태어난 아기는 처음엔 온몸에 태지가 덕지덕지하고, 얼굴엔 하얀 피지가 쫙 깔려 있었다. 피부는 새빨간 것이 쭈글쭈글 못생기기 이를 데 없었다. 사람들이 "축하해, 아기 너무 예쁘지?" 하고 묻는 말에 대답도 못 할 정도로 나는 못나 보이는 아기 얼굴이 당황스러웠고, 마치 내 아기가 아닌 것처럼 생각되었다. 하지만, 하루하루 시간이 흐르면서 아기의 모습은 변했고 나 역시 아기의 모습에 익숙해져 갔다. 아기를 안고 조리원을 퇴소하여 집에 돌아와 본격적으로 아기와 함께하는 시간이 늘어나면서 나는 아기에게 정이 드는 것을 느낄 수 있었다. 아기가 보여주는 배냇짓 하나에도 이렇게 행복해질 수 있다니. 아기를 바라보는 문득문득, 이 작은 생명체로부터 피어나는 사랑스러움에 새삼 놀라게 되었다. 두 달째가 지나면서 딸아이는 엄마인 나를 알아보는 듯했다. 배냇짓이 아니라, 내 얼굴을 알아보고 방긋방긋 웃음을 지어 주었다. 나는 아이의 웃음에 마치 홀리는 듯했다.

품에 안고 젖을 먹일 때는 종종 TV를 시청하곤 했다. 이는 조리원에서부터 시작된 습관이었다. 젖 먹이느라 15분 이상 아이를 안고 있는 시간이 무료하여 텔레비전 앞에 앉아 있곤 했다. 그러던 어느 날, 나는 TV 프로그램을 보면서 신나게 웃다가 우연히 품속에서 젖을 먹는 딸아이를 내려다보았다. 순간 가슴이 철렁 내려앉았다. 아이는 입으로는 열심히 젖을 빨면서 눈으로는 내 얼굴을 빤히 쳐다보고 있었다. 그리고 드디어 눈이 마주쳤다는 듯 활짝 웃으면서 내 얼굴에서 눈을 떼지 않았다. 도대체 얼마나 나와 눈이 마주치기를 기대하면서 바라보고 있었던 걸까. 이 무심한 엄마가 TV에 관심이 팔려 젖만 내주고 있는 동안, 아기는 나만 바라보면서 자기를 보아주길 하염없이 기다리고 있었다는 생각에 너무나 미안할 뿐이었다.

조그마한 손과 발, 눈, 코, 입을 바라볼 때면 아기라는 존재가 얼마나 여린지, 그리고 울음이라는 표현법 하나로만 누군가의 보살핌을 이끌어

내야 하는 얼마나 약한 존재인지 깨닫게 된다. 그 사실에 마음이 아파진다. 또, 그만큼 아이를 잘 돌봐야 한다는 책임감과 사랑이 솟아나는 것을 느끼면서, 이런 게 모성애인가 하는 생각이 든다. 올해 너무 자주 들려오는 계모 계부의 아동학대, 어린이집의 아동학대 뉴스를 접할 때마다 도대체 왜 이런 일이 일어나는 걸까, 어떻게 이런 작고 약한 존재에게 그런 나쁜 마음을 먹는 걸까, 내 자식이 아니면 가학성이 발휘되는 동물의 본성이 어쩔 수 없이 인간에게도 남아 있는 걸까, 하고 혼자 별고민을 다 해 본다.

하지만, 내가 만났던 한 환자와 가족의 이야기를 떠올리며 이내 고개를 젓는다. 직접 낳지 않아도 아이를 사랑으로 대할 수 있다는 확신이 들기 때문이다.


외과 전공의 1년차 중반 무렵, 한 달간 혈관외과 분과의 주치의를 맡게 되었던 때였다. 응급실로 복부 대동맥류가 파열된 80세 할머니가 오셨다. 응급실에 모여든 가족들은 자식들과 손자 손녀들로, 어림잡아도 스무 명은 되어 보였다. 그들은 그야말로 울고불고 할머니 살려 내라고 난리였다.

할머니를 살려 내는 치료는 복부를 개복하는 수술이었다. 터지고 커져 있는 대동맥 부분을 잘라 내고 인조혈관으로 치환해야 했다. 수술 자체도 크고 복잡한 데다 환자는 80세의 고령이었으므로, 전신마취와 수술의 위험도가 높고, 사망 가능성이 매우 큰 상태였다. 이 점에 대해서 수차례 강조를 하며 설명했지만, 보호자들은 무조건 할 수 있는 치료는 다 하여 할머니를 꼭 살려 달라고 신신당부했다. 의사의 관점에서 사실 이런 보호자들이야말로 가장 고마운 분들이다. 그야말로 우리 의료진은 돈이나 다른 걱정 없이 치료에만 전념하면 되니까 말이다.

입원과 수술을 위한 처방을 전산입력하고, 수술과 마취 관련 동의서 작성을 위하여 보호자들에게 다시 한번 수술에 관한 설명을 할 때였다. 우리 몸에서 가장 굵은 혈관인 대동맥을 수술하는 만큼 급박한 순간에는 긴급 수혈이 반드시 필요하다. 그래서 수술 전 준비로 수혈 처방을 20/20/20, 즉, 적혈구, 혈장, 혈소판을 각각 20파인트씩 준비해 달라고 요청한다. 이런 내용의 출혈 위험성과 수혈 가능성에 관해 설명하는데, 갑자기 보호자들이 웅성웅성하기 시작하였다. 이왕 수혈이 필요하다면 가족들이 헌혈하여 할머니께 조금이라도 도움이 되고 싶다는 것이었다. 그러시라고 보호자들을 진단검사의학과로 안내해 드렸고, 나는 여전히 응급실에서 분주하게 수술 준비를 하고 있었다.

얼마간의 시간이 흐른 뒤, 진단검사의학과에 갔던 보호자들이 우르르 응급실로 다시 돌아왔다. 그런데 무슨 일이 있었는지, 정말 서럽고도 크게 흐느끼면서 응급실로 들어오는 것이었다.

'무슨 일이지?'

나는 어안이 벙벙해져서 줄줄이 들이닥치는 보호자들을 멍하니 쳐다보았다. 보호자들은 나를 발견하자마자 다가와서는 하소연하듯이 이런저런 말들을 쏟아 내기 시작하였다.

"엄마가 우리를 어떻게 돌보셨는데……."

"아이고. 어머니, 어머니……."

"어머니가 하필이면 피가 왜…… 수혈도 못 해 드리고……."

보호자들이 산발적으로 내뱉는 말들을 하나둘씩 주워들으면서 나는 상황을 파악하게 되었다. 할머니의 혈액형은 Rh-였고, 그중에서도 수혈받기 가장 어려운 O형이었다. 혈액형 검사 결과가 전산으로 넘어와 내가 미처 확인하기도 전에, 보호자들은 검사실에서 먼저 혈액형 검사 결과를 들었던 것이다. Rh-가 열성 유전이기 때문에 자녀분들이 모두 Rh+이고, 따라서 수혈이 불가능할 수도 있는 것은 너무도 당연한 일이라 그다지 놀랍지 않다. 그 순간 내 머릿속은 도대체 Rh-O형을 어떻게 20팩씩 확보해야 하나, 하는 생각에 난감할 뿐이었다.

그런데, 좀 더 보호자들의 이야기를 듣다가 나는 정말 놀라지 않을 수 없었다. 할머니가 이분들의 친어머니가 아니라는 것이었다. 그렇게 온 자식들이 서럽게 울고불고하는데! 더더욱 놀라운 사실은, 둘째 부인으로 들어온 할머니와 전처의 자식들이었던 내 앞의 보호자들이, 수십 년을 함께 지내는 동안 할머니가 당신들의 친어머니가 아니라는 사실을 새까맣게 잊고 지냈다는 것이다. 할머니는 친자식도 아닌 보호자들을 지극정성으로 돌보았다고 한다. 그렇게 오랜 시간이 흐르면서 자녀분들에게 할머니는 그저 그분들의 너무나 소중한 '엄마'가 되셨던 거다.

할머니가 80세인 지금까지 건강하게 지내신 덕분에 보호자들은 할머니의 혈액형을 모르고 살았다. 그러다 할머니가 수혈을 필요로 하는 이 긴박한 순간에, 가족 중 누구도 헌혈할 수 없다는 사실이 너무도 서러웠나 보다. 그리고, 그동안 친어머니도 아니었던 분께 받았던 큰 사랑과 보살핌을 다시금 깨닫고 본인들도 놀라, 앞으로 어쩌면 그 큰 은혜를 갚을 날이 없을 수도 있다는 슬픔에 끊임없이 눈물만 흘렸다.

나는 발끝에서부터 뭐라고 설명할 수 없는 전율을 느끼며 깊은 감동을 받았다. 정말 이런 사연이 가능한가. 새엄마라는 사실을 잊을 정도로 진짜 엄마와 자식 간 정을 나누는 게 가능한가 싶어 멍해질 뿐이었다.

나는 최선을 다해 집도의를 도와 수술과 수술 후 치료를 하겠다고 눈물바다인 보호자들에게 약속하고 수술장에 들어갔다. 사실 전공의 1년차는 이런 큰 수술에 보조로 들어갈 수 없는, 이른바 짬밥이 안 되는 위치였다. 공교롭게도 여름휴가를 떠난 수석 전공의를 대신할 인력이 없어 내가 제1조수로 수술을 들어가게 된 것이다.

Rh-O형의 피는 아직 구해지지 않은 상태였다. 진단검사의학과 교수님께서 내게 상황을 전해 들으시고는, 늦은 시간이지만 최선을 다해 전국에 혈액을 수배해 볼 테니 수술 잘하라는 격려를 해 주셨다. 그때까지 실제로 구해진 피는 없었지만, 진단검사의학과의 든든한 지원 약속에 천군만마를 얻은 듯 위안과 믿음을 갖고 수술을 시작할 수 있었다.

집도를 맡은 교수님께서 수술 직전에 내게 물어보셨다.

"자네, 대동맥류 수술 본 적 있나?"

"없습니다. 처음입니다."

"그래? 그럼 마음 단단히 먹으라고. 가자, Go to the hell!!"

Go to the hell이라니……. 안 그래도 자질도 안 되는 초짜 나부랭이가 이런 큰 수술에 제1조수로 나서게 되어 겁이 나는 마당이었다. 교수님은 농담이 아니셨던 듯, 마치 지옥문을 여는 영웅 같은 결연한 표정으로 수술에 임하시니 나는 더욱 위축될 수밖에 없었다. 한마디로 잔뜩 졸아 있었다. 보호자들의 부탁으로 할머니를 반드시 살려서 내보내야 한다는 생각에 마음속으로 교수님을 응원할 뿐이었다.

수술이 시작되었다.

"숟가락!"

대동맥류를 싸고 있던 막을 제거하면서 모두가 긴장하던 순간, 교수님의 입에서 내뱉어진 말이다. 초짜인 내 눈에도 지저분한 갈색 뭔가가 가득 들어차 있는 게 이상하게 보였다. 이어 수술실 보조 간호사를 통해 전해진 숟가락으로 대동맥류 주변의 피떡 덩어리를 긁어내시면서 교수님이 말씀하셨다.

"야~ 살았다. 다행히 새어 나온 피가 다 굳어 있네. 어쩌면 수혈이 필요 없겠는데?"

수술장 기구 중 숟가락이 있다는 걸 처음 알게 된 충격을 뒤로하고, 할머니가 사실 수 있겠구나 안도하는 마음에 깊은 한숨을 내쉬었다. 수술이 끝난 후, 할머니는 장맛비로 오랫동안 중환자실에 계셨어야 했지만 결국 보호자들과 함께 무사히 집으로 돌아가실 수 있었다.

할머니는 자식들, 손녀 손자들과 행복하게 살고 계실까. 나는 딸아이를 낳고 그 할머니 생각이 자주 난다. 도대체 얼마나 전처의 자식들을 사랑으로 품었기에 새엄마라는 사실은 그들에게 없다시피 되었을까. 딸아이를 낳고 얼마간 키워 본 지금, 만약 그날의 응급실로 다시 돌아가게 된다면 나는 아마도 눈물을 퍽 쏟아 버릴 것 같다. 자식이라는 존재가 얼마나 소중한지, 자식을 품에 안을 때 마음 깊은 곳에서 얼마나 절절한 애정이 우러나오는지를 알게 되었기 때문이다. 때로는 자식 때문에 이유 모르게 흘러나오는 눈물을 늦은 나이에, 나도 이제 알게 되었기 때문이다.

사랑으로 자식을 품는다는 것. 내겐 너무나 감사한 일이고 축복이며, 그러나 무겁고도 엄중한 책무이다.

제16회 장려상 수상작이다. 글쓴이 이재명은 고대안암병원 외과 교수로, 수상 소감에서 "이번 수필은 마감일 하루 전날 밤부터 새벽까지 환자가 뜸한 틈을 타 작성한 것이었는데 예상외로 수상까지 하게 되어서 기쁘다. 수상의 기쁨을 건강하게 태어나 무럭무럭 잘 자라 주는 예쁜 딸 아이 그리고 다시 일을 시작한 나 대신 육아휴직 내고 딸아이를 돌보는 고마운 남편과 함께 나누고 싶다"고 말했다.

78

● ● ●

# 오줌싸기

외과 전공의 4년차 시절이었다. 어느 새벽 2시, 나는 졸린 눈을 비비며 여기저기 전화를 걸었다. 당직실에서 자고 있을 아랫년차 전공의와 수술실, 마취과……. 또 어디에 연락해야 하더라. 교수님도 이미 연락받으셨겠지만 전화 한 번 드려야지. 주섬주섬 옷을 입고 양치만 쓱 한 다음 집을 나서며 생각했다. 요즘 왜 이렇게 카데바(장기 기증이 가능한 뇌사자)가 많은 건지. 어제도 간 이식을 두 건이나 하느라 오늘 간신히 집에 와서 눈 붙인 건데.

나는 당시 이식 파트에 배정되어 치프 역할을 감당하고 있었지만, 사실 이식에 큰 관심은 없었다. 전문의를 따고 군대에 다녀온 후 어떤 파트를 할까 고민하겠지만 최소한 이식은 아니었다. 이식은 '외과 내의 내과'라는 평을 들을 정도로 각종 내과적 지식, 특히 면역과 관련된 공부가 어렵고도 양이 많았다. 그렇다고 상대적으로 수술의 술기가 쉬운 것도 아니었다. 안

경에 붙은 루페(확대경)를 통해 머리카락 굵기의 실을 가지고 자그마한 혈관을 꿰매는 작업은 고도의 섬세함을 요구했다. 대부분의 이식외과 의사는 수술실 밖에서 그 섬세함에 상응하는 예민함을 분출하기 마련이었다.

예상치 못한 스케줄도 많은 이들이 이식에 투신하는 것을 막는 이유 중 하나였다. 뇌사자는 왜 항상 내가 주 10일 근무를 하다가 (일주일은 7일인데 10일 근무라니 말도 안 되는 소리라고? 근로 시간으로 계산하면 주 14일 근무도 가능하다!) 딱 하루 퇴근하는 날 등장하는가. 나는 심지어 내가 조금이라도 편히 밥을 먹거나 쪽잠이라도 자는 모습을 보기 싫은 어느 전능자가, 뇌사자를 모아 놨다가 내가 쉬려고 할 때 맞춰 하나씩 풀어 놓는 게 아닌가 하는 생각까지도 해 봤다. 그나마 생체 이식(살아 있는 사람이 기증자가 되는 것)은 미리 스케줄이라도 맞출 수 있으니 나은 편이지만, 뇌사자 이식은 늘 응급뿐이다. 언론은 장기 기증 이야기가 나오면 삭막한 세상 가운데 온정이 여전함을 역설하고, 기증하는 사람이나 받는 사람 중 기삿거리가 조금만 있어도 아름답게 장식해서 퍼뜨린다. 그런데 정작 피곤을 떨치지 못한 몰골로 수술실과 병동, 외래를 바쁘게 오가는 이식외과 의사들에 대한 미담은 연예인의 육아 관련 소식만큼도 보도되지 못한다.

그래서 경제적인 이유나 유명세가 인생의 주된 목표였던 사람들은 애초에 외과를 전공하지 않는다. 다른 과를 전공하는 것이 반드시 돈과 명예를 추구하는 거라는 식의 흑백논리가 아니라, 외과에 몸담아서 그런 산출물을 얻기 힘들다는 건 누구나 알기 때문이다. 오랫동안 공부해서 어떤 전공을 택하든, 그리고 그 근거가 무엇이든, 누가 상관할 수 있겠는가. 설사 그 목표가 자신이 생각하는 것과 다르다고 해서 비난할 권리가 누구에게 있겠는가. 내가 사명감이 있어 이 길을 선택했다고 해서 칭송받아 마땅하고, 반대로 편하고 쉬운 길을 가는 사람들은 비난받아야 한다는 생각은 피해망상에 지나지 않는다. 막상 해 보니 외과가 꼭 외롭고 힘든 길만은 아니며, 재미와 보람이 정신적·육체적 고통을 이겨 내게 해 준다는 사실도 경험했다. 하지만, 그래도 이식은 안 할 거라 다짐했고, 결국에도 안 했다(필자는 현재 대장암 분야를 전공하고 있다).

같은 시각, 새벽 2시. 어떤 환자의 이야기다. 50대 아주머니 장 씨는 부리나케 짐을 싸고 있었다. 속옷, 치약, 칫솔을 넣었고……. 비누는 거기 있으려나? 귀중품 따위는 원래 없었다. 9년간 머릿속으로 그려 온 상황이 왔건만, 역시 같은 세월 동안 방 한 귀퉁이에 놓였던 여행용 가방에 물건을 집어넣는 손이 떨리는 건 어쩔 수 없었다. 아무도 없는 집 안, 볼 사람이 없는데도 괜히 이마에 땀이 흘렀다. 하나밖에 없는 딸은 시집가서 네 살짜리 아들을 키우며 힘겹게 하루하루 살고 있는데, 굳이 연락해서 부담을 얹어 줄 필요는 없었다. 그나마 딸을 시집보내고 난 다음에 남편과 갈라섰으니 다행이었다.

남편이 집을 떠난 지는 벌써 4년이 되었다. 배운 게 없어 몸으로 일해야만 벌이가 가능했던 남편과, 마트 계산대에 종일 서서 일하는 장 씨의 만남은 애초부터 분홍빛은 아니었다. 중매로 만나 살을 맞대고 살아 보니 정이 들고, 정이 드니 아이가 들어서고, 그렇고 그런 부부가 되었다. 그러나 수입은 러닝머신 위를 달리듯 제자리인 반면, 물가는 한 번 올라가면 떨어질 줄 몰랐다. 딸아이가 자라나면서는 돈 들어갈 데가 더 많아졌다. 정치인들이 이야기하는 살림살이라는 것이 정말 나아지기는 하는지 의심스러울 때쯤, 장 씨는 신부전을 진단받았다.

처음에 몸이 부을 때는 너무 오래 서서 일하느라 그런가 싶었다. 아침부터 저녁까지 계속 서서 손님들이 올려놓는 물건들에 귀상어같이 생긴 인식기를 갖다 대면 가격이 나왔다. 삐삑거리는 바코드 인식음을 열 시간 넘게 듣다 보면 한 칸 방뿐인 집에 와서도 귀에 삐삑 소리가 울리는 것 같았다. 그나마 일을 안 나가는 어느 날, 규모가 제법 되는 동네 내과에 약이나 받으러 가 볼 요량이었다. 재미있는 건 병원에서도 아픈 사람들 명단에 바코드를 붙여 놓았던 것이다. 여기서도 그 인식기를 갖다 대면 삐 소리가 울리나? 물건처럼 사람도? 장 씨는 피식 웃음이 나왔더랬다.

"소변은 하루에 몇 번이나 보세요?"

"음…… 그게……."

몇 번이더라. 가만있자. 장 씨는 당황스러웠다. 마지막으로 오줌을 싼 게 언제였는지, 어디서였는지 도통 기억이 나지 않았다. 내가 어제는 화장실에 갔던가?

"지금 크레아티닌 수치가 상당히 높습니다. 빠른 시일 내로 투석을 시작해야 해요."

"투석…… 투석이 뭔데요?"

그 주 안에 모든 일이 준비되었다. 왼쪽 팔에다 동정맥루를 만들어 투석용으로 확보했고, 동네 인공신장실도 예약했다. 그리고 다니던 마트에 일주일에 3일, 매번 4시간씩 근무시간에 투석하러 나와도 되겠냐고 문의했더니 내일부터 아예 그만 나와도 된다는 답이 신속하게 돌아왔다. 이 모든 일이 채 두 주도 지나지 않아 일어나고, 지나가 버렸다.

물은 하루에 한 통, 소금은 매우 조금 먹어야 했다. 어차피 비싸서 살 수도 없는 토마토, 과일, 견과류는 먹지 말라고 하기 전에도 원체 먹지 못했었다. 치료비가 들기 시작하자 아껴야 마땅한 살림에 남편의 담뱃값이 되려 올라가기 시작했고, 정 때문에 살던 남편도 그 주, 장 씨가 투석을 시작하던 그 주부터 떠날 마음을 먹었을지 알 수 없는 일이다. 아니, 그랬다면 딸아이가 시집갈 때까지 버텨 주지 못했겠지. 오히려 자신이 몹쓸 병에 걸려 남편과 아이에게 부담을 주고 결과적으로 가정을 깨뜨렸다는 좌절감은 장 씨를 끊임없이 괴롭혔다.

새벽 4시 반. 장 씨가 병원에 도착했다. 아침 공기가 제법 쌀쌀했지만, 새벽 2시에 걸려온 그 전화를 받고 나오지 않을 수는 없었다.

"장○○ 환자분, 장기이식 코디네이터입니다. 뇌사자가 발생했고 환자분께서 현재 가장 적합하시니 얼른 입원 준비해서 오세요."

9년. 장기이식관리센터에 이름을 올린 지 9년 만에 받은 전화다. 신장이식만을 기다리며 일주일에 세 번씩 투석해 오던 생활도 이제 끝이다.

살아 있는 기증자를 찾을 생각은 아예 안 했다. 요독으로 몸에서 이상한 냄새도 나고, 투석하는 사람이 할 만한 일자리도 없어 일상생활이 어려워지면서 남편은 조금씩 지쳐갔을 게다. 장 씨는 발병 후 5년이나 함께 살아 준 것만으로도 남편에게 감사한 마음이어서, 감히 남편에게 콩팥 하나 달라고 할 면목이 없었다. 딸은, 하나뿐인 내 귀한 딸은, 세상 모든 부모가 마찬가지일 것이다. 내가 딸에게 주면 줬지 결단코 딸에게서 받아 수명을 늘릴 생각은 없었다.

자연스럽게 뇌사자가 나타나면 받기로 대기 순서에 이름을 올렸다. 평균 10년 정도 걸린다는 말을 듣고 그때까지 내가 살 수 있을까 싶었더랬다. 기대를 접어야지 하면서도, 언제 연락이 올지 몰라 여행 가방을 늘 준비해 놓고 살아왔다. 그러던 차에 이 새벽에 전화가 온 것이다.

수속을 밟고 이것저것 검사를 하니 벌써 해가 밝았다. 개인 정보 보호 원칙에 따라 원래 기증자에 대해서는 알려 주지 않지만, 감사한 마음을 갖는 것 외에 악용할 여지가 없는 환자들에게는 의료진이 살짝 대략의 사정을 귀띔해 주는 때도 있었다. 장 씨는 교통사고를 당한 젊은이의 신장을 받게 되었다 한다. 그 부모와 남은 가족을 생각하면 슬프다가도, 덕분에 자신의 삶이 나아질 거라 생각하면 고마웠다. 유족들을 만날 수만 있다면 이마가 땅에 닿도록 백 번이고 천 번이고 절할 텐데…… 언론에서 가끔 미담으로 소개되는 장기 기증자들이 이렇게 위대한 사람들이구나. 다른 사람의 생명을 살리는 구세주들이구나. 장 씨 눈에는 미안함 때문인지 고마움 때문인지 이유를 분간하기 어려운 이슬이 살짝 맺혔다.

아침 9시. 나는 HLA matching(인체백혈구항원)을 재확인하고 수술실로 들어갔다. C1번 방은 Recipient(받는 사람), C2번 방은 Donor(주는 사람)였다. Donor는 내 또래의 젊은 남자였던 것으로 기억한다. 교통사고를 당했다는데, 외관상으로는 대부분 멀쩡해 보였다. 이 사람 부모도 참 마음이 찢어지겠구나. 나름 30여 년을 살아온 사연과 굴곡이 있을 텐데 어쩌다 여기 누워 있나, 하고 생각했다.

의료는 사람을 대한다는 이유로 카페, 호텔과 같은 서비스 업종과 유사하게 취급될 수 없다. 서비스 업종이 필요로 하는 것은 사람이 아닌, 사람이 가지고 있는 재화다. 반면, 의료가 대하는 존재는 사람 그 자체이며, 한 사람 한 사람의 인생이다. 오늘도 병원을 오가는 수백, 수천 명의 사람은 그들이 가진 질환으로 불리는 대신, 그들의 부모가 지어 준 그들만의 이름으로 불려야 한다. 그들의 정체성은 병실 호수와 침상의 순서가 아니라, 그들이 걸어온 삶의 궤적에 의해 규정되어야 한다. 그런 의미에서 이식 파트는, 환자의 이름과 삶의 궤적이, 주는 사람과 받는 사람 모두의 인생이 다른 과나 파트에 비해 더욱 잘 보이기 마련이다.

오후 12시. 수술은 무사히 잘 끝났다. 간과 신장 한쪽은 대기하던 다른 병원 사람들이 가져갔고, 나머지 신장 한쪽은 장 씨에게 알맞게 들어갔다. Perfusion(관류)도 좋았고, Hyperacute rejection(초급성 거부반응)도 없어, 장 씨는 집중관찰실로 곧장 옮겨졌다. 첫 수술부터 들어오느라 1년차 전공의가 장 씨에게 수술에 대한 설명을 했을 테니, 그곳에서 나는 장 씨와 맨정신으로는(마취된 상태를 예외로 한다면) 처음으로 대면하는 셈이다.

"안녕하세요? 제가 이식외과 치프입니다. 환자분 수술은 아주 잘 되었습니다. 하지만 오늘내일 소변이 잘 나오고 크레아티닌이 떨어지는지 기다려 봐야 합니다."

"오줌이…… 소변이 드디어 나오나요?"

"대부분 잘 나옵니다. 기다려 보세요."

소변이라. 장 씨는 마지막으로 오줌을 쌌던 게 언제인지 기억이 안 났다. 아주 어릴 적 이불에 오줌을 싸서 옆집에 소금 얻으러 간 적이 있었고, 너무 오줌을 참으면 오줌소태 생긴다는 엄마의 말씀도 기억나지만, 도통 마지막 오줌이 언제였는지 기억나지 않았다. 분명 남편이 떠나기 전이었을 텐데.

나는 화장실에서 소변을 보고 손을 씻으며, 신장 이식을 받은 환자들 중 아예 소변이 한 방울도 안 나왔던 사람들의 한결같은 순응도를 떠올렸다. 아직 투석까지는 안 받고 소변을 일부 보는 환자들은 이식을 받고 나서 소변량이 약간만 늘고 오히려 면역억제제를 먹게 되어 불편한 부분도 있다는 이야기를 가끔 한다. 그에 반해, 전혀 소변을 보지 못하던 환자들은 이식 후 마음껏 소변을 볼 수 있어 뛸 듯이 기뻐하는 경우가 100%였다. 그들에게 면역억제제의 불편 따위는 비타민 섭취의 번거로움에도 비할바가 아니었다.

그러고 보면 새삼 고마운 일이다. 물을 마시면 멀쩡히 소변을 볼 수 있다는 사실이. 또한 이를 상기시켜 주는 신부전 환자들과, 여전히 평생 업으로 삼기엔 꺼려지지만 이식이라는 파트의 매력이. 다른 이의 아픔에 빗대어 나의 건강함을 감사하는 것은 일견 이기적인 동기가 바탕에 깔린 듯해도, 실은 의사인 내게도 언젠가 같은 종류의 아픔이 찾아올 수 있다는 사실에 겸손하게 해 주는 의미가 크다. 현실에 감사하며, 동시에 충실하자. 지금 소변을 볼 수 있는 것이 얼마나 고마운 일인지.

저녁 8시. 한나절이 지나고, 드디어 장 씨의 소변 주머니가 터질 듯이 차오르기 시작했다.

"환자분, 소변 잘 나오네요."

나는 맑은 소변이 가득한 주머니를 들어서 보여주며 씨익 웃었다. 살짝 염려가 비치던 장 씨의 표정이 환하게 밝아졌다. 내가 무슨 큰일을 한 것도 아닌데 이렇게 잘 나오는 소변을 보여 줄 때면 정말 뿌듯하다.

"앞으로 며칠간 계속 이렇게 나올 거예요."

"오줌이…… 나오네요……. 흐흑, 고맙습니다. 고맙습니다, 선생님!"

"지금이야 반갑지만, 며칠 지나고 소변줄 빼고 나면 화장실 오가느라 괴로우실걸요?"

장 씨의 눈에서도 물이 흘러내렸다. 처음에 두어 방울, 한 줄기 내리던 것이 마침내 소변 줄기만큼이나 터져 나오기 시작했다. 장 씨 자신도 무슨 의미인지 모른 채 그냥 쏟아져 내렸다. 9년 전 신부전을 진단받은 게 서러웠는지, 투석을 시작하며 쫓겨나다시피 나온 마트에 서운했던 건지, 남편이 떠나갈 때도 되려 미안해할 수밖에 없었던 자신이 불쌍하게 여겨진 건지, 아니면 이렇게 오래 기다린 끝에 혼자 끙끙대며 짐을 싸서 입원하고 수술까지 받은 스스로가 안타깝고도 대견했는지, 도대체 무엇 때문이었는지 몰랐다. 오줌 싸면서 울고 있는 장 씨 본인도 몰랐고, 콧날이 시큰하지만 내색하지 않고 괜스레 가운 주머니 안의 볼펜을 만지작거리던 나도 모르기는 마찬가지였다.

제16회 장려상 수상작이다. 글쓴이 김창우는 강동경희대병원 외과 교수로, 수상 소감에서 "신장 이식 환자들이 수년에 걸쳐 투석하시면서 가족들이 지치고, 최악의 경우 가정이 깨어지는 일도 있다. 간혹 생체 기증에 의한 이식을 할 때도 공여자를 정하는 과정에서 가족 간에 상처를 주고받기도 한다. 모르겠다. 내가 어찌 감히 환자 한 명 한 명의 인생을 분류하고 평가할 수 있을까. 당장 눈앞의 질환을 치료하는 데 집중할 뿐이다. 하지만 그로 인해 그분들의 깨어지고, 멀어지고, 고립된 관계와 형편이 조금이라도 나아질 수 있으면 좋겠다"고 말했다.

· · ·

# 목화송이 한 바구니

무언가 소중한 것을 간직해 본 사람들은 그것을 떠올리는 것만으로도 얼마나 행복해지는지를 안다. 내겐 목화송이가 바로 그렇다. 대바구니 속 복슬복슬한 흰 솜 송이들을 볼 때마다 아련한 추억들로 마음이 따스해진다.

지난가을, 목화 열매들을 한 움큼 구해 진료실 창가에 두었다. 햇볕이 잘 들어 열매를 비집고 나온 부푼 솜 송이들이 바구니에 넘쳐 난다. 탐스러운 이 목화송이들이 한 할머니 환자에게도 아련한 기억들을 되살려 주었던지, 오랜만에 귀한 것을 보았다며 만져 보기도 하셨다.

겨울이 되자 할머니는 목화송이 몇 개만 달라고 했다. 오른쪽 발바닥에 악성 피부흑색종을 앓고 있는 환자였는데, 이미 몸속에 암이 널리 퍼져 대학병원에서 수술도 못 하는 지경이라 했단다. 상처에서 고름이 계속 흘러내려 할머니는 거의 매일 치료받으러 왔다. 자식들이 모두 직장에 나가

낮에는 혼자 있어 무척 적적하단다. 정성스럽게 치료했더니 할머니는 나와 금방 친해졌고 농담까지 주고받는 사이가 되었다.

"할머니, 목화송이 드리면 어디에 쓰려고요?"

"원장 선상님, 목화송이를 한 번 손에 쥐고 있어 보세요. 눈보다 더 흰 이놈들을 잠시만 쥐고 있어도 손이 겁나게 따스해집니다. 이 할미의 청상과부 젊은 시절을 함께 보낸 목화송이들을 머리맡에 두고 보려고요."

전북 고창이 고향인 할머니는 6·25 때 결혼 6개월 만에 입대한 남편이 전사한 후, 유복자 아들 하나 키우며 살아왔단다. 시집갈 때부터 시어머님이 안 계셔서 맏동서 시집살이가 무척 매웠으나, 다행히 인자하신 시아버지께서 돌봐 주셨다고 했다. 주변에서 여러 번 개가하라 권했으나 아들이 걱정되어 길쌈을 낙으로 산 세월이 무명 실꾸리처럼 길었단다. 이제 손부까지 봐서 행복하나 발바닥에 난 종기로 고생한다며, 아마도 그 종기는 베를 짜며 베틀신을 오른발에만 너무 오래 신어서 생긴 것 같다는 한 맺힌 사연을 털어놓았다.

"목화는 사람에게 쌀 다음가는 보물이지라. 목화 없으면 사람이 살 수 없어요. 원망스러운 이 상처도 솜이 없으면 치료 못 한당께요."

내가 치료할 때 과산화수소 적신 솜으로 거품이 나게 상처를 소독하고, 면 가제로 상체를 덮은 후 다시 면 붕대로 발을 감싸는 것을 보고 하시는 할머니의 말씀이었다.

"원장님, 목화다래 먹어 봤어요?"

"할머니, 그 달짝지근하고 부드러우면서도 말랑한 물 사탕 맛 말이지요?"

"원장님은 워떻게 그걸 안당께요?"

"저도 어렸을 적에 베틀 옆에서 볶은 콩가루에 식은 밥 비벼 먹고 자랐습니다."

"하하, 그렇군요. 어릴 때 그렇게꺼정 살았다면 내가 옛날 얘기해도 알 아듣것소."

환자 할머니는 어릴 적 겪었던 아련한 내 기억들을 다시 떠올리게 했다. 목화솜을 따서 씨앗을 빼고, 솜을 타서 소반 위에서 고치를 말고, 실을 잣고, 무명실을 날고, 베를 매어 실을 짜서 오일장에 가서 돈 산 이야기를 TV 연속극처럼 차례로 늘어놓으셨다.

치료를 해도 날이 갈수록 할머니의 상처는 점점 더 깊어졌다. 원래의 암 덩이 말고도 또 다른 새까만 작은 암들이 그 옆에 자라났다. 할머니는 내게서 가져가신 목화송이들을 자신의 방 경대 앞에 두고 있다며, 목화송이를 바라볼 때마다 그 옛날 외롭게 보낸 젊은 시절이 떠오른단다. 내가 옥상에서 꽃과 채소 키우는 것을 아는 할머니는, 올봄에는 목화씨도 심어 꽃도 피우게 하고 새 목화솜 송이가 피는 것까지 보고 죽게 해 달라고 부탁했다.

연이은 환자 할머니와의 대화는 어릴 적 기억 속으로 나를 데려갔다. 어린 시절 내 고향 집에서 겨울밤이면 물레 소리가 '스르렁 잉잉, 스리 스르렁 잉잉' 하고 울렸다. 물레바퀴는 반경이 커서 천천히 돌며 부드럽게 스르렁거렸고, 이 바퀴에 물렛줄로 연결되어 돌아가는 실 가락은 가는 철심이라 아주 빠르게 돌며 앵앵거리는 고음이 났다.

우리 할머니의 오른손은 천천히 물레를 잣고, 목화솜 고치를 쥔 왼손은 천장으로 춤추듯이 치솟았다 내려왔다. 이렇게 꼬여서 만들어진 실이 뾰족한 가락 끝에서 실꾸리로 감겼다. 한 치의 착오도 없이 부드럽게 연결되는 일련의 동작들은 예술의 한 장면이었다. 소매 끝의 율동은 마치 고

전무용수의 춤사위 같았다. 이렇게 익숙해지기 위해 얼마나 많은 세월이 필요했을까. 할머니는 그냥 물레만 잣는 게 아니라 늘 나지막이 노래를 불렀다.

"검둥개도 잘도 자고, 꼬꼬 닭도 잘도 자고, 오호 말도 잘도 자고, 우리 손주 잘도 잔다~"

물레 소리에 장단을 맞춘 우리 할머니의 애잔한 자장가는 끝없이 이어졌다. 나는 호롱불에 비친 할머니 팔 그림자가 벽에 그리는 흑백 활동사진에 빠져들었다. 이슥한 밤이면 올빼미가 우후 하고 울어 대는데, 할머니의 물레질은 언제 그칠지 몰랐다. 오랜 세월 우리 할머님들은 고단한 생의 시름을 물레바퀴에 실어 돌리며 사셨을 것이다.

이렇게 무명실이 만들어진 다음에는 내 어머니 차례였다. 흰 머릿수건을 쓴 어머니는 베틀 위에 앉아 이 실로 '달그락 탁, 달그락 탁, 달그락달그락 탁탁' 무명천을 짰다. 씨실 실꾸리가 담긴 북을 잉앗대가 틈을 벌린 날실들 사이로 날렵하게 밀어 넣고, 바디를 앞으로 힘차게 당겨치셨다. 이 고단한 작업 덕분에 질기고 부드러운 무명천이 고운 자태를 드러냈다. 옛 어머니들은 이렇게 옷감으로 가난한 세월을 짜며 사셨을 성싶다.

수필가 김진섭 님은 한문유고집 〈매화찬〉에서 '쌀이 몸속을 채우는 양식이라면 목화는 몸을 감싸는 양식이다. 눈부시게 흰 목화를 바라보면 마음이 다 깨끗해진다'라 하였다. 목화의 열매를 다래라고 한다. 목화다래를 묘 앞 양지 밭에 넘어놓으면 점차 벌어져 품고 있던 흰 솜이 나온다. 흰 꽃처럼 피는 이 목화솜은 새색시 손처럼 따스하고 곱다. 그래서 목화는 두 번 꽃핀다고 한다. 할머니께서는 옛날 과거 시험에서 목화를 두고 두 번 꽃피는 나무가 뭔지 묻는 문제까지 나왔다고 하셨다. 이 솜 송이 따는 것을 '다래 밝는다'고 한다. 나도 늦가을이면 뒷동산 증조부 산소 옆에 널어

둔 다래를 밝으러 다래끼를 메고 할머니와 함께 가곤 했다.

내 고향 안동에서는 목화를 명으로 불렀다. 아마 무명을 줄여서 명이라 했을 것이다. 우리 할아버지께서 밭에 명 씨를 갈 때에는 발아율을 높이기 위해 특별한 방법을 쓰셨다. 미리 하루 동안 물에 담가 놓았던 명 씨를 건져 내어 재와 인분을 섞어서 뿌렸다. 그 후 명 포기가 이랑이 이어질 만하면 그 밑에 배추씨를 뿌렸다. 명 포기 밑 반그늘에서 자란 배추는 연하고 달짝지근한 맛이 일품이었다. 그래서 쌈 싸 먹는 배추로는 '명밭 배추'가 최고라 했다.

우리 할머니는 주로 겨울철에 무명길쌈을 했다. 햇볕이 쨍쨍한 날이면 이웃 할머니들과 품앗이로 베매기를 했다. 베매기는 숯불 위에서 커다란 솔로 씨줄에 좁쌀풀을 먹인 후 도투마리에 씨줄을 감아 튼튼해지게 하는 일이다. 할머니와 달리 어머니는 외가에서 길쌈을 하지 않아 시집오기 전까지 베틀에 올라 본 적도 없었고, 몸도 약하여 베 짜는 일이 무척 힘드셨단다. 그러나 일단 베를 짜 놓으면 아주 고와서 칭찬을 들었다고 했다. 베틀에서 나지막이 부르던 어머니의 고달픈 노래가 지금도 귓가를 맴돈다.

"물레나 바퀴는 실실이 시르렁 어제도 오늘도 홍겨이 돌아도 사람의 한 생은 시름에 돈다오."(《물레》, 김억 詩, 김순애 曲)


환자 할머니의 바람대로 올봄에 나는 옥상 화분에 목화씨를 뿌렸다. 처서를 지난 요즘 희거나 붉은 옥빛 목화 꽃들이 흐드러지게 피어 있다. 목화다래도 제법 풍성하게 열려 달짝지근하고 부드러운 물 사탕도 맛보았다. 올가을에는 목화나무에 흰 솜 송이가 달린 모습을 보여 달라는 환자 할머니의 부탁을 들어드릴 수 있을 성싶었다.

"간호실장, 요즘 흑색종 치료받는 할머니 왜 안 오실까?"

"네, 원장님. 어? 컴퓨터에 조회해 보니 지난달에 사망하셨다고 나오는데요!"

제15회 우수상 수상작이다. 글쓴이 신종찬은 신동아의원 원장으로, 수상 소감에서 "나는 지금도 진료실 책상 창가에 목화송이 한 바구니를 두고 있다. 복슬복슬한 흰 솜 송이들을 볼 때마다 아련한 추억들로 마음이 따스해진다. 오랫동안 누군가를 그리워하거나 좋아해 본 사람은 안다. 그 사람을 떠올리는 것만으로도 행복해진다는 걸. 행복이란 떠나는 사람을 잡거나 미운 사람을 혼내 주는 게 아니라 좋은 사람을 곁에 두는 것이다"고 말했다.

...

# 그들을 이해하는 방법

'알코올 중독자에게 술을 자제하라고 말하는 것은
전 세계에서 가장 극심한 설사병에 걸린 사람에게
똥을 자제하라고 말하는 것과 똑같은 일이다.'

– 스티븐 킹, 《유혹하는 글쓰기》中

환자분이 진료실에 고구마를 들고 왔다. 수줍게 내민다. 맛있어요, 한번 드셔 보세요. 몇 년 전, 술 때문에 입원하셨던 분이다. 그 이후로 2년째 술 안 드시고 있다. 나하고 한 약속 지키느라 술 안 먹고 있다 하신다. 혼자 사는 그 환자분은 관심 가져 주는 누군가가 필요했는지도 모른다. 혹시, 금주를 약속할 상대가 없어서 그동안 술을 못 끊었던 건지도.

"어르신, 고구마 감사해요. 오늘만 받을게요. 그런데, 다음부터는 가져 오지 마세요. 요즘은 이런 거 받으면 안 돼요."

"아이고, 먹는 거 갖고 왜 이런데요. 받으세요, 그럴까 봐 숨겨서 들어왔어요."

"네, 오늘만요. 술 계속 안 드시는 거죠?"

"그럼요. 약속했으니까."

진료실에 따뜻함이 퍼져 간다. 이런 보람에 오늘도 일한다.


내가 근무하는 시골 병원에는 알코올 중독 환자가 넘쳐 난다. 내과 의사인 나는 술과 연관 있는 소화기 질환 환자들을 자주 만난다. 이 근방에서 술 좀 드신다 하는 분들 상당수가 나를 거쳐 가는 것 같다. 도대체 어디에서들 그렇게 마시는지 놀랍다. 간 수치가 올라가거나 황달이 오거나 복수가 차는 일은 다반사였다. 흔치 않은 알코올 합병증들도 넘쳐 났다.

진전섬망Delirium tremens은 입원하고 며칠 지나서 발생하는 금단증상이다. 몸이 떨리고, 눈빛이 흐려지고, 정신이 혼미해지기 시작한다. 최악의 경우에 온몸이 발작을 일으킨다. 다치지 않도록 손, 발을 침대에 묶고, 진정제로 발작을 막는다. 고통과 환각의 시간이 지나가고, 며칠 후에야 환자의 눈빛이 돌아온다. 그리고 전혀 기억하지 못했다.

어떤 환자는 '언제부턴가 사물이 두 개로 보인다'고 했다. 머리에 종양이나, 뇌졸중이 생긴 줄 알고, 다급하게 신경과 선생님께 연락했다.

"선생님, 환자가 복시(한 물체가 둘로 보는 현상)를 호소합니다. 머리에 문제가 생긴 거 아닐까요?"

신경과 선생님이 환자를 보더니 이렇게 말했다.

"베르니케 뇌병증이에요. 티아민(비타민 B의 한 종류) 주고 있죠? 더 기다려 보세요. 그런데, 잘 안 낫습니다."

알코올을 분해되면서 비타민 B1이 소모되어 부족해서 발생하는 병이었다. 환자는 말도 어눌해지고, 제대로 걷지도 못하고, 중심을 잃고 휘청거리기도 한다. 술을 끊어도 회복되는 데 상당한 시간이 걸린다.

한 환자는 탈북자다. 진료실에서도, 병실에서도 참 말씀이 많다.

"의사 양반. 내가 이래 봬도 북에서 보위부 출신입네다. 보위부라면 뭐, 대단했지. 우리 오마이가 6·25 때 인민군으로 낙동강까지 왔어. 그래서 내가 출신 성분이 아주 좋아. 근데, 내가 북한말로 놀새입네다. 놀새가 뭔지 아시지요?"

끝도 없다. 한동안은 흥미진진하게 들어 주다가, 어느 순간 깨달았다. 아, 이게 작화증confabulation이구나. 술 때문에 기억에 장애가 생기고, 빈 곳을 메우려 의도하지 않은 거짓말을 만들어 낸다. 이후부터 가려서 듣고 있다.

이들이 술을 못 끊는 원인은 많았다. 술을 마실 수밖에 없는 이유가 많고, 때로는 매우 창의적이었다. 일이 힘들어서 한잔. 일이 없어서 한잔. 동료들이 맘에 안 들어서 한잔. 반대로 동료들에게 미안해서 한잔. 날씨가 추워서, 흐려서, 비가 와서, 아니면 좋아서 한잔. 남 걱정할 처지가 아닌데도, 자기를 아껴 주던 이웃 친척의 먼 누군가가 돌아가셔서 슬프다며 술에 얼큰하게 잠겨 온 환자도 있었다. 뻘건 눈으로 진료실로 온 환자 앞에서 나는 할 말을 잃었다. 슬퍼서 한잔, 기뻐서 한잔, 아무튼 또 한잔. 끝이 없었다. 매 순간 술 마실 이유만 찾는 사람들 같았다.

내가 만났던 대부분의 알코올 중독자들은 조용하고, 소심해 보이는 사람들이었다. 술이 유일한 친구이자 해결책인 것 같았다. 사람들과의 관계 속에 빠진 무언가를 술로 채우려는 듯. 반대로 술을 마시는 모든 사람은 서로 친구였다. 입원해서도 어찌나 서로를 알아보고 순식간에 뭉쳐 다니는지. 선수끼리 서로 알아보는 것 같았다.

이들은 자기 한 몸도 다스리지 못하는 사람들이라 가족들에게 책임을 다하는 경우가 드물었다. 주위 사람들이 하나씩 지쳐 떠나가는 듯, 거의 모두와 연락이 끊겨 있었다. 경찰을 동원해야 겨우 가족의 연락처를 알아낼 수 있었다. 알아낸 연락처로 전화해도 '제발 연락하지 말아 달라. 법적으로 무관하다'는 대답을 듣는 경우가 많았다.

이들에게 마지막까지 남는 사람은 대부분 '엄마'뿐이었다. 허리 꼬부라진 팔십 할머니가 쉰 살 넘은 알코올 중독 아들을 돌본다. 술에 삭아 버린 아들은, 마치 할머니의 남편처럼 보였다. 반백의 아들을 가리키며 "얘가 술 안 먹으면 착한데……"라 하신다.

가족들과 멀어지고, 술에서 헤어 나오지 못하는 모습. 남은 사람들은 가난에 허덕이거나, 살기 위해 뿔뿔이 흩어졌다. 곁에서 사정을 알수록 답답하고 화가 치밀기도 했다.

어떤 알코올 중독 환자에게 보호자를 꼭 데려오라 하니 초등학생 남매를 데려왔다. 허름한 옷을 입은 아이들이 병동의 비좁은 보호자 침대에 엎드려 숙제하고 있었다. 먹다 남은 컵라면과 과자 봉지가 곁에 있었다. 아이들이 안쓰러워 집으로 바로 돌려보냈다.

지금보다 젊고 팔팔하던 시절에는 책상을 쾅쾅 내리치며 환자에게 소리 지른 적도 있다.

"이게 맨날 무슨 꼴입니까? 가족들을 생각해 보세요!"

객기였다. 설사병 환자에게 똥을 참으라 하다니.

지금은, 후회한다. 처음에는 알코올 중독자들을 이해할 수 없었지만, 지금은 이해할 수 없음을 인정하고, 있는 그대로 받아들인다. 그들이 처음에는 한심해 보였었는데 시간이 지나니 안쓰러워졌고, 지금은 그게 인생이지 않은가 싶다. 나약한 정신, 마음대로 안 되는 육체. 쉽게 무너지고,

쉽게 포기하는 모습. 인간의 본래 모습이지 않은가? 나와 똑같은 인간의 모습. 한 발 뒤로 물러나니, 더 큰 모습이 보였다. 환자에게 너무 다가서면 답답하고, 화나고, 때로는 안타깝고 슬퍼서 숨이 막혀 온다. 다시 책상을 내리치며 소리를 지를까 봐 겁이 난다.

허무함. 내과 의사는 한계가 있었다. 비정상적인 각종 혈액 수치를 멀쩡하게 만들어서 환자를 퇴원시키면 금세 다시 술 마셨고, 그 혈액 수치들을 엉망으로 만들어 돌아온다. 처음부터 다시 시작. 그들의 간과 췌장은 피해자일 뿐, 정작 치료의 대상은 환자 머리에 있었다. 알코올에 중독되어 갈망하는 그들의 뇌, 전두엽. 그런데도 결코 정신과는 가려 하지 않는다. 거의 모든 환자가 정신과 진료를 거부하고 '의지'로 끊겠다고 자신 있게 말한다. 심지어 보호자들도 말한다. 의지로 끊어야죠.

"다리가 아픈 사람은 목발이 필요한데 의지만으로 걸을 수는 없잖아요? 알코올에 중독된 다른 이유가 있는지, 정신과 선생님과 상담하는 게 필요합니다."

하지만 설득도 소용이 없다.

내가 직접 정신과 의사들에게 불쑥 전화해서 도움을 구할 때도 있다.

"정훈아, 너는 알코올 환자들, 진료실에서 무슨 말 하니? 정신과 가라면 왜 이렇게 안 가는지. 어떻게 하면, 술 끊게 하는 거냐?"

"형. 저는 진료실에서 술 이야기 거의 안 해요. 취미가 있는지. 혹시 화분이나 물고기 키우는지. 아니면 달리기나 자전거 좋아하는지. 이런 이야기를 해요. 자기를 바라보게 한다고 할까요? 아니면 관심을 돌리는 것이기도 하고요."

후배 정신과 의사의 조언. 좋은 생각인 듯싶어서, 나도 진료실에서 환자에게 취미가 뭐냐고 물어보기 시작했다. 꽃도 가꿔 보고, 금붕어라도 키워 보라고 했다. 효과는……. 글쎄, 좀 더 기다려 봐야겠다.

 퇴근길에 생각이 많아졌다. 집에 와서 펼쳐 보니 고구마가 아주 굵다. 가족들에게 자랑할 생각에 흐뭇하다. 따뜻한 마음에 가슴이 녹는다. 아늑하다.

제17회 장려상 수상작이다. 글쓴이 이근만은 경기도의료원 파주병원 내과 과장으로, 수상 소감에서 "의사는 환자를 통해 배운다. 부끄럽지만, 이 당연한 사실의 의미를 깨달은 지 얼마 안 된다. 나에게 오는 환자 한 분 한 분이 소중하게 느껴진다. 얼마나 더 깨달아야 제대로 된 의사가 될까? 얼마나 더 배워야 부끄럽지 않게 살 수 있을까? 내일은 더 나아질 거라고 다짐해 본다"고 말했다.

· · ·

## 용설란

　그녀를 처음 만나던 날, 진료실 블라인드 틈새로 숨어든 햇살에 눈이 부셨지요. 방년 27세, 미혼이라 하였어요. 도시적인 깔끔한 외모, 상큼한 미소. 노상 나이 든 암 환자들과 씨름하다 이렇게 젊은 여성을 환자로 맞이하다니, 소년 같은 설렘을 진정시키며 상쾌한 기분으로 면담을 시작했지요.

　그녀는 얼마 전, 왼쪽 귓불 밑에 종양이 생겼고 수술 후 악성 종양으로 판정되었어요. 말하자면 이하선이란 침샘에 암이 생겨 방사선 치료를 받으러 온 것이지요. 이런 경우 방사선 치료만 잘 받으면 별문제 없이 완치되는 것이 보통이라 나는 그녀의 눈치를 살피며 약 6주간의 방사선 치료가 필요하다고 말해 주었어요. 지금까지 이 부위의 악성종양 환자를 백 명 이상 치료해 주었고 특별히 재발이나 전이를 본 적이 없다며 은근히 치료 성적을 뽐내기도 했지요. 그녀는 예쁘게 고개를 끄덕이며 그저 웃고만 있더라고요. 엄숙하게 치료 과정을 설명하면서 나는 그녀의 미소에 간간이 정신을 놓치고 자꾸만 말을 더듬거렸어요. 나잇값도 못 하고 정말 주책이었지요.

방사선 치료 계획을 세우고 며칠 뒤 본격적인 치료를 시작했어요. 일주일에 다섯 날을 그 육중한 방사선 치료기 밑에서 그녀는 참, 잘도 견뎠지요. 매주 한 번 그녀를 인터뷰하는 날이 많이 기다려지데요. 언제부턴가 수술받은 그녀의 귀밑 상처에 방사선 치료의 부작용이 더해지기 시작했죠. 옅은 실핏줄이 아련한 그곳, 그녀의 흰 피부가 붉게 헤어지는 것을 보면서 내 가슴도 많이 쓰렸던 것을 그녀는 알 턱이 없지요.

어느 날 진찰이 끝나고 그녀는 걱정스러운 듯 아주 진지하게 물었어요.

"교수님, 혹시 방사선 치료하면 임신하는 데 지장이 있나요?"

의외의 질문에 좀 당황했지요. 그때 비로소 난 처음 보았어요. 그녀의 왼손 약지에 얌전히 자리 잡고 있는 은가락지를…… 어색하게 목청을 가다듬으며 참 좋은 질문이라고 칭찬해 주었어요. 요즘은 방사선 치료 기계가 한참 발전되어 다른 부위는 전혀 방사선이 안 들어가니 안심하라고 일러 주었지요. 그녀의 표정이 환해지는 것을 보면서 그녀의 약혼자가 많이 부럽단 생각이 들데요. 저렇게 아리따운 그녀가 그 어떤 남자의 아기를 그토록 가지고 싶어 하다니, 그 사랑은 분명 참되고 아름다울 것이란 생각이 들었어요. 한 남자로서 그녀에게 가졌던 관심이 좀 부끄러워지더라고요.

6주간의 방사선 치료를 무사히 끝내고 그녀는 용설란 화분을 하나 선물해 주었어요. 싱싱하게 푸른 잎사귀에 남국의 향취가 듬뿍 배인 멋진 식물이었지요. 인터넷을 검색해 보았죠. 용의 혀를 닮은 잎, 백 년에 한 번씩 피는 꽃, 꽃말은 아름다운 용기와 불굴의 의지. 나는 진료실 창가의 햇볕이 잘 드는 곳에 그 화분을 신줏단지처럼 모셔두고 가끔씩 그녀의 미소를 떠올리곤 했지요. 그리고 그녀의 사랑이 이런 병마의 시련 뒤에 더 야물어지고 무르익어 갈 거라는 확신을 하고 있었어요, 용설란의 꽃말처럼.

치료 종결 후 두 달쯤 되었을 때 그녀는 약간 초췌한 모습으로 진료실을 방문했어요. 가슴이 덜컥 내려앉더라고요. 혹시 신상에 무슨 안 좋은 일이 생겼는지, 결혼 계획은 예정대로 잘 진행되는지 많은 것을 묻고 싶었지만 내가 무슨 인생을 상담하는 사람으로 그녀를 만난 것도 아니고, 주제넘은 관심을 꾹 눌렀지요. 그녀는 최근 들어 피곤함을 자주 느낀다며 여러 가지 검사를 받아 보길 원하데요. 어차피 정기 검사를 할 때도 되었고 해서 각종 검사를 처방하였지요. 수술과 방사선 치료를 마친 지 얼마 되지 않아서 좀 피곤할 거다, 크게 염려하지 않아도 된다는 말을 덧붙여 주었어요.

그녀가 검사 결과를 보러 오는 날, 나는 외래 진찰실의 진료 컴퓨터로 검사 결과를 미리 확인하고 있었지요. 그런데 컴퓨터 화면에 어처구니없게도, 두 눈을 의심할 일이 떡하니 벌어지고 있더군요. 전신 전이 여부를 검사하는 PET 촬영에서 그녀의 왼쪽 폐의 아랫부분에 밝게 도드라지는 두 개의 선명한 빛. 아뿔싸, 전이가 거의 확실한 소견이었어요. 이럴 수가. 나는 겉으로는 태연한 척 그녀에게 흉부 CT 사진을 한 번 더 정밀하게 찍어 보자는 말만 해 주곤 서둘러 진료를 마쳤어요. 믿을 수가 없어, 세상에 어떻게 이런 일이. 이 부위의 악성종양이 이렇게 빨리 폐로 전이가 되는 것은 정말 보기 드문 일이거든요.

며칠 뒤 CT 결과를 보러 그녀는 어머니를 대동하고 진찰실에 나타났어요. 그날 내 태도에서 뭔가 짚히던 게 있었던 모양이지요. 어머니는 그녀 못지않은 미모와 기품을 지닌 중년 부인이었어요. 진찰실에 들어온 두 모녀는 애써 환한 미소를 지으며 불안감을 감추려 하였지요. 나는 전이 부위를 확대해 보여주는 CT 사진을 컴퓨터로 확인하면서 더 정밀한 판독을 위해 영상의학과 교수와 전화로 의견을 나누고 있었어요, 내가 틀렸기를 간절히 바라면서……. 그러나 전화선 저쪽의 목소리는 참으로 단호하고 확신에 차 있더군요. 내 생각이 맞았다는 사실이 그토록 기분 나쁜 날은 처음이었어요.

두 모녀는 시종 잔잔한 미소를 띤 채 결과를 경청하려 하였어요. 아마도 그 어떤 불길한 재앙만은 피할 수 있을 거라는 마지막 기대감 같은 것을 가지고 있었겠지요.

마른 침을 삼키며 두 여인과 눈을 맞추었죠. 불현듯 내가 참, 몹쓸 직업에 종사한다는 생각이 물밀 듯이 차오르데요. 그래요, 차라리 흉악범에 사형을 선고하는 판사가 훨씬 마음이 가벼울 것 같더라고요. 그녀의 미래를 종결시키는 판결문을 엄숙하게 낭독해야 하는 그토록 잔인한 악역을, 왜 하필 내가, 지금 이 순간에 해야 되는 건지, 가슴이 꽉 막혀 오더라고요.

나는 젖 먹던 힘, 아니 용기를 짜내 말을 꺼내기 시작했어요. 병변 부위를 절제해 조직 검사로 확인해 보아야 확실하겠지만, 거의 99% 전이가 맞는 것 같습니다. 죄송합니다.

두 사람의 반응이 걱정스러웠지요. 잠시 어두운 침묵이 흐르고, 환자는 사태를 받아들이는 것이 좀 혼란스러운 듯 예의 미소를 계속 머금고 있더군요. 하지만 전이성 암이 퍼지면 결국 시한부 인생이 된다는 것, 요즘은 삼척동자도 다 아는 일이잖아요.

어머니는 딸의 눈치만 보면서 이를 악물고 눈물을 참고 있더군요. 시선은 넋 나간 듯 딸의 옆모습에 얼어붙어 있었지요. 그 어머니의 눈가에 미세한 경련이 일어나고 입 주위 근육이 경직되는 것을 보았어요. 그제야 사태를 파악한 듯 환자의 눈에 서서히 붉은 습기가 차오르데요. 나는 간호사에게 티슈 한 장을 건네주라는 눈짓을 보냈지요. 그 순간 어머니의 눈에서도 소리 없이 굵은 물방울 하나가 툭 떨어지더라고요. 눈치 빠른 간호사는 재빨리 그 어머니에게도 티슈를 건네주더군요. 그래, 차라리 의료진을 원망하는 질책이라도 해 주었으면 좋겠다, 그런 생각이 들었어요. 완치시켜 준다고 앞뒤 재보지도 않고 자신 있게 설쳐대더니, 꼴좋다. 자책감에 고개를 들 수가 없더라고요. 내가 무슨 말을 해 주었는지 두 사람이 어떻게 진료실을 나갔는지 아무 기억도 나지 않더군요.

다음 환자에게 10분쯤 뒤에 진료를 하겠다고 양해를 구했어요. 의자를 뒤로 돌린 채 한참 동안 진료실 창밖을 쳐다보았죠. 창밖 뒷산 풍경의 초점이 자꾸 흐려지데요. 어느 순간, 창틀에 놓인 용설란이 눈에 들어왔어요. 오늘따라 왜 저렇게 맥없이 보이나, 절개같이 푸르던 그 잎사귀가. 그래, 화분에 물이라도 듬뿍 적셔 주어야겠다, 화초 물뿌리개를 어디에 두었더라. 멍한 상태로 자리에서 일어나면서 용설란의 꽃말을 떠올리고 있었죠.

아름다운 용기, 불굴의 의지. 갑자기, 목구멍 안쪽이 칼칼해지면서 독한 술이라도 한잔 걸쳤으면…… 그런 생각이 간절해지더군요.


## Epilogue – 두 번 당한 의사 이야기

그 일이 있고 한 6개월쯤 되었던가. 외래 follow-up 진료 명단에 낯익은 이름이 떴다. 아, 그 여자 환자다. 사형선고를 내렸던 그 끔찍한 순간과 두 모녀의 절망적이었던 모습이 슬로비디오의 정지 화면을 캡처한 것처럼 떠올랐다. 그동안 어떻게 지냈을까. 항암치료나 민간요법을 받으며 생의 마지막 순간을 정리하고 있을지 모른다. 어쩌면 다른 부위에 전이된 암으로 통증 완화 목적의 방사선 치료를 받으러 왔을까, 이번엔 표정 관리를 단단히 하고 평정심을 유지해야지.

몇 달 전처럼 모녀가 같이 진료실에 들어섰다. 그런데 환자가 생기발랄하게 인사를 한다. 말기 암 환자의 모습이 전혀 아니다. 이건 또 무슨 조화. 환자의 어머니는 뭔가 단단히 벼르고 온 본새다. 급하게 차트를 뒤졌다. 흉부외과에서 wedge resection(폐쐐기 절제술)으로 시행한 조직 검사의 결과가 확 눈에 들어왔다.

'활동성 결핵'

헐, 이럴 수가. 우선 반가운 마음에 축하 인사를 건네는데 환자 어머니의 굳은 표정이 예사롭지가 않다.

"저, 교수님 고소하려 했어요. 제가 어떤 날들을 보냈는지 상상이 되시겠어요. 조직 검사 결과 나올 때까지 며칠 동안 뜬눈으로 지새웠어요. 애가 아직 시퍼런 청춘인데 떠나보낼 생각을 하니. 그런데 결핵이란 소릴 듣곤, 그동안 속앓이가 분해서 또 잠이 안 오더라고요."

당연한 항의다, 머리를 조아렸다.

"뭐라고 드릴 말씀이 없습니다, 어떻게 보상을 해 드려야 할지."

"왜 그렇게 성급한 결론을 내리셨어요."

"글쎄 말입니다, 제가 조직 검사를 해 봐야 된다고 말씀드리긴 했는데 워낙 영상 검사 소견이…… 정말, 정말 죄송합니다."

그런 낭패감은 처음이었다.

모녀가 나가자마자 흉부 방사선 판독실로 전화를 내었다. 상처받은 마음에 나도 누굴 좀 원망하면서 뭔가 위로를 받고 싶었다. 한참 뒤 사진을 review 하고 후배 교수로부터 전화가 걸려 왔다.

"교수님, PET 결과나 CT 소견이나 지금 다시 봐도 전이라고밖에 말씀

드릴 수가 없겠는데요."

　그럼, 우린 어쩌란 말이냐. 가슴 속에 무거운 납덩이가 차오르고 있었다. 왜 진작 조직 검사 결과를 서둘러 챙겨 보지 못했을까.

제15회 우수상 수상작이다. 글쓴이 허원주는 동아대병원 방사선종양학과 교수로, 수상 소감에서 "의사들은, 환자의 진단과 치료에 있어 예상치 못한 변수로 곤혹스러워질 때가 많다. 특별히 암을 전문하는 의사들은 환자의 예후를 예상함에 있어 명의가 되기도 하지만 그 반대일 경우가 더 많다. 딱 욕 들어 먹기 좋은 직업이다. 하지만 어쩌겠는가, 우리의 숙명이 그러한 것을……"이라고 말했다.

· · ·

# 11월 모든 것이 끝난 것은 아닌 달

8월이었다. 북미 인디언들에게 8월은 '다른 모든 것을 잊게 하는 달'이
란다. 그들의 말대로 옥수수가 은빛 물결을 이루고, 버찌가 검어지고, 열
매들을 따서 말리는 달이라면 다른 것들은 잊고 살 수밖에 없을 것이다.

나 역시도 많은 일에 떠밀려 지내면서 가을이 올 거라는 당연한 생각도
잊고 지냈다. 여름이 언제까지나 계속될 것 같다는 착각은 해마다 나를
속였다. 40년이 다 되도록 한 해도 거르지 않고 이런 바보 같은 생각에 빠
지는 것은 내가 아직 젊기 때문일 것이다. 분주한 여름 인생을 살고 있는
나는, 모든 것들이 빛바래고, 사그라지는 가을을 생각해 본 적이 없다.

"형이야! 잘 지내지?"

시원스러운 말투만 들어도 그건 K 형이다. 그는 10년 만의 전화에서도
상대를 어색하지 않게 만드는 재주가 있다. 어릴 적부터 흰소리 잘하고 덩

치 크고 운동도 잘하는 형이었다. 지금은 담배 좋아하고 술도 잘 마시는 아저씨가 되었다. 이제 몸 생각 좀 하라고 잔소리하면, "내가 지금 술, 담배를 끊으면 우리 어머니 새벽기도 가셔서 할 말이 없어서 안 돼" 하는 사람이다. 시골에서 공고를 졸업한 K 형은 군대에 갔다 오고, 취직하고, 돈 벌어서 결혼하고, 애들 낳고, 집을 사느라 바쁜 젊은 남자들의 전형적인 코스를 걸었다. 그런 K 형이 거의 10년 만에 전화했다.

"올해 들어 자꾸 숨이 차는데, 담배를 자주 피워서 그런가?"

고등학교 때부터 농사짓던 잎담배를 신문지에 말아 피웠다는데, 과연 그럴 것도 같았다. 우리 병원 호흡기내과에 방문하도록 약속을 잡았다. 8월이었다.

K 형과 만난 날은 더웠다. 병원 앞에서 냉면을 먹었다. 올해 초부터 하루에 한 끼만 먹으며 다이어트를 했다는 형은 너무 말라 보였다. 작년까지는 풀타임으로 축구 경기를 뛸 정도로 몸이 좋았다는데, 올해부터는 몸이 좀 무거워진 것 같다고 했다. 폐 기능 검사 결과, K 형의 폐는 동년배 평균의 40% 정도밖에 기능하지 못하고 있었다. 회사 주차장에서 사무실까지 가는 50m가 아득해 보이더라는 말이 이해되었다. 40대 중반에 급격히 발생한 체중 저하의 원인은 악성종양일 가능성이 있다.

"형, 혹시 모르니까 암 검사를 좀 해 보는 게 좋겠어."

"그래, 하자! 암이 나오면 수술하면 되는 거 아냐?"

K 형은 걱정하는 기색이 없었다. 몇 가지 검사를 했고, 다행히 암이 발견되지는 않았다. 약간 특이한 형태의 만성 폐쇄성 폐질환이라고 잠정적으로 결론을 내렸다. 30년 가까이 피워 온 담배를 단박에 끊겠다고 하는 걸 보니 힘들긴 했나 보다. 폐 기능이 많이 떨어져 있고 기력이 없어서 당장 회사에 복귀하기는 어려웠다. 3개월 휴직을 내고 K 형은 시골에 계신

부모님의 집으로 요양 차 내려갔다.

시골에 내려간 지 한 달쯤 되었을 때, K 형의 가족들에게서 전화가 왔다. 형이 좀 이상한 것 같다고, 밥을 안 먹고 헛소리를 한다는 말이었다. 마침 토요일이어서 형의 가족들이 급하게 응급실로 데려왔다. K 형은 의식이 흐렸고, 이제 막 100m 달리기를 마친 사람처럼 숨을 헐떡거렸다. 나도 알아보지 못했다. 의식 저하의 원인은 이산화탄소 중독이었다. 폐 기능이 떨어지면서 몸속 이산화탄소를 제대로 배출해 내지 못하고 있었다. 혈액 내 이산화탄소의 농도가 서서히 높아지면서 환청이 들리고, 숨이 차는 증상이 나타났다. K 형의 몸은 쌓인 이산화탄소를 해결할 수 없었다. 어쩔 수 없이 인공호흡기를 달고 중환자실에 입원했다. 침대에 누운 형의 팔다리가 한겨울 벚나무 가지처럼 거칠고 앙상했다. 진정제를 맞고 축 늘어져 있는 형의 손을 잡았다. 근육들이 바싹 말라서 손바닥은 수척했고, 버짐 핀 갈색 피부 바로 아래로 뼈가 만져졌다.

만성 폐쇄성 폐질환과는 달랐다. 진단을 처음부터 다시 하기로 했다. 토요일 밤, 병원 문을 나서는데 바람이 선뜩하게 차가웠다. 10월은 '잎이 떨어지는 달'이고, '가난해지기 시작하는 달'이었다.

이틀 만에 의식이 돌아온 K 형은 중환자실에서도 잘 견뎠다. 거의 일주일이 다 되어서야 중환자실을 벗어날 수 있었지만, 일반 병실에서도 하루에 3~4번씩 호흡보조기의 도움을 받아야 했다. 몸 상태가 좋을 때도 병동 화장실까지 걸어서 갈 수 있는 정도였다. 마른 근육을 떼 내어 조직 검사를 했다. 진단은 별로 어렵지 않았다. 뇌의 운동신경세포가 파괴되어 근육이 위축되면서 힘을 못 쓰게 되는 '근위축성 측삭경화증', 흔히 말하는 '루게릭병'이었다. 사지의 근육이 점점 말라서 걷지 못하게 되고, 팔을 들 수 없게 되고, 몸을 가눌 수 없게 되고, 음식을 삼킬 수 없게 되고, 결국은

숨을 쉬지 못하게 되어 사망하는 병이다. 말기 암 환자들도, '기적'이라고
부르는 아주 낮은 확률의 희망을 꿈꿀 수는 있다. 비록 완치가 아니더라
도 진행이 늦추어지고, 증상이 호전되는 작은 승리를 경험하기도 한다. 그
렇지만 루게릭병 환자에게는 기적을 소망하는 것도, 작은 승리조차도 허
락되지 않는다. 더 힘든 것은 마지막까지 의식이 흐려지지 않는다는 것이
다. 집요한 악마 같은 병이 내 몸을 무너뜨리는 것을 무력한 몸과 뚜렷한
의식으로 견뎌야 한다.

　치료할 수 있는 병이 아니기에 더 호흡기내과에 있을 이유가 없었다. 재
활의학과로 옮겨야 하는 이유를 설명해야 했고, 나는 자신이 없었다. 기대
할 것이 전혀 없는 절망을 이야기하는 것은 말하는 이와 듣는 이, 모두 고
통스러운 일이다. 게다가 나의 심리적 상태는 의사가 아니라 환자 입장에
가까웠다. 내가 K 형이라면 믿을 수 없었을 것이다. 진단을 의심하고 의사
들을 의심할 것이다. 그러나 부인할 수 없는 사실이라면, 분노할 것 같았
다. 그게 왜 하필 나인지, 왜 지금인지……. 그 무거운 선고의 현장에 있고
싶지 않았다. 담당 교수님에게 설명을 부탁했고, 나는 그날 형을 만나러
가지 않았다.

　다음 날, 병실을 찾았다. 호흡보조기를 달고 누워 있는 K 형은 그사이
더 수척해진 것 같았다. 밤새 무슨 생각을 했을까? 눈을 감고 온몸을 늘
어뜨린 채로, 기계가 불어넣어 주는 숨을 마시는 형의 모습이 문득 낯설
다. 내가 30년 넘게 알아 왔던 K 형이 아닌 다른 사람처럼 보였다.

　호흡보조기가 멈추고 K 형이 눈을 떴다. 형을 만나 무슨 말을 꺼내야
할지 고민했지만 답을 찾지 못했다. 우리는 입원하고 처음으로 사식을 먹
기로 했다. 그래 봤자 엘리베이터를 타면 닿을 수 있는 병원 지하식당이었
다.

"매콤한 게 먹고 싶네. 너는 이렇게 맛없는 병원 밥을 어떻게 매일 먹고 사냐?"

숨이 차서 한 마디씩 끊어 말하면서도 시원스러운 말투는 그대로다. 김치찌개를 먹는 동안 나는 그저 부실한 찌개 탓만 몇 마디 했다. 둘 다 정작 하고 싶은 얘기는 꺼내지 못하고 있었다.

병실까지 바래다주는 길에 K 형이 먼저 말을 꺼낸다.

"뭐 금방 죽는 건 아니잖아. 그치?"

"그럼요, 그런 생각하지 마세요."

내가 얼른 대답하자, 형이 설핏 웃으면서 손을 흔들었다. 그 미소가 무슨 의미인지 알 수 없었다. 걱정하지 말라는 건지, 시간이 남아서 다행이라는 건지, 아니면 마음을 비운 건지……

형은 가족을 자주 볼 수 있는 병원으로 옮기고 싶어 했다. 호흡기 재활 훈련을 마치고, 형은 떠났다.

형이 퇴원하고 나서 한참이 지난 뒤에 전화를 걸었다. 겨우 가라앉은 마음을 어지럽게 하는 것은 아닌지 조심스러웠지만, 걱정이 돼서 물었다.

"형, 잘 지내세요?"

세상에 이런 바보 같은 질문이라니. 어떻게 잘 지낼 수 있겠는가? 하지만 K 형은 예전 같은 말투로 가볍게 말했다. 마치 독감에 걸렸던 사람처럼.

"어~ 난 잘 지내지. 애들을 자주 보니까 좋아. 이제 책을 좀 읽어 보려고 하는데, 이거 잘 안되네. 하하. 아직 시간 있잖아, 그치?"

더 길게 얘기할 필요는 없었다. K 형은 비록 몸은 온전치 않지만, 자기 삶의 자리로 돌아갔다.


의사들은 환자들의 병에 대해 알지만, 그들의 다른 부분은 모른다. 건강 말고도 가족, 믿음과 같은 중요한 것들이 있음을 자주 잊는다. 바보들이 가진 돈으로 남의 행복을 평가하듯, 나도 루게릭병 하나만으로 K 형의 인생에 연민을 느꼈다. 내가 아는 루게릭병은 '절망'이나, '삶의 끝'이기 때문에, 진단된 순간부터 형의 삶 속에 '기쁨'이나, '행복' 같은 좋은 것들은 사라지는 거라고 착각했다.

그러나 K 형에게 그것은 받아들이고 같이 살아야 하는 '새로운 삶'일 뿐이고, 오히려 그 안에서 의미 있는 무언가를 찾으려 하고 있었다. 3년이 될지 5년이 될지 알 수 없지만, 형에게는 아직 시간이 있고, 꿋꿋하게 살아 낼 준비가 되어 있었다.

11월은 '많이 가난해지는 달'이지만, '모두 다 사라진 것은 아닌 달'이다.

제15회 장려상 수상작이다. 글쓴이 최은석은 충남대병원 정형외과 교수로, 수상 소감에서 "주변 사람들의 절망과 상관없이 K 형은 얼마 지나지 않아 자기 자리로 돌아갔고, 이제 전처럼 시원스럽게 웃는다. 멀리 걷지 못해도, 호흡보조기가 필요해도, 회사로 돌아가지도 못해도, K 형은 다시 아버지로, 아들로 살고 있다. 그의 모습을 보면서 글로는 다 표현하지 못한 많은 것들을 배웠다. K 형의 앞에 작고, 행복한 일들이 많기를 응원한다"고 말했다.

# 3

## 죽음 앞에 서서
## 묻다

우리는 이 생명들이 얼기설기 위태롭게
엮인 우연으로 삶과 죽음이
이루어져 있다는 사실을 이해해야 한다.

그렇게 이해하고서도,
실은 우리는 어떤 죽음에 관해서도
아무것도 알지 못한다.

• • •

# 죽음에 관하여

1.

"한 달 남았습니다. 더는 힘들 것 같습니다."

그는 담도암 말기였다. 암으로 죽어 가는 사람의 경과는 대체로 두 가지로 갈린다. 전자는 멀쩡히 삶을 영위하다가 뒤늦게 진행된 암이 발견되어 급하고 격한 투병 후에 죽어 가는 경우다. 후자는 적당한 초기에 암이 발견되어 몇 년간 배를 열고 닫으며 그때마다 혹여나 하는 희망과 역시나 하는 좌절을 겪으며 도로 꿰매어진 배를 바라보고, 바뀌어 가는 항암제, 항구토제, 기타 역한 약을 밥보다도 더 많이 삼키다가 결국 병원과 암으로 시들어져 버리는 부류다.

그는 완벽한 후자였다. 투병만으로 몇 년을 살아남아 결국 칠십 대를 맞이한 그의 경과는 배에 길게 나 있는 아문 칼자국과 삐쩍 말라붙어 골격뿐인 몸, 몇 년은 손질하지 않아 덥수룩하고 하얗게 새어 버린 머리칼,

노랗게 떠 있는 전신의 피부가 직접 말해 주고 있었다.

암은 자르고 잘라도 계속 자라났다. 항암제는 몇 년을 맞아도 적응되는 법 없이 역하기만 해서, 맞고 돌아오는 날이면 구토하느라 아무 일도 하지 못하고 누워 있어야 했다. 구토가 좀 멎으면 이러다 죽을 것 같다는 기분에 역시 아무것도 하지 못하고 누워 있어야 했다. 의사로부터 더 이상 수술할 필요가 없다는 말과 함께 그의 여생이 정해졌다.

"이젠 자를 것도 남지 않았고, 잘라 낼 방법도 없습니다. 6개월만 더 살아 봅시다."

그는 그 6개월을 쥐어트는 배를 부여잡은 채 인생 후반기의 동반자였던 항암제와 보냈고, 생명을 장악하기 위해 퍼지는 암으로 인한 통증에는 이미 이골이 난 몸을 갖게 되었다. 그리고 목표였던 6개월을 다 살아 냈다. 그래서 그가 얻은 것은 배뿐만 아닌 전신에서 통증을 느끼는 인생이었고, 그뿐이었다. 이 시간이라도 얻어 냈으니 그 통증이 축복인지, 아니면 또 다른 불행인지는 아무도 이야기해 줄 수 없었다.

투병 동안 주변 모든 사람은 다 떠났고, 그의 부고만을 기다리고 있었다. 그는 혼자였다. 통증과 암 덩어리만이 그의 동반자였다. 하지만 전신을 죄어드는 통증으로 내 앞에 온 그에게는 그런 고민조차 얼마 남지 않았다.

사람을 죽게 만드는 고통이란 어떤 것일지, 나는 짐작도 못한 채 다시 말했다.

"한 달 남았습니다."

곧 다가올, 고통이 끝나 버릴 시간을. 그는 무덤덤한 표정으로, 아무런 실망의 기색도 보이지 않고 대답했다.

"알고 있소. 나도 6개월이면 쉽게 죽을 줄 알았는데. 이제부턴 정말로 얻은 삶이지. 하지만 그 지옥 같던 6개월도 여태 얻은 삶이라 생각했소. 의사 양반, 한 달 남았다는 건 당신도 모른다는 뜻 아니겠소. 나는 내일이라도 죽을 것 같소. 너무 아프거든. 당신이 나에게 해 줄 게 없는 것도 잘 알고 있소. 실은, 해 줄 게 많다고 했을 때도 그리 좋지는 않았다오. 하지만 막상 해 줄 게 없다니 그것도 기분이 좋지 않구려. 어쨌든, 이토록 아픈데 내가 어찌할 도리가 있겠소. 나는 가족도 없고, 암 외에는 가진 것도 없다오. 병원에 오는 것 외에는 내가 무엇을 할 수 있단 말이오."

"……통증을 치유할 수는 없습니다. 부끄럽지만 그것을 조금이나마 덜어 드릴 수밖에요. 대신, 6개월을 다 살아 내셨으니, 앞으로의 일상을 하늘에서 내려 준 축복이라고 생각하면 어떨까요. 그 통증마저도 더 느끼지 못하고 죽어 가는 사람이 수두룩합니다. 그들이 바랐던 건 아이러니하게도 그렇게나마 연명하는 삶이었겠지요. 그냥 평범하게 살아 보세요. 제가 해 드릴 말은 이런 것들밖에 없습니다. 혹여 너무 외롭고 힘드시면 입원을 시켜 드리겠습니다."

"입원은 안 하겠소. 나는 원래 혼자 싸웠다오. 한번 일상이 뭔지 다시 보겠소. 정말 죽을 것 같으면 다시 오겠소. 또 봅시다."

그는 놀랍도록 말라, 도저히 일으킬 수도 없을 것 같은 몸을 일으켜 섰다. 침대에서 내려와 서는 데에만 몇 분이 걸렸다. 그리곤, 한 발 한 발 신중하게 비척거리며 걸었다. 뼈다귀가 걸어 나가는 것 같았다. 열린 응급실 문으로 역광이 비쳐, 그 뼈다귀의 경계가 빛으로 허물어지고, 잔향이 눈가에 어른거렸다. 그 모습은 흡사, 죽음의 모형이 제자리로 찾아가는 것처럼 보였다.

2.

다음 날, 말이 없는 교통사고 환자를 하나 받았다. 아직 젊은 오십 대의 여성이었다. 응급실 자동문이 열리고, 주황색 옷을 입은 119대원들이 붙어 요란스럽게 심폐소생술을 하면서 들어오는 게 보였다. 의식도, 호흡도 없는 그녀를 소생실 한복판에 눕히고, 나는 초점 없는 그녀의 눈동자를 보며 여느 때와 같은 다짐을 했다. 내가 지체하고, 주저하는 것만으로도 이 사람을 죽일 수 있다. 단호해야 한다. 그리고 조금의 실수도 없어야 한다.

소형차를 타고 가다가 어느 차와 부딪혔다고 한다. 그리고 가드레일에 이중 추돌했다. 겉으로 열린 상처는 없었다. 심폐소생술을 지시하고 눌러본 흉부가 우지끈거리며 무너져 내렸다. 갈비뼈가 하나도 제대로 붙어 있지 않은 것 같았다. 머리는 앞쪽으로 심하게 부어 있었고, 그나마 사지는 멀쩡했다. 할 일은 명확했다. 기도를 확보할 것. 심폐소생술을 유지할 것. 흉관(공기나 체액, 혈액 등을 빼내기 위한 배액관)을 삽입할 것. 그리고 환자가 깨어나길 기도할 것.

이어진 의료진의 신속한 처치에도 그 여성 환자는 전혀 반응이 없었다. 심장은 누르는 대로 눌리기만 할 뿐, 자발적으로 뛸 낌새조차 보이지 않았다. 양쪽 폐는 혈흉으로 가득 찼고, 굵은 흉관에서는 고인 지 얼마 안 된 피가 끊임없이 꿀렁거리며 흘렀다. 심폐소생술의 압력으로 핏덩이가 번져서 나는 온통 피를 뒤집어써야 했다. 피는 의료진의 옷가지와 신발을 적시고 끝내 바닥에까지 고였다. 갈비뼈가 부서지고, 폐가 부서지고, 심장이 부서지고, 결국 그녀는 통째로 부서져 버렸다. 완벽하고 압도적인 급사였다. 도저히 손쓸 수도 없는 외상으로, 그렇게, 그녀는 한숨에 죽어 버렸다.

그녀를 포기하고 돌아서려 할 때, 소생실 건너편에서 웅성거리는 소리가 들렸다. 나는 이 환자를 살리는 데 온 신경을 쓰고 있었지만, 동시에 돌보는 환자가 스무 명은 넘었다. 파악해야 했다.

"거기, 무슨 일이에요!"

"선생님, 지금 그 소생실 환자와 맞은편에서 추돌한 환자가 도착했어요!"

나는 이를 악물었다. 제길. 이 정도의 손상을 입은 환자가 또 도착한다면 응급실은 곧 마비된다. 모든 사람이 위험해질 수 있다. 빨리, 직접 그 사람을 파악해야 했다. 나는 소생실의 뒤처리를 맡겨 놓고 웅성거리는 사람들을 밀치고 뛰었다. 그리고 내가 본 것은.

그 사람이었다. 어제 내가 제 발로 걸어 보냈던 담도암 말기.

그는 집에서 확연한 죽음을 느꼈다. 마지막을 각인시키는 것처럼, 온몸이 부서지는 통증이 왔다. 축복받은 일상이라 부르기에는 너무 지독했다. 간신히 하루를 뜬눈으로 버티고 나자, 살아 있는 게 저주인 것처럼, 그리고 그 저주가 죽음으로 곧 끝날 것처럼 보였다. 그는 햇살이 비추는 좁은 집을 비틀거리며 느리게 배회해 보았다. 집에서의 마지막일 이 순간이 영원처럼 느껴졌다.

'내가 앓던 집이여, 안녕. 나는 병원에서 죽어야겠어.'

그는 집과 작별했다. 그리고 그는 마지막 남은 재산인 낡은 소형차에 시동을 걸었다. 운전이라는 일상도 이제 인생에서 딱 한 번 남았다. 그 정도의 욕심은 가능하지 싶었다. 병원으로 가는 길은 멀지 않았으나, 통증은 잠시도 가라앉지 않았다. 뼈만 남은, 운전대를 잡은 손아귀가 덜컹거렸다. 정신이 죽음으로 아득해지다가 돌아오곤 했다. 그때마다 차가 휘청거렸다.

'이런 걸 축복이라고 살고 있으니, 참 힘에 부치는군. 하긴, 이것도 마지막이니까.'

병원으로 절반쯤 왔을 때, 고로 그의 인생에서 한 번 남은 운전이 절반쯤 끝났을 때, 또다시 찌르는 듯 극심한 폐부의 통증이 왔다. 의식이 잠시 빠져나가고, 소형차도 통증을 느끼는 듯 몸부림쳤다. 비틀린 그의 차는, 앞서 오던 차를 받아 튕겨 나갔고, 그는 정신을 잃었다.

눈떠 보니 낯익은 병원이었다. 새로운 통증은 느껴지지 않았다. 어딘가 부서졌다고 해도, 그것이 죽음에 이를만한 통증이 아닌 이상, 느껴지지도 않았으리라.

"아, 어제 그 의사 양반이구먼. 저, 그런데 앞선 차에 탄 사람은 어찌 되었소?"

"죽었습니다. 방금."

나는 그녀의 피를 뒤집어쓴 채로 대답했다. 나의 대답은 순식간에 그를 살인자로 만들었다. 하지만 보통 사람이 응당 보였을 반응처럼 그의 표정이 구겨지거나, 동공이 흔들리는 일은 없었다. 그는 단순히 회한에 찬 눈동자로 멍하니 먼 곳을 볼 뿐이었다.

하긴, 곧 죽을 사람에게 더 이상 어떤 큰일이 일어날 수 있단 말인가. 곧 죽어야 할 사람에게 무엇이 더 두려울 수 있단 말인가. 그리고 우리는, 곧 죽을 사람을 비난하거나, 처벌을 가하지 못한다. 죽음은 그 자체로 완벽한 처벌이자 선고이니까. 거기서 무슨 일이 더 일어날 수 있을 것인가.

그는 더 이상 아무런 말도 하지 않았다. 그저, 굳은 표정으로 진료에 응했다. 그의 몸에는 신기하게도 상처 하나 없었다. 엑스레이 필름에서도 골절 하나 발견되지 않았다. 대신, 그의 생명을 불태우고 있는 암 조직이 필름 가득 찍혀 나왔다. 골절이 있었다 해도, 그 통증을 느끼거나 치료하기도 전에 암 조직이 그의 생명을 파먹어 버렸으리라.

그는 내 말에 따라 묵묵히 입원했다. 그리곤, 이젠 살아서는 나오지 못

할 병실로 죽음을 기다리러 갔다.

3.

그래서 우리는 생명과 우연에 관해서 생각해야 한다. 죽기 전에 마지막 일상을 누리는 것을 비난해야 하는가. 그가 마지막으로 욕심내 누린 하루를 비난했어야 하는가. 그에게는 곧 떠나 버릴 세상일 뿐이다. 죽음 후 남겨질 세상에 망자는 관심이 없다. 그 세상이 자신 때문에 몇 명이고 죽어 버릴 세상이라 할지라도. 그리고 그에게는 그럴 의도도 없었다. 욕심이 있었을 뿐이다. 자신이 투쟁해서 얻어 온 생을 조금이라도 누리고 싶은, 지극히 평범해서 누구나 가질 수 있는, 일상을 살아 보고자 하는 욕심. 그 욕심을 비난한다고 하여도, 우리는 아무것도 얻지 못한다.

그렇다면 비난은 나의 것인가. 아니, 그건 우연으로 벌어진 일에 가깝다. 헛된 격려가 되었어도, 그것이 다른 죽음까지 초래했어도, 도의적으로 도저히 감당할 수 없는 범위의 우연이다. 하지만, 모든 죽음에 그렇듯, 나는 자유로울 수 없다. 나는 굴레와 속박 속에서 지내야 하므로, 이 일에 관하여 두고두고 생각하여야 한다.

억울한 한 죽음이 있었고, 다른 죽음이 기다리고 있다. 도저히 어떠한 책망이 불가능한, 하지만 피 칠갑한 모습의 잔혹한 죽음이었다. 우리는 이 생명들이 얼기설기 위태롭게 엮인 우연으로 삶과 죽음이 이루어져 있다는 사실을 이해해야 한다. 그렇게 이해하고서도, 실은 우리는 어떤 죽음에 관해서도, 아무것도 알지 못한다.

그리하여, 죽음을 쉽게 왈가왈부하는 것은 미친 짓이다. 그것이 타인이건, 혹은 본인이건 간에. 아무도 그런 일을 입에 가볍게 올려서는 안 된다. 고뇌와 고통과 그를 넘어서는 우연이 혼재하는 극적이고 거대한 세계. 그 일부만을 핥으며 공감했다거나, 응당 죽음이 왔어야 했다고 지껄이는 짓거리는, 전부, 미친 짓이다. 스물네 개의 갈비뼈와 폐부가 전부 으스러진 죽음에 관하여, 그리고 전신이 악성 종괴로 죄어드는 죽음에 관해서 우리는, 그 처참한 시체만이 눈앞에 있을 뿐, 아무것도 언급해서는 안 된다.

우리는 앞으로도 아무것도 알지 못할 것이다.

아마 그 죽음이 자신에게 올 때까지도.

제15회 대상 수상작이다. 글쓴이 남궁인은 이대목동병원 응급의학과 임상조교수로, 수상 소감에서 "돌이켜 보면 평범하고 따뜻한 마음에서 그 모든 것이 시작되었다. 보통의 시선으로 병원에서 벌어지는 일상을 보고, 온기가 있는 따뜻한 마음을 품고, 낮은 눈높이에서 사실을 서술했다. 이 글은 따스하고도 괴로운 보통 사람의 마음이 적나라하게 반영된 것이다. 앞으로도 그 평범하고도 진실했던 마음을 꺼내어 내 무릎으로 삼고 정진하겠다"고 말했다.

# 생명의 의미
기적 혹은 아이러니

그 화두가 던져진 건 벤틸레이터의 일정한 신호음 이외에는 고요했던 정적을 깬, 갑작스러운 어텐딩 콜로 인해서였다. 신생아 집중치료실에서 붙박이로 밤낮을 지내던 차라 밤인지 새벽인지 혹은 낮인지도 구분되지 않던 시간이었다.

"아, 선생님?! 응급실에 조산 기가 있는 산모가 오는데, 본원에 다니던 산모는 아니고요. 임신 21주에서 22주가량 되었지만 산전검사는 아무것도 안 해서 몸무게나 검사 결과 등은 전혀 모른답니다. 지금 바로 보낼 분만 시작했으니 분만실로 오시면 됩니다."

### 아이러니 1

어린 산모는 아기를 유산시키려고 많은 시도를 했다. 의도적으로 높은 계단에서 구르고, 평소보다 담배를 더 무수히 태우고, 술을 많이 마셨으며, 여러 명의 남자와 여러 차례 섹스를 하기도 했다.

그런데 배 속의 아기는 엄마의 의도와는 달리 바로 죽지 않았다. 오히려 아기는 끈질기게 살아남았다. 모순적으로 산모가 태아에게 주었던 이러한 스트레스는 아기의 폐를 같은 개월 수의 다른 태아보다 더더욱 성숙하게 했다. 재태기간(자궁 안에서 지낸 기간) 22주란 허파의 폐포도 제대로 펴지지 않았을 시기임에도 불구하고, 아기의 폐는 폐계면활성제를 쓰지 않고도 놀라울 정도로 깨끗하고 양호했다.

일반적인 22주 500g대의 미숙아라면 허파꽈리가 펴지지 않고 장기도 미성숙하여 태어난 직후나 1~2일 이내로 죽었을 것이다. 그래서 우리는 이 아기의 폐가 일반적인 미숙아보다 더 성숙한 이유가, 스트레스 호르몬인 코르티솔cortisol이 폐의 성숙을 촉진하여 생존을 도왔을지도 모른다고 생각했다.

보통 산모가 불가피하게 조산하게 될 기미를 보이면, 비슷한 계열의 호르몬 제제를 폐성숙 촉진 주사로 산모에게 맞게 한 뒤 아기가 태어나도록 한다. 조금이라도 아기의 폐를 성숙시켜야 조산한 아기가 살아남을 수 있기 때문이다. 22주 미숙아라고 살지 못하는 건 아니지만, 그것은 버려지지 않은 아기들에 한한다.

그러나 이 아기는 엄마에게 이미 배 속에서 버려진 아기여서, 그 어떤 산전관리며 조산을 대비한 치료도 받은 적이 없는데도 그 시기 이상의 폐성숙이 이루어져 있었던 것이다. 비록 어머니의 자궁에서 너무 이른 시기에 떨어져 나오긴 했지만 아기 폐의 이러한 성숙 상태는 '나를 죽이지 못하는 고통은 나를 더 강하게 만든다'는 말을 떠올리게 했다.

아이러니 2

산전 케어는커녕, 아기가 죽어 버리기를 바랐던 젊은 미혼모가 이르게 분만하게 됐으니 빨리 와서 어텐딩 하라는 콜을 받고 달려가던 NICU(신생아 집중치료실) 레지던트였던 나는, 으레 의사들이 하는 일(살리고, 치료하는 일) 대신, 사실은 그 아이의 삶을 끝내기 위해서 달려가고 있었다. '임신주수와 산모 상태로 보아, 어차피 분만실에서 살아나오지 못할 아기일 테니 Table death(수술실 테이블에서의 사망 선고)를 선언하고 나와야겠다'고 생각하면서 말이다.

마스크와 수술모를 착용하고 가운을 입은 후 들어간 분만실에서는 어린 산모가 악을 쓰고 있었다.

"아악! 아프니까, 빨리 '그거' 빼 주세요! 빨리 빼내란 말이에요!"

산모가 스스로 '그거'라고 지칭한 아기가 살아 있지 않기를 바란다는 사실은 너무 명백했다.

그런데 예상외의 일이 일어났다. 처음엔 죽어서 나온 줄만 알았던, 움직임 없고 꺼멓고 손바닥만 한, 아니 그보다 더 작아 보이는 아기가, 자기 죽음과 삶의 교각이었던 그 여자의 다리 밑으로 갓 빠져나온 아기가, 갑자기 미약하게 울기 시작한 것이다.

첫울음.

첫울음은 아기가 세상에 태어나 엄마와 개별적인 순환과 호흡을 시작하면서 폐의 양수를 흡수시키고 양압(대기압보다 약간 높은 압력)을 줘서 수축한 폐가 펴지도록 하는 가장 중요한 순간이다. 아기가 살아날 수 있는 가장 최소한이자 가장 중요한 신호이기도 하다. 크리스마스에 우리는 '울면 안 돼, 산타 할아버지는 우는 아이에겐 선물을 안 주신대~' 하고 울음이 좋지 않다는 간접적인 메시지를 담은 노래를 부르지만, 울음은 필요하다. 시적인 의미에서가 아니라 생존의 문제이다. 사람은 태어났을 때 울지 않는다면 죽을 수도 있다.

그 울음을 지금, 살아나지 못할 것으로 생각했던 아기가 새끼 고양이처럼 미약하게나마 시작한 것이다. 누구도 재태연령 22주의, 게다가 온갖 의도적인 스트레스를 겪은 아기가 멀쩡히 울음을 터뜨릴 것으로 생각하지 못했다.

조산에 대비해 철저히 준비하고, 폐성숙 주사를 맞히고, 산소호흡기를 준비하고, 수술실에서 모든 시술에 대한 준비를 철저히 마친 후 아기를 맞이해야 미숙아 생존율이 조금 늘어나는 터인데, 이 아기는 잉태된 그 순간부터 준비는커녕 아기의 삶을 끝장내기 위한 22주를 보낸 것이나 다름없었다.

수술실과 신생아중환자실의 모두, 그 어미 되는 자까지 이 아기의 죽음을 예상하고 준비했는데, 이상하게도 아기는 저 혼자 삶을 준비하고는 '살아서 태어난' 것이었다.


아이러니 3

분만실로 달려가 "숨 쉬어! 죽지 마!"를 외치며 아기에게 기관 삽관하고, 산소를 공급하고, 생선 가시보다도 더 연약해 보이는 뼈들이 튀어나온 흉골 근처를 손가락으로 눌러 대며, 조금 전까지도 어미와 이어져 있던 실낱같은 제대정맥(탯줄의 혈관들)에 라인들을 꽂던, 당시 파견 당직 레지던트였던 나는 사실 자신의 삶에 대한 무력감에 시달리고 있었다.

신생아 집중치료실은 몸도 마음도 무척 힘든 곳이고, 규모에 비해 인력이 부족했으며, 오프off, 쉬는 날는 무척 적었던 것도 일조했을 것이다. 폐렴을 앓고 난 직후라 기침이 끊임없이 나왔지만, 볕도 들지 않는 지하에서 새벽에 일을 시작하고 병원 안에서 밤낮을 지냈다. 잠깐 시간 날 때 번개 샤워를 하다가도 분만실 호출이 올까 두려워 안절부절못하며 뛰어나왔다. 하지만 누구도 그런 곰팡내 나는 상황을 이해해 주지 못했다.

그런데 삶에 지쳐 '삶이란 게 아무 의미 없다'고 생각하던 내가, 절박하게 '그 어떤 삶이든 좋으니 아기가 잠시라도 살았으면 좋겠다'고 생각하며 번개같이 손을 놀리고 있었다.

### 아이러니 4

아기가 그리하여 분만실에서 살아남았을 때, 아기 엄마는 그 얼굴을 보고 싶지 않다고 했다. 입원시킬 돈 따위는 없으니까 아기가 빨리 죽게 해 달라고도 말했다. 원치 않았던 아기와 막막한 일상에 지친 미혼모인 그녀는, 아기의 얼굴을 단 한 번도 바라보지 않았다. 아기가 만삭을 채워 태어났다면 타지로 돈 받고 입양 보낼 계획이 잡혀 있었는데, 미숙아여서 키워 봐야 입양도 안 되고 돈만 드니까 차라리 지금 죽는 편이 나으니 어떤 약도 쓰지 말아 달라고 했다.

그런데 이 아기는, 부모들이 생존을 간절히 바라는 다른 미숙아들보다도 잘 살아남았다. 아기가 팔다리를 활발히 버둥거리며 움직이는 동안 그 엄마와 법정대리인은 아기에 대한 모든 치료 절차와 투약을 포기하겠으며 더 진행하지 말라는 각서를 우리에게 넘겨주었다. 그리고 신생아 집중치료실에 올 때마다 왜 아직도 살아 있느냐고 타박했다.

그런데도 의료진들이 치료를 중단할 수 없었던 건 아기가 너무 잘 살아남고 있었기 때문이었다. 삶에 찌들고 우울함에 지쳐 있던 나도, 자조 속에 단 하나의 기적을 바라듯이 이 아기가 살기를 바랐다.

물론 그 아기는 단지 시술과 약의 힘으로 겨우 며칠만을 반짝 연장한 건지도 모른다. 이후 어떤 치료를 했어도 단지 죽음으로 걸어 들어가는 길이 조금 더 길어졌을 뿐인지도 모른다.

나는 아기가 차디차게 식어가도록 분만실에 내버려 두고 왔어야 했는지도 모른다. 왜냐하면, 재태기간 22주의 아기는 이 준비되지 않은 상황에서 살아남을 수가 없을 것이고, 나는 단지 CPR(심폐소생술) 장소를 분만실에서 신생아 집중치료실로 옮겨 왔을 뿐이며, 단 며칠의 생명 연장을 위하여 아기를 더 고통스럽게 할 뿐이고, 순서대로 밤을 새우는 우리 의료진과 당직자들을 잠 못 이루게 할 뿐이었을지도 모른다.

그런데 그 아기는 왜 그렇게 살아남고 싶다는 듯이 수술실에서 울음을 터뜨렸으며, 내가 시술을 했던 모든 처치는 어떤 때보다도 빠르고 정확하게 이루어졌을까? 나는 카페인을 대량 투하한 것처럼 아주 빠르게 뛰는 스스로의 심장 소리를 천둥소리처럼 들으며, 아기의 작은 턱과 목 안의 아주 얇은 기관에 즉시 기관 삽관을 했고, 폐계면활성제를 투여했다. 그렇게 얇은 정맥엔 처음 시술한 것인데도, 가늘기 짝이 없어 보이지 않는 아기의 혈관에 성공적으로 중심정맥관과 배꼽정맥관을 삽입할 수 있었다.

그렇게 아기는 정말 우연일지라도, 이 모든 치료 과정에 그만치도 순응하는 거로 봐서는, 정말 꼭 살아남아야 하는 것 같았다. 기적같이, 이 아기를 살리는 모든 과정이 잘 이루어졌으니까, 그래야만 이 '생生'이라는 문맥에 맞는 것이 아닌가.

그런데 상황은 오히려 이 모든 게 단지 우연이었던 것처럼, 아기가 그 순간 살아남은 건 아무 의미가 없다고 말하는 것이다. 아기가 살았으면 하는 나의 바람은, 삶에 무력감을 느끼던 나의 절망감의 투사였던 걸까.

살리고 싶은 마음이 간절해지자, 때론 저 멀리에 있는, 여기 이 지하 어두컴컴한 곳에는 도무지 안 내려오실 것 같은 신에 대해서도 생각했다. 우리는 '이건 단지 하나의, 아니 혹은 두 번의 우연일 뿐이야. 음, 아니면 세 번째 우연일 뿐이야. 어, 또 그렇다고? 그렇지만 어쨌든, 우연의 연속일 뿐

127

이지' 이렇게 말하는 데 익숙하고 절대로 매일매일의 기적을 믿지 않는데, 그 아기가, 저기서 살아서 울고 있다는 것이, 그게 단 하루의 울음일 뿐이라도 내게는 기적 같이 여겨져서, 생과 사를 관장하는 신이 어떤 의도를 가지고 모두가 죽기 바라는 아기를 살게 하는 것인지 알 수가 없었다.

매미는 단지 노래 부르는 한철을 위해서 7년을 참고, 하루살이는 단 하루만 살고 죽기도 하는데, 그런 삶이 다 의미가 없다고 말할 수 있을까? 80년을 사는 것과 단 하루를 사는 것에는 어떤 차이가 있는 걸까? 80년도 의미 없이 살 수 있는데 단 하루를 산다고 의미가 없는 것일까?

갑작스러웠던 아기의 분만 어텐딩 콜을 받은 이후부터, 아기가 죽음과 투쟁하는 모습을 보면서 이러한 답이 없는 질문들로 나의 마음은 쭉 어지러웠다. 산소 포화도라도 떨어지면 혹은 혈압이라도 떨어지면 포기하자 했는데 불행인지 다행인지 아기는 내가 파견이 끝나고 본원으로 돌아갈 때까지 산소 포화도도, 바이털 사인(맥박, 호흡, 혈압 등) 중 어느 것도 흔들리지 않았다.

물론, 아기는 점점 죽음을 향해 가고 있었다. 피부를 보호해 줄 각질층이 거의 형성되지 않아 만질만질한 물고기 같은 아기의 살갗 사이로, 조금씩 수분과 전해질이 빠져나갔다. 피부로 나가는 수분과 전해질을 유지해 주기 위해 인큐베이터 안은 습기로 가득 채워져 마치 수족관 같았다. (모친의 강한 요구와 반발로 인해 생존에 필요한 약과 연명치료 진행이 어려워진 후에도, 하나에 1억 원 상당하는 인큐베이터 안에서 지내게 하는 것만큼은, 교수님을 비롯한 의료진들은 차마 중단할 수가 없었다.)

그 푸르른 인큐베이터 안에서 물고기처럼 인공호흡기로 숨 쉬던 가냘픈 아기의 모습을 눈에 담은 것을 마지막으로, 파견근무기간이 끝난 후 나는 더 이상 아기의 밤과 낮이 어땠는지 알 수 없었으나 동료는 내가 본원으로 돌아가고 난 후 아기가 3일을 더 살고 죽었다는 소식을 들려주었다. 그리고 위로하는 것처럼, "어차피 죽을 애였으니까 더 힘들기 전에 가는 게 낫지"라고 덧붙이기도 했다. "그래" 하고 나는 대답했지만, 아직도 마음 깊은 곳 어디에선가 할 수 있는 모든 것을 다 했더라면 아기가 살 수도 있었을 거라는 남모르는 생각을 한다.

나는 여전히 그 며칠간의 삶이 어떤 의미가 있는지, 아기가 우리에게 보여주었던 기적과 그 아기를 둘러싸고 있는 아이러니 사이에서 아주 잠시 살았던 아기의 '삶'이 내게 던진 질문들에 답하지 못했다. 단지 그 아기의 짧은 생은 나의 뇌리에 강하게 남았고 여전히 화두에 답을 달지 못한 채 이상하게도 나는 자신의 무력감에서, 길고 긴 겨울잠에서 벗어나고 있었다.

내 기억 속 작디작았던 아기가 남긴 어떤 강렬한 인상이, 모든 것이 예상대로 되지 않았던 순간들을 보여주고 떠난 이 아기의 아주 작은 투쟁이, 나뿐 아닌 다른 누군가에게 기억되었으면 좋겠다. 단 한 계절이라도 목청 높여 울며 존재를 증명하던 매미처럼 아기의 단 며칠간의 삶이라도 이 글로 인해 의미가 남기를 바란다. 그러다 보면 언젠가 우리가 종종 맞닥뜨리는 아이러니와 절망들을 꿰뚫고 나오는 어떤 기적을 목격할지도 모르고, 그로 인해서 우리가 인생에서 맞닥뜨리는 절망에 대항할 힘을 조금이라도 가진다면, 이 아기의 짧은 생존은 의미가 있지 않을까. 어떤 이름으로도 불리지 못한 채, 아무도 모르는 채로 태어나고 죽었다 해도.

제16회 우수상 수상작이다. 글쓴이 이정진은 원당 서울의원 소아청소년과 원장으로, 수상 소감에서 "당시의 두서없는 메모를 글로 정리한 직후, 뜻밖에도 첫아기가 생겼다. 뭔가 꼬여 있던 실타래가 풀리듯, 내 안에서 글을 끄집어낸 후에야 아기가 들어설 공간이 마련된 듯, 아기가 내게로 온 것이 우연 같은 필연처럼 느껴졌다. 아기를 가지고, 낳은 지금 더더욱 아픈 아기들과 그 아기들을 사랑했던 보호자들의 애정이 내 마음을 찌른다"고 말했다.

· · ·

# 선생님, 우유를 먹여도 될까요?

"선생님, 우유를 먹여도 될까요?"

중환자실에서 가쁜 숨을 쉬고 있는 정민이 옆에서 정민 엄마가 내게 물었다. 숨을 헐떡이는 아이의 모습이 조금은 불안해 보였다. 그러나 우유를 먹고 싶은지 애잔하게 나를 바라보는 정민이, 그런 아이에게 우유를 먹이고 싶은 엄마의 눈동자와 차례로 마주친 나는, 상황을 판단할 겨를도 없이 '좋다'고 말했다. 급하게 편의점으로 뛰어가는 엄마의 뒷모습을 보며, 무언가 큰일을 해낸 듯 뿌듯해졌다. 우유를 맛있게 먹을 정민이를 상상하면서 조금 전 나간 동맥혈 가스 분석 결과를 확인했다.

'이를 어쩐담.'

혈중 이산화탄소가 59mmHg, 산도가 7.25로 아이의 몸은 벌써 호흡기성 산증으로 변해 있었다. 가쁜 숨도 분당 60회를 넘고, 가슴도 쑥쑥 들어가면서 힘들게 숨을 쉬고 있었다. 이런 경우, 고농도의 산소를 마스크로 주면 되지만, 벌써 그 방법은 쓰고 있지 않은가. 기도 삽관. 선택의 여지는 없다. 그즈음 정민이에게 먹일 우유를 손에 쥔 정민 엄마가 시야에 들어왔다.

'우유 다 먹기를 기다릴까? 아니야. 기도 삽관 때 먹었던 우유를 토해 내기라도 하면 더 힘들어질 거야.'

이런저런 생각 끝에 정민 엄마에게 우유는 다 낫거든 먹기로 하고 지금은 기도 삽관을 먼저 시행해야겠다고 설명했다. 실망하는 정민 엄마를 보며 마음이 흔들리기도 했지만, 지금은 정민이에게 최선이 무엇인지를 생각해야만 한다. 그렇게 정민이는 다음을 기약하며, 기도 삽관을 하고 인공호흡기 치료를 시작했다. 그러나 누가 알았을까? 그토록 먹고 싶었던 우유를 이제는 더 이상 먹을 수 없다는 것을, 그리고 정민이 엄마는 정민이를 위해 다시 우유를 살 필요가 없다는 사실을……

사실 정민이는 문제가, 아니 아픔이 많은 아이였다. 정민이는 26주 만에 세상에 왔다. 무엇이 그렇게 바빴는지 말이다. 정민이네 집은 포항인데, 그때 대구 경북 지역의 신생아 중환자실에 병실이 없어 멀리 부산에 있는 병원까지 와서 입원하게 되었다. 26주, 516g 출생. 의사들은 알 것이다. 이 숫자가 주는, 무겁고 두려운 기운을 말이다.

그렇다. 정민이는 신생아 중환자실에 수개월 동안 있으면서 너무 어린 나이에 산전수전 다 겪고, 죽을 고비도 여러 번 넘기면서 꿋꿋하게 살아 냈다. 몸무게가 잘 늘지 않는 점을 제외하고는 힘든 치료와 처치를 다 이겨 냈다. 그러나 심장이 빠르게 뛰면서 심장의 수축력이 떨어지는 심근염으로 서울의 큰 병원에 가게 되었다. 입원치료를 했지만, 만성 확장성 심근증으로 심장약을 먹어야 하는 처지가 되었다. 또 하나, 이상한 얼굴 모양과 성장이 멈춰 버린 듯한 발달 상태로 유전자 검사를 했고, 러셀-실버 증후군Russell-Silver Syndrome이란 병명이 정민이 차트에 추가되었다.

　내가 처음 정민이와 만난 것은 2011년 여름이었다. 신생아를 보시던 선생님께서 심장 문제 때문에 정민이를 내 외래에 의뢰하셨다. 만 한 살이 되어 가던 정민이의 몸무게는 4.5kg이었다. 흉부 엑스레이 사진에 찍힌 엄청나게 큰 심장과 러셀-실버 증후군. 26주, 516g 출생까지.

　한동안 멍하니 아이만 바라보았다. 또릿또릿한 눈동자와는 다르게 힘없이 축 처진 팔과 다리, 골격이 다 드러나 보이는 앙상한 몸. 그것이 정민이의 첫인상이었다. 일단 아이를 진찰하고 기본적인 질문을 하고 나서 서울 큰 병원에서 받은 약을 그대로 처방해 주었다.

　그때까지 한 번도 러셀-실버 증후군이란 병명을 들은 적이 없었다. 책을 뒤져 보니, 염색체 7번과 11번의 이상 때문에 특이한 얼굴 모양과 성장 지연을 동반하는 증후군으로 치료법이 딱히 없다는 것을 알게 되었다. 이후로 정민이는 신생아 담당 선생님 진료가 있는 날이면 심장에 대한 상담과 약을 타기 위해 나와 정기적으로 만났다. 내가 해 줄 수 있는 일은 그리 많지 않았다. 정민 엄마의 하는 얘기를 끝까지 다 들어 준다든지, 정민이를 진찰하면서 손을 꼬옥 잡아 준다든지, 머리를 쓰다듬어 주는 일, 오랫동안 눈을 맞춰 주는 일. 그게 전부였다. 수개월 동안 함께하면서 달라진 건 거의 없었다. 큼지막한 심장도 그대로였고, 몸무게도 4.5kg에서 도통 움직이지 않았다. 달라진 점은 딱 하나. 진료실에 들어오기만 하면 자지러지게 울던 정민이가 몇 달이 지나자 울음을 멈춘 것이다. 그렇다고 날 보고 웃는 것도 아니었다. 그냥, 울음을 그쳤다.

　세상에 태어나서 처음 만나고 느낀 게 엄마의 따스한 체온과 가슴이 아닌, 신생아 중환자실의 낯선 보육기였을 테고, 흰옷 입은 선생님들이 아침마다 와서는 자기들끼리 이런저런 얘기를 한 다음 검사한다고 찌르고, 만지고, 사진 찍고……. 그런 일들을 매일, 수개월 동안 겪은 이른둥이 친구들은 본능적으로 병원을, 그리고 흰 옷 입은 사람들을 보면 죽어라 운다.

그런데 그런 정민이가 어느 때부터인가 울음을 멈추었다. 정민이가 드디어 내게 마음을 연 것이다. '진짜 그런 걸까?' 확실한 건 정민이만 알 것이다. 그런데 말을 하지 못하니 물어볼 수도 없고…….

그렇게 지내던 중, 나는 가족들과의 문제로 부산을 떠나 대구로 병원을 옮기게 되었다. 두 달쯤 지날 때였을까? 대기 환자 명단에 '박정민'이라는 이름이 보였다. '설마, 아닐 거야.' 그렇게 혼잣말하며, 환자 이름을 부르고 아이를 보았다. 그 아이였다.

6개월 전이랑 달라진 게 전혀 없어 보였다. 풍채 좋은 정민 엄마의 모습만은 그대로였다. 몸무게가 4.5kg에서 4.7kg으로 늘었다고, 그리고 한두 단어 곧잘 한다고 자랑하는 정민 엄마의 모습에서, 정민이가 자랐음을 짐작할 뿐이었다. 여전히 나를 보며 웃지 않는 정민이에게 반갑게 "정민아! 안녕?" 하고 인사를 건넸다. 진찰하면서 손을 꼬옥 잡아 주고, 머리 쓰다듬어 주고, 오랫동안 눈도 맞춰 주었다.

그리고 서울 큰 병원에서 심장 문제에 어떤 계획을 하고 있는지, 정민이가 하루 종일 무엇을 하는지, 먹는 건 잘 먹는지 등을 물었다. 정민 엄마는 심장을 도와주는 약은 기약 없이 먹어야 되고, 집에서 책을 읽어 주고, 이런저런 얘기를 정민이에게 한다고 하신다. 물론, 대답은 없단다. 그리고 아직도 우유를 주로 먹는다고 하신다. 밥은 잘 먹지 못해서 우유를 먹고, 또 우유를 무척 좋아한다고 하신다. '밥을 먹어야지, 우유 먹이면 안 돼요'라고 말하고 싶었지만, 엄마가 왜 모르겠는가? 지금 나이에는 우유가 아닌 밥을 먹어야 한다는 것을. 속으로 한숨을 쉬면서 한마디 던졌다.

"엄마가 잘 해 주시는가 봐요. 정민이 엄청 컸는데요."

엄마는 그 말에 머쓱한지 미소만 지으신다.

정민 엄마, 참 대단한 분이다. 그렇게 힘든 시간을 잘 견뎌 내고, 정민이를 지금껏 지켜 온 분이 아닌가? 낙심하거나 절망하지 않고, 사랑으로 정민이를 품고 계신 분이 아닌가? 어떤 순간에도 밝고 희망적이고 긍정적인 분이시다. 절대로 울지 않으시던, 그런 분이 지금 내 앞에서 손에 우유를 든 채 울고 있다.

"선생님, 정민이 다시 우유 먹을 수 있죠, 그렇죠?"

"네, 지금 숨 쉬는 게 힘들어서 인공호흡기로 도와주는 거예요. 보기에는 그래도 제일 좋은 치료니 걱정하지 마세요. 곧 인공호흡기 뗄 수 있을 거예요."

온 나라를 쑥대밭으로 만든 중동호흡기증후군MERS의 기세가 꺾여 가던 8월, 정민이가 기침을 심하게 하고 숨이 차다면서 병원에 왔다. 한눈에 봐도 힘들어 보였다. 확장성 심근증이 있는 아이들에게 폐렴과 모세기관지염은 치명적이다. 약을 받아 집에 가고 싶다던 정민 엄마를 겨우 설득해서 중환자실에 입원시켰다. 어제 일이었다.

그 하루가 지나자마자, 인공호흡기에 의지한 채 누워 있는 정민이가 눈이 들어온다. 만 4세 10개월, 몸무게 6.0kg. 한 번도 나에게 웃지 않던 아이. 그리고 중환자실 밖에서 하염없이 울고 있는 엄마의 둘째 아들. 그렇게 우유를 좋아하던 아이. 정민이가 여기에 있다. 다행히, 그날은 무사히 지나갔다.

다음 날 아침부터 정민이는 급격히 나빠졌다. 소변이 나오지 않으면서 몸의 전해질 수치가 비정상적으로 변하기 시작했다. 강심제, 이뇨제, 전해질 교정약 등등 필요한 모든 약을 썼다. 정민 엄마는 분주히 움직이는 나를 보다가, 내가 정민이 상태를 얘기하러 다가가자 울기 시작했다. 무슨 말을 어떻게 해야 할지, 다가가면서 머릿속이 복잡해진다. 아니 하얘진다. 정민이의 상태를 설명하고 무슨 처치를 하고 있는지 설명했다. 그러나 정민 엄마에게는 아무 얘기도 들리지 않는다.

"정민이 살 수 있죠?"

순간 아무 말도 하지 못한 채, "최선을 다할게요." 이 말밖에 할 수 없었다. 최선을 다하겠다는 말 속에 의사로서의 무기력감과 자괴감, 그리고 두려움이 가득하다는 것을 정민 엄마는 알까. 답답해진다.

새벽 4시에 전공의 선생님한테서 급한 연락이 왔다. 순간, 나의 불안한 짐작이 사실이 아니길 바랐다. "산소 수치가 나오지 않고, 혈압도 낮아진 뒤 올라오지 않고, 심장박동도 점점 늦어지고 있다"는 얘기를 전해 듣고서 옷가지를 대충 챙겨 입고 병원으로 갔다. 여러 번의 심폐소생술로 멍이 다 든 정민이의 가슴과 싸늘한 손을 본 순간, 먹먹해졌다. 그동안 정민이와의 만남이 영화 속 정지 화면처럼 스쳐 지나간다. 뒤늦게 도착한 정민 엄마의 모습을 본 순간, 어디론가 도망가 버리고 싶었다. 정민이의 손을 잡고 하염없이 울고 있는 엄마의 모습을 보고 있으려니 견디기 힘들었다.

"정민아! 엄마가 정민이 건강하게 낳아 주지 못해 미안해"라는 말에 내 눈가에 눈물이 고였다. 정말 미안하다고, 제가 부족해서 죄송하다고 그렇게 말했다.

"선생님이 미안해하실 거 없어요. 선생님이 정민이 많이 사랑해 주시고, 신경 써 주신 거 잘 알고, 고마워요"라는 말을 들었을 때는 이를 꽉 깨물고 애써 흐르는 눈물을 참았다.

이제껏 아픈 아이들을 먼 곳으로 보내면서, 그리고 여러 부모를 만나면서 세운 원칙이 있다. 그건, 어느 때라도 의사로서 냉철한 이성을 지키고 있을 것. 아쉬운 마음은 표하되 절대 미안하다거나 죄송하다는 말은 하지 말 것. 냉정한 것 같지만, 험한 보호자들을 많이 만나면서 어쩔 수 없이 세운 원칙이었다. 그런데 지금 이 순간, 그런 원칙을 다 내려놓았다. 아파하는 정민이 엄마 앞에서, 아니 그보다 힘든 시간을 꿋꿋하게 지켜 온 정민이 앞에서. 나에게 한 번도 웃지 않았던 정민이 앞에서.

8월의 여름은 그렇게 잔인하게 지나갔다.


어느 날, 첫째 녀석이 엄마에 야단맞는 걸 보았다. 학교에서 급식으로 받은 우유가 맛이 없다며 안 먹고 몰래 냉장고에 넣어 둔 게 들켰던 것이다. 우유가 맛이 없어 못 먹겠다는 아이와, 먹어야 건강해진다는 엄마의 실랑이를 듣고 있으려니, 우유를 무척 좋아했던 그 아이가 생각난다. 그렇게 먹고 싶어 하던 우유를 먹이지 말라 했던 나의 결정은 잘한 것이었을까? 혹, 정민이가 마지막에 그토록 먹고 싶어 했던 우유를 먹이지 못했던 정민이 엄마는 그 일이 행여 한이 되지는 않았을는지…….

냉장고 속 우유를 보니, 그 아이의 얼굴이 자꾸 생각난다.


제15회 장려상 수상작이다. 글쓴이 이동원은 대구파티마병원 소아청소년과 과장으로, 수상 소감에서 "정민이와 정민이 엄마와의 만남을 통해 환자의 병은 보지만 정작 환자를 보지 못했던 시간을 되돌아보았다. 정민이를 보면서 느꼈던 복잡한 감정들을 글로 풀어내자 마음 한편이 후련해지는 걸 느낀다. 그동안 정민이를 그렇게 보낸 것이, 마지막에 우유를 먹지 말라고 했던 것이 퍽 마음에 걸렸던 모양이다. 이제는 정민이를 생각하며 가슴 아프지 않아야겠다고 다짐한다"고 말했다.

# 배관공의 소망

주말이라 모처럼 집에서 쉬려는데 양변기가 고장 나고 이음새에서 물이 샜다. 작은 불편도 참을 수 없는 현대인에겐 심각한 상황이다. 상가 전화번호부를 뒤져 급하다고 도움을 청하니 배관공이 달려왔다. 거침없이 이음새를 수리하고 변기를 통째로 갈았다. 숙련된 작업 현장을 지켜보며 이런저런 세상 사는 이야기를 나누던 중 그가 나에게 무슨 일을 하느냐고 물었다. 비슷한 일을 한다고 답했다. 콸콸 소리를 내며 시원하게 물이 내려갔다. 내 속이 다 후련했다. 나는 비뇨기과 의사다.

사람 몸과 마음도 고장 나기 일쑤다. 마음의 상처는 세월 속에서 흐려진다. 효과는 더딜지언정 상심의 특효약은 흐르는 시간일 것이다. 몸이 아프면 만사가 귀찮고 슬그머니 진통제에 손이 간다. 두통, 인후통, 생리통, 흉통, 복통, 관절통, 근육통, 그리고 내가 특히 싫어하는 치통까지 아플 일도 많다. 통증은 감각이 살아 있는 인간에게 찾아오는 불청객이다. 하물며 통증의 원인이 암이라면 그것도 다 퍼졌다면 통째로 갈아 버릴 수 없는 인간의 몸은 고통으로 황폐해진다.

어느 해 겨울, 오전 진료 시간에 60대 초반으로 보이는 한 여인이 다른 병원의 의무기록사본을 들고 왔다. 자신은 보호자이고 환자는 남동생인데 지금 다른 병원에 입원해 있다고 하였다.

"동생분한테 무슨 일이신데요?"

"지방 공사장에서 전기 배선 일을 하다가 쓰러졌다는데, 수혈을 엄청 많이 받았어요. 굵은 호스를 요도로 끼워 넣었는데 오줌은 새빨갛고 시커먼 핏덩어리도 나와요. 방광이 막혀 아프다고 난리고요. 신장도 망가져 투석하는데 헛소리까지 하고 있어요."

가져온 CT와 의무기록사본을 검토해 보니 남동생의 방광암은 이미 방광 주변은 물론이고 대동맥 주변의 림프절까지 퍼져 있었다.

"우리 병원으로 입원시켜드리겠습니다. 우선, 하나 남은 콩팥에 관을 넣어 오줌을 빼내야 합니다. 방광 통증이 너무 심한 듯하니 저 방광을 그냥 둘 수는 없을 것 같습니다."

"수술이 가능하긴 한가요? 위험하다고 하던데요. 치료가 될까요? 암이 퍼진 것 같다면서요? 요도에 호스가 있는데 또 콩팥에 관을 넣으면……이를 어쩌나……. 나중에 다 뺄 순 있나요?"

환자는 예순이 다 되어 가는 나이에 혼자였다. 이번 일로 연락된 누나 외에는 변변한 가족도 없는 것 같았다. 희망까지는 아니더라도 절망이 되지 않는 선에서 애써 이야기를 마무리했다. 다음 환자들의 진료가 지연되었고, 정오를 한참 넘긴 후에야 일을 마칠 수 있었다.

늦은 점심 밥숟가락을 뜨는데 그 환자의 방광이 머릿속을 맴돌았다. 암이 자라는 동안 그의 유일한 친구는 술이었다. 결국, 싸늘한 아파트 공사장

한구석에 허연 얼굴로 쓰러질 때까지 병원에 갈 줄 몰랐고 누구의 관심도 받지 못했다. 나는 씁쓸한 기분으로 밥알을 씹었다. 수술장에서 막힌 요관을 뚫고, 새는 방광을 꿰매고, 좁아진 요도를 넓히다 보니 오후가 갔다.

병실을 나서니 팀 전공의가 다음 날 방광암 수술받을 환자를 필두로 입원환자들의 경과를 보고했다. 내시경으로 치료가 불가능하고 전이되지 않은 방광암의 경우 완치를 목적으로 방광을 들어낸다. 그 대신 소장 55cm를 분리한 뒤 재단하고 바느질하여 새로운 방광을 만들어 준다. 전공의는 보고 마지막에 오늘 입원한 그 환자의 CT 사진을 모니터 위로 가득 띄웠다. 그리고는 이 환자가 완치를 목적으로 하는 통상적인 방광암 수술을 받을 자격이 없음을 넌지시 확인이라도 해 보이듯이 대동맥 주변으로 전이된 굵직한 림프절들을 손가락으로 가리켰다.

"팰리어티브 시스텍토미(증상 완화만을 위한 방광제거수술)가 뭔지 알아?"

"네."

"본 적 있어?"

"없습니다."

관찰실에서 그 환자를 처음 만났다. 인턴이 방광을 세척하고 있었다. 요도를 통해 방광에 넣은 굵은 호스 주변으로 피오줌이 범벅되어 있었다. 세척 주사기에는 간간이 피떡이 섞여 나왔지만 그의 고통을 덜어 줄 만큼 충분한 양은 되지 못했다.

그는 대머리였고 듬성듬성한 머리카락은 자랄 대로 자라 엉망이었다. 오십 대 후반의 나이보다 훨씬 노쇠해 보이는 주름살들은 고랭지 밭고랑보다 촘촘히 찡그린 얼굴을 뒤덮고 있었다. 앞니는 다 썩어 시커멓게 변해 있었고 입술은 갈라져 터져 있었다. 그는 영락없는 행려병자의 모습 그대로였다.

"많이 힘드시죠? 배 한번 만져 보겠습니다."

"으~ 배 아파, 고추 아파, 소변줄 너무 아파."

그는 신음하며 나를 경계했다. 자신에게 닿는 내 손을 반사적으로 밀쳐 내려 했다. 나는 그의 손을 제지하면서 배를 어루만지듯 더듬었다. 방광을 떼어 낼 수 있는지는 만져 봐야 안다. 통증 반응을 보기 위해 그와 눈을 맞추며 배를 만졌다. 뚫어져라 나를 경계하던 눈빛이 누그러지고, 밀치던 그의 손은 어느새 내 손을 잡고 있었다.

앞으로의 치료 과정에서 출혈과 방광팽만이 반복되어 통증이 조절되지 않는다면 방광을 없앨 수밖에 없는데, 그 수술은 환자에게 위험하고 나에게는 힘든 시간이 될 게 분명했다.

"조금씩 나아질 거예요. 치료 잘 받으셔야 합니다."

그는 누워서 고개를 끄떡였다. 그리고는 이내 다시 앓는 소리를 냈다.

"배 아파. 피오줌이 나와, 술을 너무 많이 마셨어."

회진을 돌 때마다 그는 신음 소리를 냈다. 진통제를 주사해도 계속 통증을 호소했다. 간혹 괜찮아 보일 때는 썩은 앞니가 다 드러나도록 씩 웃기도 했지만 통증 빈도는 더 늘어났다.

"환자가 아기가 되어 버린 것 같아요. 아프다고 해서 가 보면 신음 소리도 곧 멈추고 괜찮다고 하면서, 옆에 아무도 없으면 또 아프다고 신음 소리를 내요."

담당 간호사가 말했다.

혼자였던 그는 오랜만에 만난 누나의 병간호와 간호사들의 손길 속에서 마치 어린아이 같은 분리불안 증세를 보였다. 정신과를 통해 섬망 증상에 대한 약이 추가되었다.

모니터 화면에 뜬 병리과 결과보고를 확인한 뒤 그를 종양내과로 전과 시켰다. 항암제가 들어가면 암 덩이는 줄어들 것이고 증상도 조금 나아질 것이다. 만져 보면 그는 통뼈였다. 노동자의 전형적인 생활형 근육도 갖고 있었다. 무엇보다 심장과 폐가 튼튼했다. 기능이 남은 콩팥 하나도 몸 밖으로 낸 관을 통해 소변을 배출하지만 다 회복했다.

통증이 깊어지면 진통제의 양을 늘리거나 더 강력한 작용의 약제를 쓴다. 말기 암으로 진행되면 통증과의 싸움이다. 진통제 양이 늘면 정신은 혼미해지고 호흡이 느려진다. 멀쩡한 정신으로 견디기 어려우니 진정으로 다스릴 수밖에 없는 것이다. 대개 그처럼 정신을 먼저 놓아 버리고 저세상으로 떠나간다. 인간이 느낄 수 있는 통증의 범주에서 극심한 것은 암이 뼈로 전이되어 생기는 통증일 거다. 그것은 말 그대로 골수에 사무치는 통증이다. 마약성 진통제와 암 덩이를 잠시 줄여 주는 방사선 치료에 기댈 수밖에 없다.

사람은 죽음을 두려워한다. 자기가 죽을 때도 지금만큼 온전할 거란 착각 때문이다. 현재의 상상력 속에서 죽음은 애착했던 이 세상과의 영원한 단절로만 부각된다. 그에 감수성까지 더해져, 못 이룬 꿈과 못다 한 사랑처럼 지독한 아쉬움과 깊은 허무로 받아들여진다. 그러나 고통이 개입하면 변할 수밖에 없다. 오감과 쾌감을 전해 주던 고마운 신경망은 뼛속으로 파고드는 통증이 시작되는 순간 올가미가 되어 전신을 옥죈다. 그때가 되면 누구든 죽음을 두려워하지 않는다. 다만 어서 편히 쉬고 싶어 한다. 자연사는 그야말로 축복이다. 하루 종일 열심히 일하고 몸이 천근만근 무거운 날은 애써 잠을 청할 필요가 없다. 치열하게 살아 내었으므로 그냥 지쳐 쓰러져 잘 뿐이다. 살아 있는 모두에게 두려운 것은 병사에 선행하는 통증일 것이다.

'컴퓨터 문서 파일을 삭제하듯이 아픈 기억과 마음의 상처를 삭제할 수 있다면 긴 세월의 인고도 필요 없을 텐데. 통증의 근원을 칼로 도려내어 말기 암 환자가 몽롱한 진정 상태에서 벗어나, 맑은 정신을 되찾고 생을 정리할 수 있다면 얼마나 좋을까? 죽음만이 고통의 구원자인가? 늘 한계는 분명하고 소망만 남는 것을…….' 나는 전자차트를 닫고 컴퓨터를 껐다.

퇴원 후 일주일도 안 되어 그는 배를 움켜잡고 응급실을 다시 찾았다. CT를 보니 두 번의 항암치료 결과는 좋지 않았다. 나는 증상 완화를 위한 방광제거수술로 가닥을 잡고 환자와 환자 누나에게 설명했다.

"방광을 들어내는 게 낫겠습니다. 요루를 만들어 몸 밖으로 빼내면 앞으로 지내시기가 편할 겁니다. 소변볼 필요도 없고, 몸에 넣은 관도 다 빼고 지낼 수 있습니다."

환자는 고개를 끄떡였다. 무엇인가 해 주기를 애타게 바라는 눈빛이다. 하지만 누나는 동생의 수술에 동의하지 않았다. 낫기 위한 수술도 아니고, 증상만 좋게 한다면서 위험도 따른다고 하니 수긍이 쉽지 않았을 것이다. 그는 다시 종양내과로 옮겨졌다.

며칠 후 나는 의뢰서들을 확인하다가 그의 차트를 보게 되었다. 감염 문제로 항암제 투여가 중단된 상태였다. 열이 나고 있었고 항균제 변경을 위해 균 배양 검사 결과를 기다리고 있었다. 차트에는 '병원 와서 더 나빠진 것 같다'는 누나의 볼멘 불평도 보였다. 끝까지 읽어 내려가다가 제일 마지막에 쓰인 한 줄 기록에 시선은 그만 고정되어 버리고 말았다.

'보호자가 원하여 연고지 병원으로 전원 예정'

나는 한동안 생각에 잠겼다. 그냥 가만히 있으면 연고지 병원으로 전원되고 그는 잊혀질 것이다. 진통제는 지속해서 주입되는 모르핀으로 바뀌어 그의 의식은 이미 몽롱했다. 그러나 그는 암이 아닌 패혈증으로 먼저 죽겠다고 길을 나서기 직전이었다. 못 지킨 약속 그리고 그의 눈빛을 떠올렸다. '아무래도 떼어 내야겠어. 이대로는 못 보내.'라고 나는 마음먹었다.

종양내과 병동을 찾았다. 그는 관찰실에서 산소를 마시고 있었다. 나를 보더니 눈을 껌벅거리고 고개를 끄떡였다. 수술이 무서웠을 테지만 엄습해 오는 통증은 더욱 두려웠을 것이다.

"그 지긋지긋한 방광 떼어 버립시다."

"그래요. 수술해 줘요. 피오줌이 가득 찼어."

누나도 울먹이며 수술에 동의했다.

산수유 꽃망울이 도드라질 무렵 그는 수술대에 누웠다. 마취된 그의 입에서는 신음이 더 나오지 않았다. 나는 속히 배를 가르고 적의에 가득 찬 시선으로 그의 방광을 노려보았다. 수술은 완력을 요했고 힘들었다. 망가진 신장과 부풀대로 부푼 방광을 들어내자 배 속이 텅 비어 버렸다. 지혈을 다 마친 뒤 내가 소장을 만지작거리자 수술을 돕던 전공의가 멈칫하며 말했다.

"그냥 요관 끝을 묶고 몸 밖으로 낸 관을 그대로 두시는 게 회복이 더 빠를 것 같은데요."

"이 환자 심장하고 폐 봤어? 만져 봤어? 이 사람, 통뼈야! 뭘 해도 잘 회복할 거야!"

나는 소장을 15cm 분리한 뒤 요관 하나를 소장 끝에 연결했다. 반대쪽 소장 끝을 오른쪽 배 밖으로 빼내어 요루를 완성한 뒤 수술실을 나섰다. 방광을 밀고 당기던 왼팔이 많이 저렸고 등은 땀으로 흠뻑 젖어 있었다. 나는 샤워를 하면서 휘청거렸다. 그러면서 씩 웃었다. 그가 씩 웃을 것을 상상하면서.

그는 놀라운 속도로 회복해 갔다. 방광이 없어졌다는 것과 요루를 통해 맑은 오줌이 나오는 것을 신기하게 생각했다. 수술 후 2주가 지난 어느 회진시간에 나는 달라진 그의 모습을 보고 놀랐다. 지하 이발관에서 머리칼을 단정히 깎고 면도도 깨끗하게 하고서는 환한 얼굴로 나를 맞았기 때문이다. 그가 있던 6인 병실의 창밖에 봄은 성큼 다가와 있었고, 그도 계절을 느낄 여유가 생겼다.

"저 밖이 아주 좋아요. 퇴원하면 누님 손잡고 꽃구경 한번 다녀오세요."

"그래요, 그래. 꽃구경 가야지."

봄 내음이 진동하는 4월 중순, 외래진료 환자목록에 그의 이름이 보였다. 그는 당당한 모습으로 진료실에 들어왔다. 우리는 서로 반가운 웃음을 교환했다.

"잘 지내셨어요?"

"좋아요. 누나랑 꽃구경도 다녀왔어요. 허허, 아주 좋았어."

그는 추가적인 항암치료를 중간에 포기했고 결국 암은 뼈로 전이되었다. 그해 여름이 저물어 갈 즈음, 그는 고향의 요양병원에서 세상을 떠났다. 사망 소식을 알게 되었을 때 내 머릿속엔 긴 겨울을 함께 넘겼던 늙은 남매의 모습이 포개어져 내렸고 그가 감내했을 마지막 고통의 무게와 누나의 오열이 그려졌다. 그리고는 눈을 감는 바로 그 순간까지 그의 요루를 통해 눈물처럼 맑은 소변이 흘러나왔기를 빌었다.

제15회 장려상 수상작이다. 글쓴이 홍범식은 울산의대 서울아산병원 비뇨기과 교수로, 수상 소감에서 "통증 완화나 여생의 질을 향상하기 위한 수술은 암을 들어낸다기보다 고통을 덜어 주는 일이다. 이러한 수술을 해야 하는 마음 역시 무겁기 마련이고 의사로서 한계를 느낄 수밖에 없지만, 늘 소망의 거즈로 정성껏 창상을 덮어야 할 것이다. 국민배관공으로서 맡은바 임무를 묵묵히 해 나가는 비뇨기과 의료인께 존경을 표하며, 새지 않고 막힘없이 흐르며 눈물처럼 맑은 소변을 향한 소망을 모두와 함께 나누고 싶다"고 말했다.

· · ·

# 죽음을 배우다

할머니는 그렇게 돌아가셨다. 할머니의 임종을 확인하자마자 나는 인근 병원 영안실에 전화를 걸었다.

"장례식장을 사용하고 싶습니다."

장례식을 준비하게 되면 무엇부터 할지 종종 생각해본 적이 있다. 집 근처 종합병원을 눈여겨봐 두었다.

아버지는 내가 너무 어릴 때 돌아가셨다. 7살. 기억에도 없다. 어리다고 어느 친척 집에 잠시 맡겨져 있었던 것 같다. 그러니 할머니 상태가 나빠지기 시작할 때, 아버지가 안 계신 나로서는 모든 것을 혼자서 준비할 수밖에 없었다.

겨울 눈발을 헤치며, 새벽 2시에 낯선 병원 장례식장에 도착했다. 지하 사무실에서 장례식장 직원이 "긴 삼일장이군요"라고 말했다. 할머니는 자정을 막 넘긴 순간에 운명하셨다. 3일은 길지 않았고, 그 사흘 동안 한없이 울고 또 울었다. 의사가 된 지 15년. 내과 의사로서 무수한 죽음을 겪었다. 무수히 겪어 무감각해진 죽음이었는데, 내 가족의 죽음 앞에서, 낯설고 무서웠다. 외로웠다.

할머니가 중환자실에 입원했던 한겨울 밤, 나는 외국에 있었다. 거동할 수 없는 할머니는 수년 전부터 요양원에 계셨다. 나는 따뜻한 사이판 해변에서 가족들과 있던 중 할머니가 요양원에서 응급실로 가셨고, 중환자실에 입원하셨다는 이야기를 들었다. 내가 없었기에 중환자실의 다른 내과 선생님이 담당이 되어 주셨다. 부정맥, 심부전이 있는 할머니는 검사 수치가 모두 엉망이었고, 의식도 흐리고 위독했다. 사이판에서 초조한 시간을 보내고 인천 공항에 도착하자마자 병원으로 왔을 때는 다행히 위기를 넘긴 듯싶었다. 눈도 뜨시고, 나를 보고 희미하게 웃음도 보이셨다.

내 할머니를 직접 치료하는 것은 부담스러웠다. 내가 의과대학 학생일 때는 그냥 할머니셨는데, 인턴과 레지던트를 거치며 의사가 되어 가는 동안 할머니는 너무 빨리 늙어 버리셨다. 어느 날, 혈압이 높다 해서 혈압약을 처방해서 가져가기 시작했는데, 몇 년 뒤 골반이 부서지는 바람에 내가 일하는 병원으로 모셔서 검사하니 심장이 너무 커져 있었다. 멍했다. 심부전이었고, 부정맥도 있었다. 이런 경우 보호자들에게 "도대체 이렇게 될 때까지 모르셨어요?"라고 물어야 하는데, 나는 물어볼 곳이 없었다. 그렇게 약은 늘어 갔고 할머니는 늙어 갔다.

사이판에서 돌아온 내가 맨 처음 한 일은 수십 장이 넘는 서류에 서명하는 일이었다. 할머니가 응급실을 거쳐 중환자실에 들어가고, 중심정맥관을 넣고, 혈압상승제를 주입하는 동안, 필요했을 수많은 동의서가 텅 빈 채 치료는 진행되고 있었다. 할머니는 의사 손자를 둔 덕분에 보호자 없이도 치료 잘 받고 계셨다. 울컥했다. 동료 의사, 간호사, 그리고 다른 직원들 모두가 내 가족의 생명의 은인이었다. 이 은혜를 어찌 갚을까.

며칠 뒤, 겨우 병실로 올라온 할머니는 미음으로 식사를 시작했다. 그러나 거기까지였다. 다시 의식이 흐려졌고, 더는 넘기지 못했다. 가슴 사진에서도, 혈액검사에서도 나빠지는 것은 없었다. 기력이 다한 상황이라 느껴졌다. 어쩔 수 없는 죽음의 과정이 시작되는 것이리라. 이번에 나는 '연명치료 중단에 관한 동의서'에 서명했다. 주치의 이근만, 설명 의사 이근만, 보호자 이근만. 내 이름만 서너 번 나오는 서류에 서명했다. 이게 마지막일까?

할머니가 중환자실에서 일반실로 올라가는 동안, 나에게 입원한 김성구 환자분은 조금씩 더 나빠지고 있었다. 그는 52세 남자로, 췌장암이 여러 차례 재발했다. 수술한 기록과 항암치료, 방사선 치료, 배액관을 넣었다가 뺀 여러 번의 기록들, 그것도 두 군데 병원을 거쳐 사전처럼 두꺼운 서류 뭉치를 가지고 내 진료실로 찾아왔었다.

그가 식사를 못 한 지 벌써 2달이다. 복수와 장폐쇄로 배가 터질 듯이 부풀고 있었다. 더는 관을 넣을 부분도 없었다. 병실에 들어갈 때마다 도대체 어디를 쳐다보고, 무슨 말을 해야 할지 망설여졌다. 차마 본인에게 시간이 별로 없다는 설명을 못 하고 있었다.

아주 힘들게, 보호자인 부인을 외래진료실에서 만나자고 했다. 경과에 관해 설명하겠다는 핑계로. 병실을 나오려는데, 나를 보며 김성구 환자분이 말한다. 미소를 보이며.

"너무 무섭게 말하지 마세요. 맘 약한 사람이에요."

한 대 맞은 기분이다. 무슨 말 할지 아니까, 강약 조절하라는 말인 것 같다. 저 환자가 여기까지 오면서 얼마나 많은 의사를 거치며, 얼마나 많은 의사의 도무지 알아먹지 못할 설명을 듣고, 아무튼 죽을지도 모른다는 무수한 경고를 얼마나 들었을까.

할머니 상태가 나빠지면서 나는 죽음에 서서히 다가가는 느낌을 받았고, 죽음에 이르는 환자 가족의 기분이 어떤지 온몸으로 겪고 있었다. 진료 시작 전, 점심시간, 그리고 진료가 끝난 후 할머니의 병실에 들어서면, 의사도 어쩔 수 없다는 무력감과 무거운 적막에 온몸의 기운이 빠져나갔다. 찬송가를 들려 드리고 싶어도 급하게 찾으니 시디 한 장 없고, 겨우 먼지 구덩이에서 찾고 나니 그 흔했던 시디플레이어는 또 어디 갔는지 허둥댈 뿐이었다. 어디선가 기념품으로 받은 작은 블루투스 스피커를 가져다가 스마트폰으로 급하게 검색해서 드디어 병동에 찬송가가 흘러나왔다. 찬송가를 틀어 놓고 잠시 앉아서 눈물을 흘리면, 뭔가 해 드린 느낌이 들었다.

할머니는 내가 초등학생일 때까지 나보다 힘이 세서 무거운 것도 번쩍 들고, 머리에 이고 다니셨는데. 어느 순간 폭삭 늙어 거동도 못 하시고, 요양병원에 누워 계셔야 하는 상황이 됐다. 어릴 때는 할머니가 나를 씻기고 먹을 거 챙겨 주셨는데, 이제는 내가 과자와 물티슈를 가져다 드리며 챙겨드려야 하는 처지가 된 것이다.

노심동심老心童心이라 했던가. 할머니는 손자, 손녀는 왜 안 데려왔냐고 서운해하셨다. 기력이 점점 없어져 나들이 가자고 하면 극구 사양하셨다. 가끔 아이들을 데려가면 아이들에게 "네 아비는 어딨노?"라고 10번쯤 물으셨다. 손자가 장성해서 아버지가 된 것이 신기하셨던 것 같다.

김성구 환자분을 보호자와 상의해서 호스피스 병동으로 옮기려 했다. 그러나 병실을 옮기고 싶지도 않고, 호스피스라는 말도 싫으니, 다시 그런 이야기 꺼내지 말아 달라고 한다. 더 나아가 부담스러우면 회진도 안 오셔도 되니, 호스피스 이야기 꺼내지 마시고 지금처럼 필요할 때 진통제만 놓아 달라고 하신다. 아, 나의 무력감을 눈치챘단 말인가. 이런 환자야말로 호스피스가 더 필요하리라 생각했지만 더 말하지 못했다. 환자는 아침저녁 다르게 나빠지고 있었다. 병실에 들어갈 때마다 어디를 봐야 할지, 무엇을 물어봐야 할지 난감했다. 이제 말을 못 하는 환자는 물론이고 보호자에게도 딱히 할 말이 없었다. 이 자책, 무능, 무력. 병실 들어가기가 두려울 지경이다.

할머니도 더 나빠지고, 의식이 흐려졌다. 크게 불러도 눈을 못 뜨신다. 귀에 대고 크게 이야기해 본다. 사람은 죽음이 다가와도 청각이 제일 오래 유지된다고 한다. 크게 이야기하면 들리실 거야. "할!머!니! 사!랑!해!요!" 정말 들리시는 걸까, 움찔하신다. 내 손을 꼭 잡는 것도 같다.

할머니 병실에서 한참 눈물을 흘리고 나면 힘이 나는 기분이었다. 김성구 환자의 가족들에게 무엇을 해야 하는지 느낄 수 있었다. '통증 치료 가이드라인'은 있지만, 임종이 임박한 '환자 및 보호자 마음 치료 가이드라인'은 어디에도 없다. 나는 나의 할머니에게 하듯, 병실 문을 열고 들어가 김성구 환자분의 손을 꼭 잡고 귀 가까이에 내 얼굴을 가져가 크게, 분명히, 또박또박 말해 드렸다.

"걱!정!마!세!요! 두!려!워!마!세!요! 제가 다 알아서 해 드릴게요. 안 아프게, 안 무섭게 해 드릴게요. 제가 다 압니다. 제가 다 알아서 해 드릴게요."

환자의 몸이 미세하게 움직인다. 내 손을 꼭 잡는 것 같다. 이후, 김성구 환자분은 더욱 의식이 없는 상태가 되었지만, 내가 병실에 들어가서 손을 잡고 귀에 뭔가 말하면 반응을 보였다. 환자의 가족들은 참 고마워했다. 나와 같이, 눈물이 그렁그렁했다.

아툴 가완디Atul Gawande라는 똑똑한 미국 의사는 《어떻게 죽을 것인가》라는 책에서 죽음은 실패나 패배가 아니라고 말했다. 그렇다고 승리나 축제도 아니지 않나. 최소한 죄책감을 가질 필요는 없는 것이라고 했다.

할머니는 돌아가셨다. 이제 마지막으로 서명했다. 사망진단서, 선행사인, 중간 선행사인, 최종사인, 의사 이근만. 또 내 이름. 할머니, 이제 정말 끝인가요? 장례식장에서 원 없이 울었다. 그 많은 환자가 돌아가셔도 꿈적 안 했는데, 어디서 그렇게 눈물이 고여 있다가 나오는지. 하도 울어서 그런지 장례를 치르고 오니 몸이 부서지는 것 같았다.

출근해서 김성구 환자분 병실로 들어갔다. 겁도 나지 않고, 오히려 어서 빨리 그 병실에 가서 환자와 가족들을 위로해 주고 싶은 마음뿐이었다. 얼마나 힘드세요, 하고. 이제 호스피스도 필요 없다. 며칠 안 남았다. 숨소리도 불규칙하다. 그런 몸이지만 즐겨 듣던 설교, 찬송을 듣게 하려고 가족들이 귀에 이어폰을 꽂아 두었다. 할머니 병실에서 쓰던 블루투스 스피커가 생각났다. 망설이다가, 오후 회진 때 그 스피커를 전해 드렸다. 이거 어떻게 쓰시는지 아시죠? 병실에 울리도록 스피커로 설교와 찬송을 들으면서 그렇게 김성구 환자분은 이 세상의 마지막 숨을 거두었다.

가족들은 장례를 치르고, 상복을 입은 채 내 진료실에 인사하러 왔다.

"선생님, 감사합니다. 선생님이 보살펴 주셔서 우리가 너무 감사합니다."

내가 병실에 들어오면 환자분이 몸을 움직이며 반응을 보였다고. 덕분에 우리 남편, 우리 아빠 편안히 가셨다고. 그 스피커 너무 감사했다고……

엉엉. 또 울어 버렸다. 네, 가족분들, 저도 감사합니다. 저도 많이 배웠습니다. 아툴 가완디한테, 그리고 우리 할머니께, 할머니의 죽음으로부터, 아직 젊은 내과 의사가 죽음이 뭔지 제대로 배웠습니다. 그렇게 김성구 환자분 보내드려서 가족들이 편하시다니, 제가 감사합니다.

제16회 우수상 수상작이다. 글쓴이 이근만은 경기도의료원 파주병원 내과 과장으로, 수상 후 인터뷰에서 "아툴 가완디의 글을 읽은 후, 할머니와 한 환자의 죽음을 연이어 겪으며 글을 남기게 되었다. 어쩔 수 없이 죽음을 맞이하는 모두에 대한 위로가 되었으면 좋겠다"라고 말했다.

· · · ·

# 라면 한 그릇

"라면이 먹고 싶어요. 그 라면이……."

사흘 만에 의식이 돌아온 환자의 첫마디치곤 의외였다. 사정을 알았지만, 부종이 심해 호흡이 곤란한 환자에게 맵고 짠 음식이 가당키나 한 말인가? 한 귀로 흘리며 병실을 나왔지만 온종일 그 말이, 내 머릿속을 소용돌이치듯 맴돌았다.

2년 전, 깡마른 체구에 노숙자 행색을 한 남자가 응급실로 실려 왔다. 의식도 없고, 입에서는 술 냄새가 진동했다. 인적 사항을 몰라 경찰의 도움을 받아서 그가 65세의 김○○ 씨라는 건 알아냈으나, 연락할 가족을 찾지 못했고 며칠 후 의식을 회복한 그도 어떤 이유에선지 가족에 대해선 일체 함구하고 있었다. 알코올 중독 환자의 대부분이 가족에게 버림받는 경우가 흔했기에 더 캐묻지는 않았다. 그런 인연으로 만났던 그가, 숨이 차다며 다시 우리 병원을 찾은 것은 꽃샘추위가 기승을 부리던 3월이었다.

새 조롱 같은 마른 가슴에선 쌕쌕거리는 소리마저 들렸고, CT 검사에선 진폐증(폐에 연성석탄 등의 먼지가 쌓여서 생기는 병)의 흔적 위에 진행된 폐암과 흉수(가슴막과 폐 사이에 비정상적으로 고인 물)도 함께 보였다. 말기 폐암이었다.

"아무래도 큰 병원에 가서 정밀 검사를 받아 보셔야겠습니다."

내 권유에 그는 고개를 가로저었다. 형편이 어렵다는 이유에서였다. 더욱이 응급으로 시행한 흉수천자(흉강 내 고인 물을 주사기로 빼내는 치료) 후 증세가 호전되자 그의 고집은 더욱 강해졌다.

"여기서 선생님이 치료해 주시면 안 될까요? 제 형편이……."

대학병원으로 보내면 퇴원하겠다는 압력과 간절한 눈빛에 결국 허락을 했지만 걱정이 앞섰다. 얼마 전에도 같은 상황으로 환자를 입원시켰다가 난데없이 나타난 보호자들에게 곤욕을 치렀기 때문이었다. 그래서 치료해 주는 대신 보호자가 병원에 와야 한다는 조건을 덧붙였다. 잠시 머뭇거리던 그는 지갑 속에서 낡고 구겨진 종이 한 장을 꺼냈다.

"아들인데, 아마 제 연락을 받지 않을 겁니다."

힘없는 목소리였지만, 왠지 진한 아쉬움이 배어 있는 듯했다. 여러 번의 시도 끝에 간신히 아들과 연결된 전화에서, 아버지가 앞으로 6개월을 넘기기 힘들다는 내 말에도 "저와 인연을 끊은 지 오래니, 만약 돌아가시더라도 병원에서 알아서 하세요"라는 차가운 답변만이 돌아왔다. 아무리 사정이 있다손 치더라도 어찌 아들로서 이럴 수 있을까? 갑자기 화가 치밀어 올랐다.

"도대체 당신이 아들 맞아요? 아버지가 곧 돌아가실 수도 있다는데, 병원에 오지 않겠다는 게 말이나 된다고 생각하세요?"

하지만 아들은 다시 연락하지 말라는 말을 남긴 채 일방적으로 전화를 끊어 버렸다.

"죄송합니다, 선생님. 다 제 잘못인데……."

고개를 숙였던 그가 한참을 고민하던 끝에 자신의 과거를 털어놓았다.

"오래전 광산 일을 했습니다. 한 치 앞도 가늠하기 어려운 막장의 탄가루 속에서 죽음과 직면한 하루하루의 고통을 이겨 낼 힘을 준 것은 가족이었습니다."

고된 광산 일로 힘들고 단칸방에서 라면으로 끼니를 때울 만큼 가난할 때도, 사랑하는 가족들과 행복을 나눌 수 있던 시간 때문에 버틸 수 있었다고 했다. 하지만 그런 행복도 잠시, 갑작스러운 아내의 죽음이 모든 것을 바꿔 버렸다. 우울증과 함께 온 알코올 중독. 술은 그의 성격을 난폭하게 만들었고, 어느 날부터 아들에게 폭력을 행사하기 시작했단다. 결국, 그 일로 아들과도 지금까지 헤어져 살게 되었다고.

"그때 먹던 그 라면 맛이 그리워요. 가족끼리 한 상에 둘러앉아 먹었던……."

눈물을 글썽이며 나가던 그가 중얼거리던 말에 고개가 끄덕여졌다. 며칠 밤을 새우며 굶기를 밥 먹듯 하던 수련의 시절, 좁은 의국(의사들이 대기하는 방)에서 동기들끼리 빙 둘러앉아 야식 하나로 서로를 위로하던 때가 떠올라서였다. 그때가 생각날 때면 먹고 싶은 옛날 그 음식은 위로를 주었던 이들을 향한 그리움 때문일 것이다.


10월의 끝자락 서늘한 바람이 불던 날, 그는 혼수상태로 다시 병원을 찾았다. 환자는 삶과 죽음의 경계를 간신히 넘나들고 있었다. 그러면서도 마른 입술 새로는 연신 아들의 이름을 불렀다. 내 마음에 동요가 일었다. 그의 간절한 소망을 알았기에. 하지만 뒤엉켜 버린 실타래를 풀지도 않은 채, 매듭만을 이어 주는 일이 무슨 소용이 있을까? 그저 병만 잘 치료해 주면 되는 의사인 마당에, 더구나 잘못 이어지기라도 한다면 아물었던 누군가의 오랜 고통의 기억을 되살리게 되는 일일 텐데. 그것 또한, 치료해 줘야 하는 의사의 본분을 망각하는 일은 아닐까?

내 머릿속은 얽혀 버린 실타래처럼 꼬여만 갔다. 고민이 깊어지던 밤, 내 눈앞에 수척해진 환자 얼굴과 겹쳐지면서 희미하게 떠오르는 한 사람이 있었다. 외조부였다. 평생 어머니의 가슴에 한을 심어 주셨던 그분. 술로 인한 간경화로 마지막 순간 홀로 생을 마감하셨던 내 외할아버지. 미움도 그리움일까? 돌아서서 한숨짓던 어머니의 한 방울 눈물 속에서 내가 찾아냈던 것, 그것은 무의식적으로 내 손을 전화기로 향하게 했다. 다시 연락하지 말라는 아들의 말은 무시했다.

"아드님, 아버지가 광산에서 일하셨던 것은 알고 있지요?"

진폐증 환자는 합병증으로 죽으면 보상금을 받을 수 있다. 죽은 후 언제든 신청하면 되지만 거짓말을 했다. 보호자의 서면 동의가 필요하니 당장 병원에 와야 한다는. 결국, 아들에게 "언제까지 내려가면 될까요?"라는 말을 끌어낼 수 있었다.

감이 탐스럽게 익어가던 늦가을 저녁, 낯선 얼굴의 남자가 진료실을 찾았다. 아들이었다. 삶과 죽음의 경계에서 헤매던 김○○ 씨의 의식이 잠시 돌아온 사이, 아들을 본 그의 얼굴은 하염없이 흐르는 눈물로 촉촉이 젖어 갔다. 짧지만 영원처럼 느껴지던 그 시간은 길어진 가을밤과 함께 한없이 깊어만 가고 있었다.

창문 너머로 흔들리던 감나무 잎들이 검은 아스팔트 위를 덮어 갈 즈음, 그의 의식이 다시 나빠졌다. 혈압을 재기 위해 잡은 그의 손에 잠시 힘이 들어가더니, 무엇인가 내게 말할 듯이 입술을 달그락거렸다. 하지만 그것이 마지막이었다.

그가 내게 남기고 싶은 말은 무엇이었을까? 창문 틈새로 들어온 가을바람이 그의 얼굴을 덮은 하얀 천을 들썩거릴 뿐이었다.


그가 죽은 지 한 달이 지날 무렵, 법원으로부터 한 통의 속달이 도착했다. 보상해 주기 위해 환자가 죽은 원인이 진폐증과 관련이 있는지를 적어 달라는 내용이었다. 수십 장의 종이 위에 빼곡히 적힌 질문에 답을 해 가던 내 손이 잠시 멈췄다. 귓가에서 어렴풋이 들리는 어떤 목소리 때문이었다.

'라면이 먹고 싶어요.'

아들이 그리웠을 거다. 하지만 용기가 나지 않았고, 차마 용서해 달라는 말을 전하지도 못했을 것이다. 생각이 여기까지 미치자 그가 죽기 전, 마지막으로 하고 싶던 말이 무엇인지가 어렴풋이 떠올랐다. 나는 다시 소견서를 이어 적기 시작했다. 꼬불꼬불한 그의 인생 같은 면발 위에, 짜디짠 눈물을 담은 수프를 뿌리고, 그토록 보고 싶던 소망이 담긴 달걀 한 알을 넣은 후, 따뜻한 정이 담뿍 담긴 라면 한 그릇을 완성했다. 그리고 하얗고 네모난 봉투에 담아 띄워 보냈다.

봄은 또 어김없이 제자리를 찾았다. 파릇한 새싹이 나오더니 벚나무에 작고 예쁜 꽃망울이 맺혔다. 종달새 소리가 반갑게 느껴지던 오후, 낯익은 얼굴이 진료실 문을 열고 들어왔다.

"고맙습니다. 그동안 아버지를 잘 돌봐 주셔서……."

그의 아들이었다. 묵례하고 나가는 뒷모습이 아버지를 많이 닮아 보였다. 어쩌면 내가 이어 준 작은 매듭 하나가 오랫동안 꼬여 있던 긴 두 실타래를 얼마간은 풀어 줄 수 있었을까? 아니면⋯⋯.

생각에 잠긴 내 눈앞으로 한 사람의 얼굴이 떠올랐다. 그 순간 오랫동안 묻고 싶었던 한마디가 입 밖으로 흘러나오고 있었다.

"김○○ 씨, 서툰 제 솜씨가 어땠나요? 제가 끓여드린 라면 맛이 괜찮았지요?"

제15회 장려상 수상작이다. 글쓴이 박관석은 신제일병원 원장으로, 수상 소감에서 "의사는 환자의 병만 진단하고 치료하면 되는가? 이는 나에게 언제나 고민을 안겨 주는 질문이다. 치료를 하다 보면 어느 정도 환자들의 삶에 개입해야 할 일이 생긴다. 이번 수필을 쓰면서 만성 알코올 중독이자 말기 폐암 환자분과의 경험을 통해 참다운 의사의 역할을 되돌아볼 수 있었다. 또한 과연 나는 환자에게 어떤 의사여야 할까를 고민해 본 시간이었다"고 말했다.

· · ·

# 죽음에 대하여

환자의 고개를 젖히고 입을 벌린다. 후두경을 집어넣어 힘껏 밀어 올린다. 목구멍 위쪽으로 조그마한 숨구멍이 드러난다. 그 틈새로 가느다란 튜브를 밀어 넣는다. 기관 삽관은 순식간에 이루어진다. 공기가 흘러가는 통로가 생겼다. 기계 호흡기로 산소를 불어넣는다. 환자는 자신의 목숨을 좁은 튜브 하나에 의지한 채, 길고 힘든 사투를 벌인다.

삽관 튜브를 사이에 두고 삶과 죽음이 마주한다. 한 인간의 생명을 건 줄다리기. 힘의 차이는 금세 드러난다. 환자의 몸부림이 처절하다. 나도 팔 걷고 나서 보지만, 뜻대로 되지만은 않는다. '아차' 하는 사이 손을 놓치면, 저편으로 끌려가 버리기 일쑤다. 병을 내리는 자는 신이고, 치료하려는 자는 한낱 인간이다.

한쪽으로 끌려가 버리면 차라리 낫다. 때로는 죽을 수 있는 것도 행복이다. 힘에 부쳐 이쪽으로 오지도 못하면서, 약물과 기계로 튜브 끝을 놓지 못하는 경우도 있다. 환자는 살지도 죽지도 못하고, 영원히 경계에 갇혀 버린다. 흔히들 말하는 식물인간. 기계 호흡기만 떼면 그대로 잠들 텐데, 삶도 아닌 겨우 죽음을 허락받지 못한다.

이들의 처지는 다들 비슷하다. 차츰 보호자의 발길이 줄어든다. 남겨진 사람들은 살아가야 하기에, 슬슬 치료비를 걱정한다. 가족의 생명에 돈값을 매겨야 함에 또 한 번 가슴이 찢어진다. 희망은 진즉에 사라지고, 다만 인간의 도리만 남는다. 이윽고 현실에 무릎을 꿇는다. 견디다 못해 결단을 내린다. 인제 그만 호흡기를 떼고자 한다. 편히 보내 달라며 눈물을 흘린다.

"우리나라는 안락사가 불법이에요. 호흡기를 뗄 수 없어요. 죄송합니다."

나는 죄인이라도 된 양 움츠러든다. 간신히 쥐어짜 낸 그들의 용기마저 창피하게 만들어 버렸다. 붉어진 눈시울을 마주하지도 못한다. 환자를 살리지 못한 의사는 보호자들 또한 살릴 수 없다. 힘없이 돌아서는 뒷모습을 말없이 배웅할 뿐이다.

이러니 환자가 의식이 없는 게 차라리 다행이다. 그렇지 않다면 어떤 진통제로도 마취시킬 수 있을 턱이 없다. 말을 할 수 있다면 차라리 죽여 달라 할 것이다. 때론 죽음이 삶보다 인도적이다. 가슴이 무겁다. 아무리 겪어도 무뎌지지 않는다. 누군가 나를 대신해 울어 줬으면 한다. 그게 환자였으면 좋겠다. 마지막으로 깨어나 울 수라도 있게 해 주고 싶다.

얼마 전 응급실에 내원한 환자 또한 상태가 좋지 않았다. 호흡이 얕고 빨랐다. 숨을 쉬기 위해 온몸의 근육을 끌어 쓴다. 배와 가슴을 한껏 부풀려 겨우 한 홉의 공기를 들이켠다. 척 봐도 남은 시간이 많지 않다. 1시간? 30분? 아니, 5분도 채 남지 않았을지 모른다. 이미 환자는 다른 세계에 한 발을 걸치고 있었다.

지체하지 않고 기관 삽관을 준비했다. 간호사에게 후두경을 받아 왼손에 쥐었다. 오른손으로 환자의 고개를 젖히려는 순간, 보호자가 급히 말리고 나섰다.

"하지 마세요!"

꼭 필요한 시술이었다. 지금 이 순간도 환자는 죽어 가고 있었다. 승강이 벌일 시간 따위는 없었다. 그러나 보호자는 단호하게 고개를 저었다.

"이거 하면 살릴 수 있나요?"

"어떻게 그걸 장담하겠습니까? 치료는 해 봐야 아는 거죠."

"기관 삽관은 하고 싶지 않아요. 단지 기계에 의존해 연명만 하게 될까 봐요."

원래 폐 상태가 좋지 않았다고 한다. 호흡 곤란이 심해져 임종이 닥치더라도, 절대로 기계 호흡기는 하지 않기로 했다고 한다. 중환자실에 누워 있는 환자들 모습이 떠올랐다. 무엇을 걱정하는지 알 거 같았다.

두 손 놓고 환자가 죽어 가는 모습을 지켜보았다. 두 번 세 번 보호자를 설득했지만, 완강히 거절한다. 그 결정을 탓할 수는 없었다. 환자가 거친 숨을 내뱉을 때마다 영혼이 한 줌씩 새어 나갔다. 나는 그 모습을 우두커니 쳐다보고만 있었다.

우스운 일이었다. 안락사가 불법이라, 혹시라도 그런 상태가 될까 봐 애초에 치료를 포기해 버린다. 나중에 가망이 없다면 그때 호흡기를 제거하면 될 일이다. 그렇다면 지금 최선을 다하는 데 주저할 사람은 없을 것이다. 하지만 그걸 법으로 금지해 버렸다. 사람의 생명을 포기하지 못하게 하려는 제도가, 오히려 역으로 사람의 생명을 살리지 못하게 한다. 살릴 수 있는 마지막 기회를 박탈해 버린다. 역설적인 상황이다. 꼼짝할 수 없는 외통수다.

보호자들은 펑펑 울었다. 나는 그 눈물이 그치기도 전에 DNR(연명치료 중단) 동의서를 내밀었다. 기도 확보가 되지 않는다면 더 이상의 치료는 무의미하다. 머지않아 환자의 숨은 끊어질 것이다. 그때 심폐소생술을 할 수는 없었다. 응급실은 늘 바쁘다. 가망 없는 일에 매달릴 여유는 없다. 하지만 보호자는 서명을 거부했다.

"가시기 전에 할 수 있는 모든 걸 해 주고 싶어요."

그들은 이미 마음의 준비를 마쳤다. 기계에 의존해 연명만 하는 상태가 될까 두려웠지만, 이대로 보내기엔 마음이 편치 않았다. 병원에서 남들 다 하는 절차를 밟아 떳떳하게 장례를 맞고 싶어 했다. 남겨진 보호자들 또한 환자였다. 그들 가슴의 상처를 치료하는 것도 의사의 몫이었다. 한恨이 남지 않을 굿판을 벌여 줘야 했다.

영혼이 떠난 빈 껍질을 붙잡고 가슴 압박을 시작했다. 어떤 희망도 없다는 걸 모두가 알고 있었다. 메마른 몸의 갈비뼈가 바스락거리며 부서져 내렸다. 호흡 관을 타고 새빨간 피가 뿜어져 나왔다. 열린 동공에는 소생술 하는 우리 모습이 비쳐 보였다. 최루 영화의 마지막 장면도 이만큼 슬프지는 않았다.

행여나 심장이 다시 뛸까 봐 조마조마했다. 이대로 심장이 멎어야 한다. 더 이상의 치료는 불가능하다. 모든 건 시간 끌기에 불과하다. 고통의 시간만 늘어날 따름이다. '제발 이대로 평안히 잠드소서' 하고 기도했다. 그런 나 자신이 너무 죄스럽고 억울했다. 환자가 살아나지 않기를 바라야 하는 의사라니. 나는 환자와 함께 죽어 가고 있었다. 내게도 소생술이 필요하다. 전공의들을 닦달했다. 더 깊이 더 세게 더 빠르게 가슴 압박을 시켰다. 그것은 이대로 자리를 떠나고 싶은 나 자신을 위한 것이기도 했다. 가족들의 울음소리는 엄숙한 장송곡이 되어 울려 퍼지고 있었다. 마침내 사망 선고를 내렸다.

"현재 시각 ○○시 ○○분. ○○○ 씨 사망하였습니다."

그렇게 나는 죽었다.

제15회 장려상 수상작이다. 글쓴이 조용수는 전남대병원 응급의학과 임상조교수로, 수상 소
감에서 "수상 소감을 쓰려고 보니 어떤 글을 썼는지 전혀 기억나지 않았다. 쓴웃음을 지으며
찾아보고, 당시 환자를 보면서 울컥했던 감정들이 다시 쏟아졌다. 내 글쓰기 능력이 부족하여
그때의 치열함을 얼마나 전달했는지 모르겠다. 하지만 내겐 막상 닥친 현실의 한계가 너무 적
나라했고, 그 감정을 고스란히 오늘 다시 느낄 수 있었다. 내 머릿속엔 여전히 살아 있는 현실
이니까"라고 말했다.

# 길어도 길지 않은 시간

    암 환자를 치료하면서 가장 당혹스러운 순간은, 환자의 마지막이 떠오를 때가 아닐까. 특히 그 환자에게 남은 시간이 머릿속에서 계산되는 그 순간, 의사라면 누구나 설명하기 힘든 죄책감이 들 것이다. 내가 신도 아닌데, 무슨 권리로 이런 생각을 하는 것인가 하고 말이다.

    그녀를 처음 만났던 건 벌써 5~6년 전, 그리고 더 만나지 못하게 된 지는 2년이 좀 더 지난 것 같다. 벌써 꽤 시간이 흘렀다. 나의 기억도 많이 정리되었고, 손을 잡고 함께 눈물 흘리던 시간, 마음이 아프고 속상했던 그 시간만이 나의 장기 기억에 남아 있다.

    그녀의 이야기는 외래 간호사가 전화기를 들고 입씨름하는 모습을 보다가 무슨 내용인지 귀동냥하는 것에서 시작된다. 대화의 내용은 항암치료를 하러 와야 하는데 왜 안 오느냐, 일이 바빠서 못 간다, 뭐가 그리 바쁘냐, 애들이 아프다, 등의 내용이었다.

폐암, 특히 소세포폐암에 항암치료는 유일한 치료법이기도 하고, 이러 저러한 이유로 항암치료를 받지 않으면서 보내기에는 환자에게 남은 시간 이 얼마 되지 않았다. 그래서 환자가 항암치료를 하다가 중단하거나 이유 없이 연기하는 건 우리를 참 안타깝게 한다.

긴 통화 후, 2주 후에 오겠다는 말만 남기고 그녀는 전화를 끊었다. 평 소에도 항암치료를 날짜에 잘 맞추어 오지 않아서 속을 태우는 분이라고 한다.

그러고 나서 그녀는 나에게 왔다. 왜 담당 교수님께 가지 않고 나에게 왔는지는 모르나, 1차 치료제를 3회 정도 맞은 상태에서 나에게 4회차 항 암치료를 받기 위해 왔다.

외래진료실에 들어오는 순간, 어떤 상황인지 느껴졌다. 왜 환자가 항암 치료를 제대로 받지 않았는지 말이다. 43세의 그녀는 조그마한 얼굴에 머 리카락이 없어서 머리에 두건을 쓰고 나타났다. 적어도 10년은 지난 것 같은 눈썹 문신 자국은 화장을 하지 않으니 더욱 도드라져 보였다.

환자는 의사의 눈을 바라보지 않았다. 내 등 뒤 창문만을 바라보고 있 었다. 말에는 가시가 돋아서, 나의 질문에 기분이 나쁜 듯 짧게 대답했다. 나의 모든 질문이 자신을 책망하는 말로 들리는 모양이다. 그렇게 다시 입 원 오더를 내고, 환자는 그러고도 며칠이 지나서야 또 항암치료를 받았다. 병원이 아닌 다른 곳에서 만났다면, 말을 붙이기도 어려울 것 같은 사람 이었다.

환자가 의사와 눈을 맞추지 않는다는 것은 무엇을 의미하는 것일까? 담당 의사에게 불만이 있더라도 대부분은 눈을 부릅뜨고 화를 낼 텐데. 의사에 대한 신뢰가 충분하다면 눈을 맞추고 더욱 진지한 대화를 할 텐데 말이다. 내가 정신과 의사는 아니지만, 환자가 자신을 혼자만의 방에 가두고 있구나 하는 생각이 들었다. 문을 두드려야지…….

"항암치료 받고 힘들지 않았어요?"

"네, 힘들었어요."

"어떤 것이 힘들었어요? 구토가 심했나요? 밥 먹기가 힘들었나요? 기운이 너무 없던가요?"

"주사 맞고 집에 가면, 일주일은 꼼짝도 못 해요."

"밥해 주고 청소해 주실 분은 있나요?"

"없어요. 내가 해요. 애가 셋이에요. 먹이고 입히고를 다 내가 해야 해요."

화난 목소리로 이야기한다.

나도 아이가 셋이다. 세 아이를 돌본다는 것이 얼마나 힘에 부치는지 너무 잘 안다. 셋이나 되는 아이들을 키우면서 항암치료를 받는다는 이야기를 듣는 그 순간에, 그간의 많은 일이 한 번에 이해가 되었다.

"나는 항암치료 받기 싫어요. 그냥 집에 있다가 죽을 거예요."

"왜 그러세요. 많이 힘들어서 그러세요?"

"다 싫어요. 남편도 싫고, 애들도 다 싫어요."

"……"

"……"

"……애들도 엄마를 싫어하나요?"

그러자 눈물을 펑펑 쏟는다. 아이들이 엄마를 싫어할 리가 있는가. 아마도 엄마는 그 생각에 눈물이 난 것 같다.

"막내는 몇 살이에요?"

네다섯 살이라고 한 것 같다. 아직 학교에 가지 않는 나이, 엄마가 없이는 아무것도 할 수 없는 나이. 이런 상황에 나도 속이 상한다. 소세포폐암의 확장성 병기, 최대 1년 남짓한 여명, 그리고 혼자 남겨질 아이들. 비록 아빠가 있다지만 엄마의 빈자리를 채울 수는 없을 것이다. 엄마인 나에게, 그런 순간이 온다면 그것을 받아들일 수 있을까. 눈물부터 난다.

환자도 그랬을 것이다. 인터넷을 검색하면 어지간한 정보는 다 나오는데, 자신의 미래를 생각하면, 그리고 자는 아이들을 바라보면, 남은 그 시간이 얼마나 소중했을까. 항암치료를 하고 오면 힘들어서 아이들에게 짜증을 내게 되는 것도 싫었을 것이다. 자신의 달라지는 외모 또한 너무나 괴로웠을 것이다.

엄마의 마음이 같았기에 아프고, 안타까웠다. 한편으로는 남편이 좀 더 도와주면 좋지 않을까, 하는 생각도 들었지만, 세 아이 생활비와 부인의 치료비까지 감당하느라 밤낮없이 일하는 남편에게도 미안한 부탁이었다.

이후 환자는 1차 항암치료는 마쳤고 줄어들었던 종양이 다시 커졌다. 다음 2차 치료를 시작해야 했다. 나는 속으로 환자분이 거절하면 어떡하나 하는 걱정이 앞섰다. 나는 어떻게든 환자의 어린아이들이 엄마와 함께할 시간을 최대한 만들어야 하고, 환자가 어떻게든 덜 힘들게 아이들과 함께해야 했다. 두 번째부터는 더욱 힘이 들 테고, 약제에 대한 반응은 좋지 않겠지만, 우리에게는 차선책이 없었다.

그렇게 시작한 2차 치료제에는 전혀 반응이 없었다. 환자는 설사하면서 매우 힘들어했다. 약제를 2회까지 맞은 후 약을 바꾸어야 하는 시점이 되었다. 나는 환자에게 종양의 진행에 대한 불길함보다는, 부작용이 심한 것이 더욱 문제라는 희망(?)을 남겨 두고 설명하고자 했다.

그래도, 그사이에 환자는 이전보다 훨씬 씩씩해졌고, 자연스럽게 눈을 맞추며 자신의 일상을 전해 주었다. 막내가 커 가는 모습, 큰 아이들이 사춘기 증상을 보여서 힘들다는 이야기 등, 그녀의 일상은 나와 다르지 않았다. 평범한 엄마였다. 때로는 애들에게 고함도 치고, 남편에게 투정도 하는 그냥 엄마였다.

3차 치료가 시작되었다. 고된 시간이라는 점은 말할 것도 없지만, 그녀의 표정은 밝았고 약제에 대한 반응도 매우 좋았다. 약제를 투여하는 동안 종양의 거의 완치 상태에 이를 정도로 사라졌다.

날짜를 지켜가며, 외래를 꼬박꼬박 방문하던 어느 날이었다. 환자가 진료실에 들어왔다. 표정이 처음 만났을 때와 똑같았다. 눈꼬리가 올라가고, 창밖을 응시하며, 말이 퉁명스러웠다. 평소의 천진난만한 웃음이 사라졌다.

"무슨 일 있으세요?"

"아니요."

"주사 맞고 많이 힘들었어요?"

"아니요."

"집에 무슨 일이 있어요?"

"……"

"누가 속상하게 한 거예요?"

"다들, 내가 아픈 건 안중에도 없어요. 지들 하고 싶은 대로만 해요. 엄마가 힘들다고 해도 들은 체 만 체 아무도 도와주지 않아요."

눈빛이 조금 누그러든다. 자신이 속상한 것을 풀어내고 조금은 편안해진 모양이다.

"저도 그래요. 애들이 알 리가 있나요. 엄마가 힘들다고 해도, 너희들이 도와줘야 한다고 해도…… 그런데 생각해보니, 저도 그래요. 친정엄마가 힘드신 줄 알면서도 애들 맡겨 놓고 고생만 시켜드려요. 어릴 때도 잘 몰랐던 것 같아요······."

"······."

환자가 눈물을 흘린다. 편찮으신 친정엄마 얘기를 왜 했는지 모르겠으나, 나도 눈물이 난다. 누군가에게 이해받고 위로받고 싶은데, 아무도 그렇게 해 주는 사람이 없다. 엄마들은 다 그렇다.

환자와 이야기를 이어가며 왜 그렇게 속상했는지 알게 되었다. 둘째가 사춘기인데, 싸우고 말도 안 하고, 엄마에게 화를 내기만 하고. 서로 간에 마음이 상하는 대화가 오간 모양이다.

"제가 딸내미한테 전화를 좀 해 볼까요? 엄마가 얼마나 힘든지 정말 모르는 게 아닐까요?"

"그렇게 해 주실래요?"

딸과의 대화가 단절된 지 며칠, 엄마는 그것이 속상했다. 내 몸이 힘들고 괴로운 걸 이해해 달라는 게 아니라, 딸과 담을 쌓고 있는 지금 이 순간이 너무 힘들었다.

딸의 전화번호를 받고, 다음 날 딸과 통화했다. 사춘기 여자아이들이 그렇듯, 세상의 중심에는 나밖에 없고 나만 슬프고 힘들 것이다. 그걸 모를 리 없는 엄마지만, 그것을 이해해 줄 여력이 없었던 것뿐이다.

그녀의 사고뭉치 딸에게 나는 환자의 예후를 가능한 한 정확하게 설명해 주었다. 그리고 엄마가 받는 항암치료가 얼마나 힘든 것인지, 다른 사람들은 어떻게 치료를 받는지 알려 주었다. 항암치료를 하고 나면 속이 울렁거려서 밥 냄새를 맡고 싶지도 않지만 어린 자식들을 위해서 꾹 참고 밥을 하고, 온몸이 천근만근이지만 청소하고 빨래를 하며, 피곤함에 눕고만 싶지만 아이들 하나하나 살피고, 너희들이 잠든 후에야 잠이 든다는 사실을 말이다. 수화기 너머에서 들리는 딸의 목소리는 여전히 10대의 어린아이였다. 엄마의 상황을 듣고 난 후 조금은 미안해진 목소리로, 엄마와 다시 이야기하겠다고 했다. 딸에게 상처가 될까, 걱정이 되기도 했지만, 우리에게 남은 시간은 생각보다 별로 없다. 서로에게 상처를 주며 보낼 시간은 더욱이 없다.

종양은 결국 약제에 다시 내성을 보였다. 또 다음 약을 찾아야 한다. 소세포폐암에서는 쓸 수 있는 약제가 많지 않다. 하지만 보존적 치료만으로 보내기에는 환자의 전신 상태가 너무 좋았고, 우리에게 필요한 시간은 아직도 너무 많다. 임상시험도 거의 없으므로, 신약을 써 볼 기회도 많지 않았다. 결국은 문헌을 검색하고, 소세포폐암의 초창기에 썼던 치료제 조합의 용량과 용법을 다소 변형시켜 독성을 최소화해서 4차 치료를 시작했다. 다행히 4차 치료제도 반응이 좋았다. 그녀처럼 3차와 4차 치료제에 반응이 좋은 경우는 매우 드물다. 적어도 문헌상에서 증례로 보고될 정도이며, 그녀도 증례로 보고되었다.

그렇게 열심히 치료를 이어 가던 중 종양은 거의 다 사라졌고, 어느 날부터 그녀가 오지 않았다. 집으로 전화해도 받지 않고, 핸드폰도 받지 않았다.

그렇게 9개월이라는 시간이 흘렀다. 그리고 환자는 응급실로 들어왔다. 흉곽을 거의 다 채울 정도로 종양이 커져 있다. 얼굴은 알아보기 힘들 정도로 부어 있었고, 숨 쉬는 것도 너무 힘들어 보였다. 그대로 보고 있기가 어렵다. 그 상태로 반갑게 내 손을 잡으며, 잘 지냈냐고 물어보는 환자를 보며 그간 그녀가 왜 오지 않았는지는 더 궁금하지 않았다. 그냥 잘 지냈다고 생각하고 싶었다. 환자의 삶에 깊숙이 개입하는 것이 얼마나 의사로서 힘든 일인지 새삼 깨달았다. 완치가 가능한 환자라면, 금방 치료가 끝나는 환자라면, 환자와 일상의 삶을 나누는 게 즐거운 기억이 될 수 있겠지만, 적어도 삶의 끝이 얼마 남지 않은 환자와 의사 사이에는 행복한 결말이라는 것이 어려운 이상, 우리들의 교감은 시간이 지나면서 함께 고통이 되어간다.

그녀는 병원에 왔고, 뭔가 해결되리라는 기대를 하고 있다. 곧, 그 마지막 순간이 다가오리라 생각하지 않는 눈치였다. 이때 내가 해 줄 수 있는 것은 무엇일까.

그녀의 아버지를 처음이자 마지막으로 만났다. 그녀의 남편도 처음이자 마지막으로 만났다. 그녀는 숨쉬기가 힘들어 계속 앉아 있었다. 반응이 좋았던 마지막 항암치료, 그나마 부작용이 거의 없었던 마지막 항암치료를 해 보기로 했다. 항암치료를 받기 전에 그녀의 아버지와, 남편, 그리고 나는 숨쉬기 힘들어하는 고통을 조금은 덜어 주자, 그리고 그녀에게 이제 마지막이라는 사실을 알릴 시간을 조금이라도 벌어 보자고 합의했다.

항암제가 들어가고, 환자의 숨결은 하루가 다르게 좋아졌다. 얼굴의 부기도 빠졌다. 얼굴은 예전대로 돌아왔다. 그렇게 2회차 시간이 다가왔고 환자는 선택했다. 다음 항암치료는 받지 않겠다고. 그녀는 병원에서 아이들과 엄마가 없는 시간에 대해 이야기를 나누었다. 남편과 아버지, 그리고 그녀를 아끼던 주변 사람들과 함께 시간을 보냈다. 마지막 시간을 한 달 남짓 보낸 후 환자는 그렇게 우리가 피하고 싶었던 그곳을 선택했다. 어려웠지만, 최선을 다해서 피했으니, 이제는 받아들인다. 나는 그녀가 그랬다고 생각한다.

자식에 대한 사랑, 그래서 더 살고 싶은 엄마의 의지 또한 죽음 앞에서는 속수무책이다. 그녀와 함께했던 3년여의 세월을 되돌아보니, 아주 짧은 시간이다. 그렇게 노력했으나.

오늘도 어느 순간, 내 앞의 환자에게 남은 시간이 천천히 떠오른다. 하지만 그것보다 오래 사실 것이라 믿는다.

제16회 장려상 수상작이다. 글쓴이 이정은은 충남의대 호흡기내과 조교수로, 수상 소감에서 "나는 매일, 매주 만나던 환자들을 가끔 혹은 자주 떠나보내야 한다. 환자분이 나를 기억하실지 모르겠지만, 보호자들은 아픈 기억과 함께하는 나를 기억하고 싶지 않으실 수도 있겠지만, 나는 그분들을 꼭 내 오랜 기억에 남기고 싶었다. 시간이 흐르고 또 흘러, 어린 시절의 기억이 잊히듯 그냥 그렇게 두고 싶지 않아서 글로 정리하게 되었다"고 말했다.

# 4
## 더 나은 세상 속
## 우리이기를

아이가 종종 멍하니 시선을 두던 그곳에는
부모가 아이를 안고 활짝 웃는 간판이 걸려 있었다.

오늘의 남은 하루, 그리고 앞으로의 많은 날
역시 핑크빛만은 아닐 게 눈에 훤한,
아이의 뒷모습이 겹쳐 보인다.

기어이 눈물을 참을 수가 없었다.

....

# 내 마음속의 선물

창밖에 낙엽이 지니 곧 하얀 세상이 펼쳐질 것이다. 이제 나에게도 신체적 변화가 일어나 머리카락은 가을바람과 함께 자연의 품으로 돌아가고, 그나마 남아 있는 머리카락도 자연의 순리대로 곧 하얗게 변할 것이다. 나의 기억도 차츰 가물가물하여 불과 며칠 전 일도 흐릿할 때가 많아졌다. 이 또한 자연의 순리이겠지. 하지만 순리에 맞서 아직도 나에게 생생한 기억이, 마음속에 남아 있는 추억이 있다.

그 당시 나는 한 국립병원에서 전공의 트레이닝 과정 중이었다. 이비인후과 전공의로 입국한 지 얼마 안 되어 윗사람 눈치 보는 것 이외에는 할 줄 아는 게 아무것도 없는 픽스턴(전공의 대우)이라는 햇병아리 시절이었다.

스텝 선생님의 회진에 맨 앞에서는 인턴 선생이 병실 문을 열고 보호자를 밖으로 내보낸다. 그러면 1년차 전공의 한 명이 미리 준비한 차트를 들어서 치프 선생이 스텝 선생님 앞에서 환자 브리핑을 편하게 하도록 돕고, 맨 뒤에는 또 다른 전공의 1년차가 오더를 받아 적은 뒤 병실 뒷정리까지 하고 나오는 것이 회진의 일상이었다. 이때 병실 뒷정리라는 건 환자가 스텝 선생님께 하는 질문이 길어질 때 대신 나서서 그 질문에 간단히 답하고 얼른 후미에 뒤처지지 않게 쫓아가는 것으로, 그래야 회진의 진행이 빠르고 원활해진다. 나는 후미를 쫓아가면서 뒷정리를 담당하는 예비 1년차였다.

후두암으로 후두전적출술을 받은 환자를 회진할 때였다. 초등학교 5학년 아이가 스텝 선생님께 함부로 질문하기에 내가 얼른 가로막고 스텝 선생님을 다음 환자로 보냈다.

"너, 보호자 전부 병실 밖으로 나가라고 했는데, 왜 여기 있니?" 하고 좀 야단치듯 이야기하니, "새로 온 지 얼마 안 되신 선생님인가 봐요? 우리 아빠가 후두 수술하여 말을 못 하니 회진 때 저는 항상 여기에 있어야 해요"라며 당돌하게 맞받아친다.

"그래? 그럼 무얼 묻고 싶은지 이따 나한테 보호자 오시라 그래."

"내가 보호자이니 제가 수술하신 주치의 선생님께 질문하려고 했는데 선생님이 방해 놓으셨잖아요?"

"야! 꼬마야, 모르는 소리 마라. 수술은 스텝 선생님이 하셨지만 네 아빠는 내가 관리하니 내가 주치의야. 내가 새로 온 지 얼마 안 되어 아직 인수인계가 다 안 되었지만, 오늘부터 내가 새로운 주치의이니 모든 문제는 다 나한테 말하란 말이야. 그리고 너 같은 꼬마 아가씨 말고 엄마 오시라고 해."

"맨날 스텝 선생님께 혼나시는 분이 주치의라고요? 그리고 엄마는 도망가서 없으니 제가 보호자예요."

"아니, 요 꼬마 녀석! 버릇없이 날 놀려? 이따 회진 끝나고 다시 올 테니 그때 혼날 줄 알아" 하고 짧은 언쟁에서 벗어나 얼른 회진 대열에 합류하였다.

그리고 그날 저녁에 다시 병실로 가서 그 꼬마 보호자를 만났다.

"그래, 아까 뭘 묻고 싶었는데?"

"앞으로 아빠의 경과, 그리고 어떤 검사를 추가로 해야 하는지, 또 입원비는 얼마나 나올지 알아야 하잖아요?"

"야, 그걸 미성년자인 너에게 어떻게 설명하니? 엄마는 도망가서 없다고 치더라도 고모나 삼촌, 하다못해 할아버지나 할머니도 없니?"

"아무도 없어요. 보호자 수술동의서도 우리 시골 옆집 아저씨가 잠깐 서울까지 올라와 대신 써 주시고 가신 거여요."

"수술 끝나고 방사선 치료도 해야 하고, 또 보험이 안 되는 검사도 많은데 어떡하려고 그래?"

"뭐, 잘 되겠죠! 그런 걱정은 제가 할 테니 아빠나 잘 치료해 주세요."

그날 그렇게 첫 만남에서부터 서로를 쏘아붙였다.

그 후 환자의 수술 부위가 잘 아물고 방사선 치료도 잘 견디면서 치료가 비교적 순조롭게 잘 진행되었다. 다행히 의료급여 환자라서 치료비는 어느 정도 혜택이 있었지만, 그 당시에는 의료급여로도 보험이 적용 안 되는 검사가 많아 꽤 애를 먹었다.

"꼬마 아가씨, 다음 주에 검사 있는데 돈 구해 올 수 있니?"

이 말을 하기가 가장 싫었지만 그래도 내가 해야만 하는 일이었다.

"시골 동네 사람들이 성금으로 모아 준 돈이 좀 있었는데, 이제 거의 다 떨어져 가요."

"큰일이네. 아직도 계속 검사할 게 많은데……."

어느 날은 늘 밝은 표정의 꼬마 아가씨가 울상을 한 채 복도를 지나가서 "어이, 꼬마! 어딜 갔다 오는데 얼굴이 우거지상이냐?" 하고 물었다.

"원무과에서 또 중간 정산하러 오라고 해서 갔거든요. 앞의 두 번은 겨우 정산했었는데 이번에는 돈이 없어 못 한다고 하니, 원무과 아저씨가 막 혼냈어요."

"그래? 너도 기운이 빠지겠지만 나도 힘들어지네. 다음 주 검사는 어쩌지?"

"어쩌죠?"

"내가 한번 원무과에 다녀와 볼게" 하고 나는 원무과로 갔다.

"그 환자 형편이 도저히 안 되니 일단 검사 먼저 하고 나중에 돈 받읍시다."

"아이고, 선생님은 아직 초보이셔서 잘 몰라 그러시는데요. 그 사람들 나중에 돈 떼먹고 도망갑니다. 그럼 저희가 잡으러 가야 해요. 저희가 힘들어져요. 자꾸 닦달하면 돈 구해 올 겁니다. 저희가 알아서 할 테니 선생님은 빠져 주세요."

"걔는 초등학교 5학년 애입니다. 걔가 어디 가서 돈을 구해 옵니까?"

"그럼, 저희더러 어떻게 하라고요? 저희 임무가 돈을 철저히 수납하는 것인데 돈 받지 말라는 얘기입니까? 아니 그럼, 선생님이 보증이라도 서실래요?"

"그래요. 내가 보증설 테니 일단 검사부터 진행합시다."

그 말에 원무과 직원도 당황했지만 나도 순간 '어! 이건 아닌데……. 일단 내뱉었으니 할 수 없네. 완전히 엮였네' 하고 생각했다.

원무과를 나서면서 마침 그 앞을 지나가는 윗년차 전공의를 만났다.

"야! 너는 어딜 그렇게 쏘다니냐? 일도 제대로 못하면서 왜 제때 보이지도 않아? 너 오늘 우리랑 같이 점심 먹을 생각 말고, 혼자 밥 빨리 처먹고 밀린 일이나 해."

그가 쏘아붙였다.

"네, 알겠습니다. 저 혼자 밥 먹고 밀린 일 다 처리하겠습니다."

밥 먹기 전에 병실로 올라가려고 엘리베이터를 기다리는데, 마침 그 꼬마가 엘리베이터에서 내린다.

"너, 어디 가니?"

"그냥, 답답해서 산책 가요."

"밥은 먹었니?"

"네."

사실 이 꼬마는 형편이 어려워서 병원에서 나오는 환자식을 아버지와 나누어 먹는다.

"너 밥 먹어도 배고프지?"

"아뇨, 괜찮아요."

"나, 오늘 일 잘한다고 칭찬받아서 기분 좋은데 불고기나 먹으러 갈까?"

"선생님이 칭찬을 다 받아요?"

"그래. 기분 좋아서 한턱 쏠 테니 가자!"

밀린 업무와 혼나는 건 나중 일이다. 휴게실에 가운을 집어 던지고 꼬마 손잡고 병원 앞 불고깃집으로 갔다. 3인분을 시켰는데 밥 먹었다던 꼬마는 나보다 더 먹었다. 공깃밥도 한 그릇씩 배불리 먹었다.

"정말 오랜만에 배불리 먹었어요."

"맛있었니? 내가 다음에 또 사 줄게."

"괜찮아요. 아니, 싫어요. 선생님께 부담 드리는 것도 싫고, 아빠 혼자 병실에 두고 나 혼자 먹기도 싫어요. 나중에 아빠 퇴원하면 아빠랑 짜장면 사 먹을래요."

"학교도 못 가고. 친구도 보고 싶겠구나?"

"……."

꼬마의 시무룩한 표정에 내가 괜한 걸 물어보았구나 하는 자책감이 들었다.

밸런타인데이가 왔다. 정식으로 1년차 전공의가 될 날도 얼마 안 남았다. 하지만 2월부터 거의 공식적인 1년차 일을 시작한다. 그래서 아침 일찍 모든 병실 환자를 불러 드레싱 치료를 해 준다. 이날은 내가 치료를 해 준 젊은 여성 환자들이 당시에 제일 비쌌던 천 원짜리 큰 초콜릿을 내 가운 주머니에 넣어 주었다. 그리고 간단한 인사말을 작은 카드에 적어 초콜릿 포장지에 붙여 주었는데, 그 내용은 대부분 '치료해 주셔서 고맙습니다'였다.

이윽고 제일 마지막으로 후두암 환자에게 들렀을 때였다. 드레싱 치료를 마치고 나가려는데, 병실 밖에서 지켜보던 꼬마 아가씨가 초콜릿을 쑥 내민다. 300원짜리 초콜릿이다.

"이게 뭐니?"

"오늘이 무슨 초콜릿을 주는 날이라고 들어서 병원 앞 슈퍼에 가서 하나 샀어요."

"너 밸런타인데이도 다 아는구나."

"그런 어려운 이름은 모르고요. 병실에 있는 언니들이 초콜릿 주는 날이래요."

"너에게는 300원도 클 텐데. 돈 좀 모아서 짜장면 사 먹지 그랬어. 아무튼 고맙다."

초콜릿을 주머니에 넣는데 꼬마가 말했다.

"와! 선생님 가운 양쪽 주머니에 큰 초콜릿이 가득 차 있네요. 내 것이 제일 작아요. 아무래도 선생님은 제 초콜릿 안 먹고 딴 사람 줄 것 같아요. 선생님, 지금 제 초콜릿 까서 하나 드세요. 지금 안 드시면 딴 사람 줄지도 모르잖아요."

"그래, 알았어. 바로 하나 먹을게."

곧바로 포장지를 까서 여덟 조각으로 된 초콜릿 중 하나를 부러뜨려 입에 넣었다.

"이야! 달고 맛있네. 너도 하나 먹어라."

"저는 싫고요, 그리고 이것도 드릴게요."

꼬마는 리본 모양으로 접은 쪽지를 하나 주고 도망치듯 병실로 들어가 버렸다. 쪽지를 펴니 병원 마크가 있는 메모지에(아마 간호 스테이션에서 메모지 하나 달라 하여 얻은 듯) '선생님! 아빠와 저에게 너무 잘해 주셔서 감사합니다. 너무 고맙습니다'라고 적혀 있었다. 그 순간, 그동안 목욕 한번 제대로 못 하고 1년차로 일하면서 겪었던 고단함과 스트레스가 싹 가시듯 풀리며 몸이 날아가는 것처럼 가벼워졌다.

이틀 후, 후두암 환자의 퇴원 일정이 결정되었다. 일주일 후에 퇴원시키기로 했다. 나는 꼬마를 불렀다.

"이제 일주일 후면 퇴원이다. 그런데 지금 내가 원무과에 퇴원 예고를 하면 그동안 밀린 돈 갚으라고 매일 병실로 찾아와서 닦달할 텐데, 돈 구할 수 있겠니?"

"……."

퇴원이라는 나의 말에 겨울에서 벗어난 봄 햇살처럼 밝아졌던 아이의 얼굴이, 돈 이야기가 나오니 금세 곧 소나기가 쏟아질 것 같은 먹구름의

색으로 변했다.

"너 이따 밤에 나하고 말 좀 하자."

그날 저녁, 나는 꼬마를 옥상으로 올라가는 계단에 데려갔다.

"꼬마야, 잘 들어. 너, 병원 복도 제일 끝쪽 계단 알지? 거기는 자정에 계단 내려가는 문을 잠그거든. 내가 모래 한밤중에 열쇠를 경비실에서 구해 올 테니, 그 문을 통해 병원을 빠져나가라."

저 아래 계단에서 비춰 올라오는 가냘픈 빛으로는 사람 얼굴도 구분하기 힘들었다. 그런 컴컴한 옥상 아래 계단에서 꼬마의 확대된 동공과 놀란 심장박동 소리가 나의 눈과 귀로 전달되는 듯했다.

"저더러 아빠 모시고 도망가라고요?"

"그래."

"아니, 그럼 입원비는요?"

"여기는 국가 병원이야. 환자가 돈이 없어 치료를 받지 못한다는 건 말이 안 돼. 다 국가에서 책임지니 걱정 마. 내가 아빠께도 말씀드릴 테니 짐 잘 챙겨 놔."

"저 이렇게 그냥 도망가도 돼요? 입원비 안 내고 도망가려고 촌지 드린 거 아닌데……."

"야, 그게 무슨 촌지니! 그리고 너 촌지 뜻이나 제대로 아는 거야? 병실에 오래 있다 보니 별 희한한 소리를 보호자들한테 들었구나? 그건 그냥 선물이라 하는 거야. 마음의 선물. 그리고 선물 때문에 보내 주는 거 아니야. 이게 나를 어떻게 보는 거야! 이깟 초콜릿 하나 때문에 내가 너를 도와주는 줄 알아? 너와 아버지가 불쌍해서 도와주는 것도 아니야. 이건 국가가 경제적으로 조금 어려운 환자를 위해 당연히 해야 하는 의무인데 시스템이 좀 부실해서 내가 대신하는 거니 미안해할 것 없어. 네가 커서 훌륭한 사람이 되어 그 돈 갚으면 돼."

나는 꼬마에게 환하게 미소 지어 주고 다시 속삭이듯 조용히 말했다.

"그리고 잘 들어. 절대 너희 집으로 가면 안 돼. 집으로 가면 원무과 아저씨들이 찾아낼 거야. 어디 갈 곳 없니?"

"아빠랑 상의해 볼게요."

다음 날, 병실에서 꼬마의 아빠를 만났다. 말을 할 수 없는 환자분은 종이에 적으면서 다른 동네에 먼 친척이 사는데 시골이라 빈집이 몇 군데 있다고, 그 동네에 가서 빈집을 구해 당분간 살겠다고 했다. 그래서 내가 암의 추적 관찰은 당분간 이 병원에서 하기 힘들 테니, 근처에 어디 다른 큰병원 없냐고 묻자 안동이 가깝다고 했다. 안동병원에 가서 가끔 관찰만 하라고 수술소견서와 함께, 수술한 병원에서 피치 못할 사정으로 추적 관찰을 못 하니 대신 좀 잘 봐 달라는 사과문을 따로 써서 드렸다.

이틀 후 새벽 3시, 나는 정문 경비실에 갔다. 낮에 아무래도 비상계단에 소지품을 떨어뜨린 것 같으니 한번 찾아봐야겠다 말하고 열쇠를 빌리려 했는데, 마침 수위 아저씨가 곯아떨어져 주무시고 계셨다. 평소 잘 아는 사이니 들켜도 상관이 없겠지, 하고 탁자에 놓인 열쇠 꾸러미를 집어 병실로 향했다.

이비인후과 병동에는 중환자가 없어 나이트 간호사가 1명뿐이다. 마침 그날은 나이 많은 간호사가 당번이었다. 그녀 역시 일을 빨리 끝낸 후, 의자 두 개를 끌어다 누워 잠시 눈을 붙이고 있었다. 문 받침대로 간호사실 문을 살짝만 열어 놓은 채였다. 새벽 3시는 밤일하는 사람에게 졸음을 가장 참기 힘든 시간대인 것을 노렸는데 역시 잘 맞아 떨어졌다.

환자에게는 1시간 전부터 다른 환자 눈에 안 띄게, 이불 속에서 환자복을 평상복으로 갈아입고 있으라고 미리 일러두었다. 비상문을 열고 환자와 꼬마를 빨리 내려가도록 했다. 조용히 움직여야 하고, 시간이 촉박하여 다른 말을 할 틈도 없었다. 환자가 고맙다는 표시로 허리를 숙여 두세 번 인사하고, 꼬마는 내 귀에 대고 "고맙습니다"는 말을 속삭였다. 나는 손짓으로 한시가 촉박하니 빨리 내려가라 했다. 어둠 속에 자취가 감추어졌다. 다시 비상문을 잠그고 병동을 지나가니 간호사는 아직 졸고 있었다. (환자의 콜이 없으면 보통 4시까지 자는 평소의 습관을 내가 잘 알았다.) 얼른 뛰어간 수위실 역시 아저씨가 아직 곯아떨어져 자고 있었다. CCTV도 없던 시절, 완전 범죄에 성공한 것이다.

다음 날, 병동이 발칵 뒤집혔다. 일단 나이트 간호사는 수간호사에게 엄청 깨졌다. 비상문이 잠겨 있으니 간호 스테이션 앞으로 환자가 지나갔을 텐데, 그것도 발견 못 하고 졸았냐며 혼나고 있었다. 그녀에게 약간의 죄스러운 마음이 들었다. 불쌍한 환자를 위해 너그러이 용서하기를 빈다는 나의 무언의 메시지가 그녀 마음에 무의식적으로나마 전달되기를 빌었다.

나도 아침 회의 시간에 스텝 선생님께 환자가 밤사이 몰래 도망갔다고 보고했다. 스텝 선생님은 묵묵히 보고를 받으시고 아무 말씀 없이 "아침 회진이나 돌자"라고 하시어 다들 일어나 회진을 돌았다. 그 환자가 있던 빈 침대를 휙 지나갔다. 꼬마의 잔상이 나의 뇌리를 스쳐 간다.

하루 지난 다음 날 오후, 스텝 선생님이 갑자기 자기 방으로 나를 슬쩍 끌고 들어가신다.

"네가 보냈지?"

"네."

"야! 나중에 암 재발해서 문제 생기면 나는 모른다. 네가 다 책임져라."

"선생님께서 수술 잘하셨잖아요. 재발 안 나게."

"어디 가라고 병원 소개는 해 주었니?"

"네, 안동병원 소개해 줬고, 우리 욕 안 먹게 편지 잘 써서 전달해 주었어요."

"이거 잘한 건지 나는 모르겠고, 나는 이 일 일절 모르니 너 혼자 다 책임져라."

"네, 제가 다 책임지겠습니다."

"그럼 나가서 일 봐."

그날 원무과도 난리가 났다.

"아이고, 선생님이 괜히 보증을 서서 우리까지 고생이네요. 집이 강원도 쪽에 가까운 경상북도 두메산골이라는데, 거기까지 가서 못 찾으면 이거 어찌해야 합니까?"

"돈이 없어 도망간 사람들이 호텔이나 여관에서 살겠어요? 집에 있을 테니 잡아서 돈 받아 오세요. 저도 설마 그 사람들이 이렇게 도망칠 줄 알았나요?"

원무과 직원의 원망 섞인 말을 뒤로하고 시치미 뗀 채 그 자리를 얼른 피했다.

다음 날, 스텝 선생님이 나를 다시 방으로 조용히 호출하셨다.

"야, 너 그 환자 검사비 보증 섰다며? 이거, 의국비에서 10만 원 줄 테니 보태라."

"감사합니다만, 보증 선 금액은 18만 원인데요?"

"이게, 이거라도 보태 준다는데 거 되게 말 많네. 네가 좋은 일 하려고 했으니 그만큼 손해도 봐야지."

"알겠습니다. 이거라도 감지덕지합니다. 신경 써 주셔서 정말 감사합니다."

내가 방문을 나서려는데, "그리고 나머지는 미수금으로 처리했다. 네가 물어야 할 돈은 없다"라고 하신다. 나는 다시 한번 씩 웃으면서 묵례를 하고 나왔다.

경상북도 두메산골까지 내려간 원무과팀은 1박 2일이나 머물며 동네를 샅샅이 뒤졌지만, 결국 못 찾고 허탕만 치고 왔다는 소식을 나중에 들었다. 나도 그 후 다시는 환자와 그 꼬마의 소식을 접하지 못했다. 다만 몇 달 동안은 제발 무사히 잘 숨어 지내길, 그리고 제발 암이 재발하지 않기를 빌어 주었다.

다음 해, 또다시 그다음 해, 매년 밸런타인데이가 오면 그 꼬마와 300원짜리 초콜릿이 생각난다. 밸런타인데이가 어떤 의미인지도 모르고 주변 사람들에게 휩쓸려 따라 한 거였겠지만, 나름대로 감사 선물을 하고 싶었던 꼬마의 마음을 나는 잘 안다. 그래서 매년 한 번씩 그 마음의 의미를 되새겨 본다. 그 꼬마가 아니더라도 밸런타인데이가 되면 초콜릿을 선물하는 환자들이 꽤 있다. 시대가 변해 초콜릿도 점차 고급스러워졌다. 하지만 그 정성과 마음을 어찌 이 꼬마에 견주겠는가.

이제 또 밸런타인데이가 올 것이다. 지금은 결혼하고 중년 부인이 되었을 그 꼬마 아가씨가 순수한 마음으로 주었던 선물과 쪽지는 내 마음속에서 좋은 추억거리로 영원히 기억될 것이다.

제16회 장려상 수상작이다. 글쓴이 김동환은 김동환이비인후과의원 원장으로, 수상 소감에서 "의사뿐만 아니라, 어려운 환자를 위해 방사선을 몰래 찍어 준 방사선기사, 혈액검사를 공짜로 몰래 해 준 임상병리기사, 그리고 도망가는 걸 보거나 알아도 모르는 척 눈감아 준 간호사……. 다들 따뜻한 의료인이고 진심 어린 마음으로 환자를 대했다고 자부한다. 지금 돌이켜 보면 병원에 손해를 끼쳤으니 범죄인 건 사실이나, 국가가 책임져야 할 일이지만 시스템이 제대로 안 되었던 것을 우리가 대신해 주고 죄를 지었다고 생각하고 싶다"고 말했다.

* * *

# 군의관 K의 일상

"충-성!!"

오늘도 마찬가지다. 출근하자마자 의무실 앞 복도에 늘어선 십수 명의 병사들이 일제히 K를 향해 경례를 붙이지만, K는 그들과 눈도 마주치지 않고 나지막이 한숨을 내쉬며 의무실로 들어간다.

"몇 명이나 왔나?"

"열두 명입니다."

의무병이 기다렸다는 듯 대답한다.

"우선적으로 봐야 하는 환자는?"

"그게…… 3중대 인원들이라서 전부……."

이런, 또 3중대야. 도대체 3중대장은 무슨 생각으로 이러는 건지. 환자를 치료하라고 보내는 게 아니라, 환자인지 아닌지 알아맞혀 보라는 것 같다.

그도 그럴 것이, 환자라고 찾아온 군상들의 면면을 보면, 이틀 전에 완전 군장 행군을 마친 후로 양쪽 어깨가 쑤신다, 뜨거운 햇볕 아래 오래 서 있어서 현기증이 난다, 삽을 들고 종일 작업하고 나니 손바닥이 아프다, 물을 많이 마시면 화장실에 자주 간다……. 게다가 이런 환자 아닌 환자들을 의무병들이 예진(환자를 미리 간단히 진찰하는 것)으로 걸러 내면 꼭 전화질이다. 군의관이 환자를 직접 보지도 않고 돌려보낸다느니, 진료 거부나 업무 태만으로 지휘관에게 보고하겠다느니, 꾀병도 병이라느니.

꾀병도 병이라는 생각을 안 해 봤던 건 아니다. 신경외과 전문의이자 3년차 군의관인 K는 입대 전 나름대로 훌륭한 전공의 시절을 보냈다. 응급실에서 생사를 넘나드는 뇌출혈 환자를 수술하다 꼬박 밤새는 일은 허다했고, 척추 디스크 파열 환자의 곁을 지키며 통증을 평가하고 조절하느라 거른 끼니가 군에 와서 먹은 끼니 수보다 많을 게다.

하지만 K가 주위의 높은 평가를 받았던 이유는 따로 있었는데, 뇌종양이나 척추종양 등 주로 암 환자들을 대하는 K의 따뜻한 태도(물론 그의 어머니가 유방암으로 투병 중인 사실을 고려하더라도)가 아무나 흉내 내기 힘든 것이었기 때문이다. 암 환자, 특히 말기에 접어들어 희망의 끈을 놓기 직전인 환자들을 찾아다니며 침대 곁에 앉아 인생 이야기를 들어주고, 고개를 끄덕여 주고, 손을 잡아 주면, 환자들은 백이면 백, 때가 까맣게 타서 원래 흰색이었는지조차 의심스러운 꼬질꼬질한 가운을 걸친 젊은 의사 앞에서 울어 대기 마련이었다. 주당 100시간 가까이 일하면서 얼마 안 되는 퇴근 기회마저 대부분 이런 일에 헌납했으니 병원에 소문나지 않는 게 이상할 정도였다. 결국, 전공의 3년차 말, 매년 친절 직원을 선발해 포상으로 해외 병원에 견학 보내 주는 프로그램의 참여 명단에 당연히 이름을 올렸다.

그런 K가 입대 영장을 받고 나서 왜 지금의 모습으로 변했을까. 학창 시절 마음에 새긴 사명감이라는 글자의 잉크가 마르기도 전에, 벌써 산전수

전 다 겪고 은퇴를 앞둔 노의사의 의욕 없는 모습으로 탈바꿈한 이유는 무엇일까. 물론 애초에는 공중보건의로 배치되지 못한 것에 아쉬움이 있었지만(우리나라에서 의사 면허가 있는 미필 남성의 병역은 크게 군의관과 공중보건의로 나뉘는데, 공중보건의사가 군의관에 비해 업무량이 적고 월등히 자율적이어서 선호된다), 워낙 긍정적인 성격이라 이내 마음을 고쳐먹었더랬다.

'아무래도 전공은 못 살리고 암 환자는 보기 힘들겠지만, 경증의 병사들이 내 손을 거쳐 낫게 되는 일들이 많겠지.'

처음. 누구에게나, 무슨 일이든 가장 중요하다는 그 처음부터, K가 마주한 현실은 이루 말할 수 없이 낯설고 불편했다. 벌써 2년하고도 3개월 전이다. 첫 출근 후 의무병들과 간단한 인사를 채 나누기도 전에, 의무실 문 앞에 서서 대기하고 있던 빡빡머리의 어린 병사들, 그들의 후줄근한 군복, 땀이 구레나룻을 타고 내려와 얼룩진 모습은, K에게 암 환자들을 대할 때와는 또 다른 종류의 연민을 불러일으켰다. 젊은 친구들이 고생하는구나. 어디가 아파서 왔을까.

"어…… 저기, 좀 앉아서 기다리세요. 아니, 기다려."

순간 자신도 모르게 예전부터 환자들을 대할 때 자연스레 나오던 공손한 태도와 존댓말로 병사들에게 앉을 자리를 권하고 짐짓 놀란 K는, 이윽고 복도에는 의자조차 없다는 사실을 깨닫고 놀랍고 또 미안했다. 의무병 몇이 그 광경을 보고 큭큭거렸으나 개중 선임이 나머지에게 눈치를 주어 다행히 K는 알아채지 못했다.

군에서의 첫 진료. K는 군복을 단정하게 고쳐 입고 진료실 의자에 앉았다. 전임이 쓰던 청진기, 설압자, 이경, 펜라이트가 진료 기구의 전부였지만 열악한 환경에 개의치 않고 첫 환자를 불렀다. 문이 열리고 병사가 들어왔다. 기억이 잘 나지 않지만, 아마도 일병이었던 것 같다.

"충성! 일병 L, 편도염 같아서 왔습니다!"

후훗, 귀여운 녀석. 하긴 입대 전에도 이렇게 자가 진단을 마치고 찾아오는 자칭 반#의사인 환자들이 있었지. 물론 감기처럼 가벼운 질환이라면 큰 문제가 없지만, 응급상황인데도 환자가 받아들이려 하지 않는 경우는 난처하기 짝이 없다.

어떤 50대 중반 아저씨와의 일이 K의 뇌리에 떠오른다. 머리를 부딪친 후 두통과 약간의 어지럼증이 있다고 진료실에 찾아온 환자였다.

"환자분은 뇌출혈이나 두개골 골절 등의 감별을 위해 머리 CT 촬영을 해 보셔야 해요."

"내 몸은 내가 잘 알아요. 지금껏 혈압약 말고는 먹은 약도 없을 정도로 건강한데, 그냥 잘 듣는 두통약 좀 주쇼."

"부딪히신 부위에 붓기도 있고……."

"아, 거야 며칠 지나면 가라앉지 않겠수?"

"겉으로 보기에 멀쩡해도 내부를 확인해서 정상인지 확인하는 게 안전합니다."

"거참. 됐어요! 하여튼 비싼 검사 이것저것 시켜 놓고 아무것도 안 나와도 돈은 돈 대로 받아가려고……."

아저씨의 뒷말은 워낙 작은 소리여서 정확히 듣지 못했지만, 더 검사를 권하고 싶지 않을 만큼 불신에 가득한 표정만으로도 무슨 내용인지 대강 알 것 같았다. 결국 그대로 귀가한 아저씨를 다음 날 응급실에서 다시 만났고, 그때는 이미 외상으로 의한 지연성 뇌출혈이 상당히 진행되어 정상적인 대화를 나눌 수 없는 상태였다.

후, 밖이나 군대나 사람 사는 곳은 비슷하군. 나름 인터넷을 찾아보고 온 걸까. 옆에서 누군가 편도염이라고 설레발을 친 걸까. 진찰 결과 L 일병은 인후염이었다. 체온은 정상이었으나 기침과 가래가 있고, 편도는 깨끗했지만 인두에 발적(염증으로 피부나 점막의 한 부분이 빨갛게 부어오르는 것) 증세가 관찰되었다.

"인후염이다. 쉽게 말해 감기라고 알고 있으면 돼."

"예."

"목을 따뜻하게 하고, 일할 때 무리하지 마라. 3일 치 약을 줄 테니 먹어 보고 호전 없으면 다시 한번 오고."

"감사합니다. 충성! 용무 마치고 돌아가겠습니다!"

K는 두 번째 환자도 명확히 기억하고 떠올렸다. 오른쪽 다리를 약간 절면서 문을 열고 들어온 H 병장. 그때만 생각하면 쓴웃음이 나온다. 곁에 있던 의무병들의 표정을 살폈어야 했는데.

"그래, 어디가 아파서 왔니?"

"병장 H, 오른쪽 무릎이 아파서 왔습니다."

"언제부터?"

이야기인즉슨 입대 전에 다리를 다쳤다, 수술할 정도는 아니어서 물리치료와 투약하며 호전됐다, 훈련소에서 아프다가 자대 배치 후 좋아졌고 2주 전 저녁부터 조금씩 다시 아프기 시작했다는 것이었다. 외견상 특이 소견이 없어 여러 각도로 무릎 검사를 해 봤으나 특별한 이상이 보이지 않아 단순 염좌를 의심하고 약을 처방했다.

"일단 단순 염좌를 생각해서 약을 좀 먹어 보자."

"MRI 찍어 봐야 하지 않겠습니까?"

이 녀석도 반의사인가. 하지만 K는 전문가의 소견을 무시당했다는 느낌보다는 어린 병사가 잘 몰라서 그러려니 싶어 열심히 설명해 줬다. 근육과 관절 질환은 증상 발생 경위와 진찰 소견, 과거력을 바탕으로 진단을 좁혀 가고, 응급 질환이 아닌 이상 추가 검사가 그리 급하지는 않다, 더군다나 MRI는 X-ray 등 기본적인 검사를 해 보고 나서 결정할 문제다 등, 대한민국 현역 군인은 물론 군인 할아버지라도 충분히 알아들을 수 있는 수준으로 자세히 설명했다.

"지금까지 내가 한 이야기 다 이해하지?"

"예, 그렇습니다. 충성! 용무 마치고 돌아가겠습니다!"

그밖에 몇 명의 감기, 염좌, 타박상 환자를 보고 나니 오전 시간이 훌쩍 지나갔다. 이런 건가. 입대 전 촌각을 다투는 응급 환자와 생사를 넘나드는 암 환자를 보며 경험을 쌓은 K에게 이런 진료는 시시한 수준이었다. 그 덕에 오히려 환자 한 명 한 명에게 할애할 수 있는 시간이 늘어서 좋은 일이 아니겠나. K는 자못 뿌듯하게 점심시간을 맞이했다.

하지만 그 뿌듯함은 채 일주일을 가지 못했다. 다시 H 병장이 찾아온 것이다.

"좀 어떠니?"

"더 아픕니다."

"약을 먹었는데도?"

"예."

흠, 이상하다 싶었지만 K는 무릎을 잡고 검사를 했다. 그런데 이번에는 정강이를 회전시키자 외마디 비명과 함께 극심한 통증을 호소하는 게 아닌가. 아, 이때라도 곁에 있던 의무병들의 얼굴에 스쳐 지나가는 냉소를 알아챘더라면 좋았을 것을. 어찌 됐든 무릎 관절의 회전 시 통증은 그냥 내버려 둘 수 없어 외진을 계획했다. 혹시 십자인대의 손상인가? 파열? 그렇다면 전방일까, 후방일까? 아니야, 이건 응급으로 가야겠다.

"당장 후송 준비해! 내가 직접 간다."

"예? 정기 외진 아닙니까?"

당황한 표정이 역력한 의무병을 뒤로하고 앰뷸런스 운전병을 찾았다. 지휘관에게는 십자인대 파열의 가능성이 있으니 직접 환자를 데리고 군 병원에 다녀오겠다고 보고한 후, K와 H 병장을 태운 앰뷸런스는 산길을 굽이굽이 지나 군 병원에 도착했다. 일반인들이 병원에 들어서면 느끼는 막연한 두려움과는 조금 다른 것일까. 초임 군의관 K에게는 군 병원이 낯설었다. 불과 얼마 전까지만 해도 이보다 더 큰 병원에서 가운을 입고 돌아다녔는데. 정형외과에 접수하고 한 시간을 기다려 차례를 맞았고, 의사가 아닌 보호자의 심정으로 조심스레 진료실 문을 열고 들어갔다.

"어, 군의관이세요?"

가슴의 의무병과兵科 마크를 보고 먼저 말 걸어 주는 정형외과 군의관을 보니, 갑자기 뜨뜻한 무언가가 가슴에서 올라오는 것 같다. 군에서의 진료를 시작한 지 일주일이 채 되지 않았지만, 무슨 일 하는지도 잘 모르는 여러 병과의 장교와 부사관, 병사들 사이에 있다가, 갑자기 같은 의사를 만나니 울컥했던 모양이다. 하지만 반갑고도 고마운 마음을 채 표현하지도 못했는데, 차례를 기다리는 수십 명의 환자로 인해 X-ray로는 이상이 없다는 설명과 2주 후로 예약까지 직접 잡아 준 MRI 예약증을 받아 돌아서야만 했다.

돌아오는 길, 앰뷸런스 안에서 한시름 덜어 낸 얼굴로 H 병장을 돌아보며 괜찮으냐고, 그래도 정말 다행이라는 말을 걸었을 때, 분명 괜찮다고 대답하면서도 뭔가 불만스러운 H 병장의 표정을 K가 읽어 내지 못했던 건 필경 앰뷸런스 안이 어두웠던 탓일 거다. 한바탕 난리를 겪은 후 의무실로 돌아왔을 때 기다리고 있던 7명의 병사를 예의 그 상냥함으로 진료한 후, 의무병 중 가장 선임인 Y가 조용히 K에게 말을 걸어왔다.

"군의관님."

"왜?"

"아까 그 환자……."

"H 병장?"

"예."

"큰 이상 없는 것 같아 참 다행이다, 그렇지?"

"예? 아, 예."

"그런데 하려던 얘기는?"

"아, 아닙니다. 저도 다행이라고 말씀드리려고……."

기특한 것. 그래도 제일 오래 있었던 의무병이랍시고 여태껏 매너리즘에 빠지지 않고 아픈 아이들을 걱정하는구나. 멋쩍은 듯 머리를 긁적이는 Y의 뒷모습을 바라보며 K는 대견스러움과 왠지 모를 동질감마저 느꼈다.

이틀 뒤 오후, 환자가 없는 틈을 타 창문을 통해 연병장을 바라보며 한숨 돌리던 K는 축구를 하는 병사들을 유심히 살펴보다가 이상한 점을 발견했다.

"저 녀석 H 아닌가?"

분명 유난히 잘 뛰어다니는 저 병사는 H 병장을 닮았다. 그러나 부대 안에 아직 모르는 병사들도 있고, 비슷한 체구의 동료들이 있겠거니 하고 크게 신경 쓰지 않았더랬다.

이후 H 병장은 MRI 촬영을 위해 외진, 그리고 촬영 후 결과 확인을 위해 또 외진을 다녀왔고, 결과는 특별한 이상이 없는 것으로 나왔다. 그 기간 부대의 훈련에는 당연히 열외되었다. 증상도 괜찮아져 더 이상의 투약이나 검사가 필요하지 않을 정도로 호전되었다.

그러던 어느 날, K가 사격장에 의무지원을 나가 있을 때, H 병장이 의무병과 함께 사격장으로 올라왔다. 이번에는 배를 부여잡고서. K는 무슨 일인가 궁금한 마음과 함께 내심 쾌재를 불렀다. 그도 그럴 것이, 의무 지원이라는 번드르르한 단어는 실상 사람을 살리고 환자를 치료하는 군의관의 존재 이유와는 전혀 상관없는 경우가 많기 때문이다. 그날도 K는 묵직한 방탄모를 쓰고 장구류를 착용한 채 멍하니 사격장 아래 앉아 있던 참이었다. 모름지기 의사는 각종 훈련장에 기본적인 의무 장비조차 없이 부적처럼 따라다니는 일 따위보다 열 명, 백 명의 환자를 볼 때 힘이 나는 법이다. 그래, 이번에는 어디가 아파서 왔느냐.

"오른쪽 아랫배가 어제부터 아픕니다."

우하복부를 촉진하니 압통(누를 때 발생하는 통증)과 반발통(눌렀다가 뗄 때 발생하는 통증)이 모두 있다. 이건 혹시…….

"처음부터 그랬니?"

"처음엔……. 명치 근처가 아프다가 우측 아랫배로 옮겨 왔습니다."

어찌도 이렇게 교과서적인지. 정확히 급성충수염이 의심되는 경우다. 꼭 외과 의사가 아니더라도 의심할 수 있는 상식적인 질환이다. 수술을 요하고 방치하면 터져서 복막염을 일으키는…… 생각이 여기까지 도달했을 때 K는 이미 지휘관에게 전화를 걸고 있었다. 앰뷸런스를 준비하고 응급 후송을 실행에 옮기고 있는 K에게 의무병 Y가 조심스레 말을 걸어왔다.

"저, 군의관님. 후송 가시는 겁니까?"

"그래, 얼른 준비하자."

"혹시…… 조금 더 지켜보시면 안 되겠습니까?"

"응?"

어라. 이것 봐라. 물론 Y는 간호학과를 다니던 중 입대했고, 곧 전역을 앞둔 상태라 K보다 군 생활도 오래 했다. 하지만 이건 아니다. 진료 경험으로 의사와 간호대 학생은 비교가 되지 않는다. 먹을 것과 입을 것, 수면을 박탈당한 채 수련하며 만났던 숱한 환자들이 오늘의 K가 있게 해 준 영양분이었을진대, 간호사도 아닌 간호대 휴학생에게 환자 진료에 이의를 받을 정도로 의사로서의 감이 떨어져 있었단 말인가. 그래도 K는 대번에 화를 내지 않고 침착하게 대꾸했다.

"왜 그렇게 생각하지?"

"그게, 그냥…… 놔두면 좋아질 것 같은 느낌입니다."

"……뭐?"

K는 참으로 오랜만에 화를 냈다. 전공의 시절, 아무리 어이없는 질문을 학생이 던지더라도 친절하게 답해 주었던 K였다. 그렇게 생각하는 이유를 물어보고 나름대로 생각의 근거가 있다면 함께 토론하며 정답에 근접하도록 이끌어 주는 그가 화를 내는 경우는 거의 없었는데, 상대가 거짓말을 할 때와 아무런 근거 없이 느낌만으로 답할 때는 예외였다. 정말이지 환자를 볼 때 이 두 가지는 치명적이었다. 한순간의 위기를 모면하고 꾸중을 피하고자 거짓말하는 일이나, 각종 진찰과 검사를 종합해서 판단하는 대신 '괜찮겠지' 싶은 느낌으로 판단하는 일이나 위험하긴 매한가지였다.

푹 숙인 Y의 얼굴이 벌게질 정도로 한바탕 쏘아 댄 K는 Y와 함께 앰뷸런스에 올랐고, 이윽고 군 병원 응급실에 도착했다. 연락받은 외과 군의관이 나타나 이리저리 진찰해 보더니 역시 급성 충수염을 배제할 수 없으니 CT를 촬영해 보자고 한다. K는 Y를 흘끗 바라보며 회심의 미소를 지었다. 아까 화낸 건 미안하지만 조금 더 경험을 쌓고 진료하는 계기가 되기를. 나중에 좋은 간호사가 될 게다.

"흠…… 이상하네요. CT 결과는 괜찮고 피 검사도 특별한 이상이 없는데."

"아, 다행이네요."

"혹시 충수염이 아주 초기면 이러다 진행하는 수도 있으니, 정 걱정되시면 두고 가세요. 며칠 입원시켜서 지켜보죠."

"그래 주시면 감사하고요."

외진, 그것도 응급 외진 때만큼은 의사가 아닌 보호자의 심정인지라 고개뿐 아니라 허리까지 더 숙어지는 K였다.

3일 후, 병원에서 연락이 왔다. 의무병의 전언으로는 증상이 호전되고 식사도 잘해서 수술 없이 퇴원한다고 했다. 그런데 병원 외과 군의관이 K에게 직접 환자를 데리러 올 수 있겠냐고 물었단다. 뭔가 심각한 일이 생긴 걸까. K는 출근하자마자 환자를 데리러 갈 채비를 갖췄다.

몇 번째 들락거리니 어느새 병원이 낯설지만은 않게 되었다. 하긴 최전방 부대에 배치된 군의관은 이듬해에 높은 격오지 점수를 받아 병원으로 이동할 수 있다고 들었지만, 처음부터 어정쩡한 경기도 북부에 배치된 K에게는 별로 가능성이 없는 이야기였다.

"아, 선생님 오셨어요. 앉으세요."

반갑게 맞이해 주는 외과 군의관이 K를 군의관 휴게실로 데리고 갔다. 지난번 무릎 통증 때문에 만났던 정형외과의를 비롯한 여러 명의 군의관이 각자 휴식을 취하고 있었다. K가 들어가자 몇몇이 가볍게 눈인사할 뿐, 대부분은 남의 일에 그다지 관심이 없어 보였다.

"선생님 1년차시죠? 초임."

"네? 네."

"바쁘실 텐데 굳이 직접 오시라고 한 건 그 H 병장 때문인데요."

"어? 나도 아는데 H 그 자식."

"H? 혹시 저번에 선생님께서 직접 데려오셨던 애 아니에요?"

비뇨기과 군의관, 정형외과 군의관…… . H의 이름이 자그마한 휴게실에 울리자마자 각자 일에만 쏠렸던 군의관들의 관심이 K에게 옮겨 오기 시작했다.

"걔 유명 인사예요."

"초임이라 당하셨구나."

주위에서 너도나도 한마디씩 던져 대는 통에 누가 누군지는 알 수 없었지만 K는 이게 다 무슨 소리인가 싶어 외과 군의관을 멀뚱히 쳐다봤고, 그 와중에도 외과 군의관은 차근차근 전자차트를 보여주며 말을 이어갔다.

"여기 보시면…… ."

이럴 수가. 이렇게 화려한 차트는 대학병원에서도 웬만한 고령 환자가 아니고서는 보기 드문 것이었다. 비뇨기과 진료 3회. 주소(환자가 호소하는 주요 증상)는 소변볼 때 불편감. 각종 검사상 특이사항 없음. 이비인후과 진료 4회. 주소는 코골이. 수면 다원검사까지 시행했으나 이상 없음. 필요시 수술 권유했으나 이후 내원하지 않음. 치과 진료 2회. 주소는 이 시린 느낌. 충치 없고 치아 건강 상태 양호. 증상 호전 없으면 재방문하기로 함. 정형외과 진료 6회. 주소는 요통. X-ray 결과 이상 없어 MRI 촬영했으나 역시 이상 없음.

그다음 방문은 우측 무릎 통증. 역시 X-ray 결과 이상 없어 MRI 촬영했으나 이상 없음. 내과, 그리고 이번엔 외과까지…… .

H는 K가 부대에 부임하기 전부터 외진 단골손님으로 유명한 병사였다. 부대에서는 군 병원의 전자차트를 조회할 방법이 없어 자세한 내막을 몰랐을 뿐이지, 이미 열 차례가 넘는 외진을 다녀왔던 게다. 게다가 날짜는 대부분 작년 5월부터 9월 사이에 걸쳐 있었다. 아마 전임 군의관도 처음에 멋도 모르고 외진을 보내 줬다가 H의 본의를 눈치채고 더 속지 않았던

것이 틀림없다. 더욱 놀라운 사실은 계속해서 떠들어 대는 병원 군의관들의 입에서 쏟아졌다.

"그 녀석 입대 전에 응급구조학과 다녔대요. 그래서 아픈 연기를 잘하나 보지."

"아니야, 이미 졸업하고 구조사 좀 하다 왔을걸?"

"어? 나한테는 그런 얘기 안 하던데?"

"하하, 물어보기 전에 누가 그런 얘기를 하겠어."

"아무튼, 또 한 분 당했네, 당했어."

K에게 그들의 대화는 더 귀에 들어오지 않았다. 그제야 Y의 만류가 이해되었다. 불과 며칠 전 K에게 무척이나 크게 혼나고 붉어진 Y의 얼굴보다 더 달아오른 얼굴로, K는 갑작스레 밀려오는 Y에 대한 미안함과 H에 대한 배신감, 허탈함과 분노, 환자의 증상과 연기를 구분하지 못했다는 자괴감, 그리고 지금 이 순간의 부끄러움이 뒤섞여 뭐라 표현하기 힘든 감정을 겪고 있었다.

그러고 보면 외진이란, 군의관에게는 부대에서 불가능한 검사와 진료를 위해 한정된 자리를 환자들에게 배정해 주는 절차였지만, 환자가 아닌 병사들에게는 합법적으로 주어지는 하루의 휴식과 마찬가지였다. 아침 식사를 마치고 버스에 올라 병원에 도착하면 부대에서 만나던 선후임도, 부담스럽던 간부들도 마주치지 않고 마음껏 병원 내 PX와 노래방 등의 시설을 이용할 수 있다. 장소만 잘 찾으면 그간 참아 왔던 담배도 한두 개비씩 태울 수 있고, 오후 늦게 부대로 복귀할 때까지 마음껏 TV도 볼 수 있다. 무상의료의 폐해와 진료기간이 복무기간에 포함되면서 발생하는 도덕적 해이가 함께 빚어낸 기현상이렷다.

복귀하는 동안 애써 침착함을 유지한 K였지만, 앰뷸런스 내부의 분위기는 여느 영구차의 그것보다도 더 어두웠다. 결국 지휘관에게 자초지종을 설명한 후 허가를 받아 H 병장의 관물대를 점검한 결과 그동안 처방받고 먹지 않았던 약이 수십 봉지 발견되었고, 인사과에 문의한 H 병장의 입대 전 직업은 응급구조학과 대학생이었다. 의무병 Y는 H 병장보다 후임인 탓에 K에게 이러한 사실을 대놓고 말하지 못했고, 살짝 귀띔해 주려다 되레 혼난 꼴이 된 것이다.

"의무병들 모두 군의관실 밖에 나가 있어."

"예."

"H, 지금 배 아프냐?"

"아닙니다."

H가 올 것이 왔다는 얼굴로 대답했다. 근래 들어 유난히 각이 잘 잡힌 차렷 자세가 나왔다.

"무릎은?"

"괜찮습니다."

"허리는?"

"괜찮습니다."

참으려 했지만 어쩔 수 없이 높아지는 K의 언성은 코앞에 서 있는 H뿐만 아니라 바깥의 의무병들에게도 지레 옷매무새를 점검하게 했다.

"이빨은? 소변은? 코골이는?"

"……."

"너 도대체 뭐 하는 자식이야? 어?"

"……죄송합니다."

"우리 부대에서 한 주에 외진 열 명밖에 못 가는 거 몰라? 알지?"

"예, 알고 있습니다."

"너 같은 놈 쉬러 다니느라 진짜 아픈 애들이 며칠씩 더 기다려야 해?"

"……."

이미 K의 목청은 가까운 생활관을 지나 주임원사실의 벽을 관통했고, 이내 의무실 밖에는 무슨 일이 벌어졌는지 궁금한 장병들이 하나둘씩 모여들어 재미난 구경거리를 탐하고 있었다.

결국, H 병장 사건은 지휘관의 경고와 외출, 외박을 금하는 선에서 종결되었고 한동안 타산지석의 본보기로 회자되었지만 사람은 망각의 동물이었던가. 또다시 훈련을 앞두고 갑자기 여기저기 아프다는 병사, 말도 안 되는 증상을 가지고 와서 의무병에게 외진 명단에 이름을 넣어 줄 것을 청탁하는 병사 등 제2, 제3의 H 병장들은 계속해서 나타났다.

결정적으로 K에게 꾸중을 들었던 병사 하나가 부모에게 '아픈데 군대에서 외진을 안 보내 준다'며 어린애처럼 징징거린 일이 계기가 되어 부모가 국방부 인터넷 홈페이지에 민원을 신청했고, 그 병사는 바로 다음 날 외진 가서 가벼운 찰과상 진단을 받고 돌아왔음에도 K는 그 일로 인해 지휘관의 징계를 받아, 이듬해 군 병원으로 이동하기는커녕 인근 부대를 전전하게 되었다.


"3중대 다음 환자 들어와라. 네 명째인가?"

진료를 시작한 지 채 5분도 되지 않았다. 이력이 붙은 것이다. 환자의 진료 이력이 아니라 병사가 군의관을 만났다는 사실을 증명해 주는 이력. 진짜 환자인지 아닌지 구별할 수 있는 초능력이 환자에 대한 불신과 함께 나날이 늘어 가고 있었다.

"충성! 일병 N, 어제부터 복부 통증과 설사가 있습니다."

"그래, 더부룩하거나 구역질, 구토는?"

"없습니다."

"전에도 종종 이랬던 적이 있어?"

"예."

"평소에 장이 안 좋았다면 금식해서 장을 쉬게 해 주고."

"……."

"며칠 입실해서 수액 맞고 약을 쓰면 대부분 가라앉는다."

"……."

"간단히 소지품 챙겨서 입실 준비하자."

"……."

"왜 말이 없니? 걱정하지 마. 그렇게 심각한 병 아니니까."

"저…… 외진 가 보고 싶습니다!"

대한민국 육군 일병 N의 우렁찬 목소리가 쩌렁쩌렁 울려 퍼지는 고요한 의무실의 아침이었다.

제15회 장려상 수상작이다. 글쓴이 김창우는 강동경희대병원 외과 교수로, 수상 소감에서 "이 글은 내가 군의관이던 시절 게시판에 써 붙여서 많은 호응을 얻었던 글이다. H 병장의 이야기는 약화된 감이 없잖아 있다. 실제로 더 심한 행태를 보이는 병사들 이야기가 군의병과 내에서는 전설처럼 떠돌아다닌다. 내게도 딱히 해결책은 없지만, 누군가 문제 제기를 지속하지 않으면 잊히고, 잊히면 더욱 답을 찾기 어려워질 것 같다"고 말했다.

# 들고양이와 날개

"······아빠가 그랬어요."

오늘따라 화장이 좀 진하다고 생각하며 중학교 여자아이를 진료하던 중이었다. 눈 주변의 메이크업 아래 약간 붉은 자국을 본 내 질문에 한참 눈을 굴리던 아이가 대답했다. 그제야 아이의 손목 아래, 오래된 자해 흔적 위에 생긴 붉은 새 상처가 보인다. 폭력으로 망가진 아이의 뇌 속 감정 회로에는 통제 불가능한 알람이 울렸을 테고, 스스로 자해를 하지 않으면 그 시끄러운 알람이 꺼지지 않았을 것이다.

내 눈길이 자신의 손목에 가 닿은 것을 알자, 슬그머니 아이는 교복 소 맷자락을 당겨 상처를 덮었다. 머리카락도 쓱쓱 쓸어내려 눈가 상처를 더 가린다. 언뜻 보면 요즘 흔하게 자신을 다소 과장되게 꾸미고 심드렁한 태 도를 가장한 10대 아이일 뿐이다.

표정 없이, 미동 없이 했던 아이의 대답은 작은 진료실에서 큰 파장으로 징징 울려왔다. 아이는 대답 후 나와 눈도 맞추지 않고 멍하니 창문 밖만 응시했다. 아이의 표정이 점점 더 멍해질수록 나의 심장은 더욱더 쿵쿵 울리고, 머릿속을 온통 울리는 분노를 진정시키느라 진땀이 났다. 하지만 아이는 나의 그런 내적 파도는 보지 못한다. 저 멍해 보이는 시선 안, 아이의 뇌 속은 나보다 더 큰 파도에 집어삼켜지고 있을 테니까.

아이는 학기 초, 학교 선생님과 엄마의 손에 끌려 병원에 왔다. 교복 재킷 주머니에 아무렇게나 찔러 넣은 손, 서툴고 거칠게 빨간 립글로스를 바른 뾰로통한 입술, 한껏 부풀린 앞머리와 대조적으로 엉성하게 잘린 듯한 머리카락. 흔한 10대의 여자아이였다.

하지만 보통 이런 아이들과 함께 온 부모들이 그간 자신이 얼마나 아이로 인해 힘들었는지, 얼마나 대하기 어려운 아이인지 강조하는 것에 비해, 그 아이의 엄마는 내내 별 표현이 없었다. 아무런 문제가 없다고 항변하는 것도 아니었다. 그저 이 진료에 관심이 없고, 이 모든 것이 귀찮으니 빨리 자신을 놓아주었으면 하는 것 같았다.

반면 학교 선생님은 참다 터진 봇물처럼 아이 어머니의 말을 자르고 그간의 일을 쏟아 냈다. 수업 시간 중 아이가 계속 자해하는 상황이 걱정되어 집에 전달해도 대수롭지 않게 여겨 모두가 걱정이었다며, 급기야 지난주에는 수업 중에 피가 떨어질 지경이라 그걸 본 같은 반 아이들이 비명을 질러 수업이 중단되기까지 했단다. 아이는 어른들의 대화에는 전혀 끼어들지 않고, 헐거운 교복을 걸친 채 창문 밖을 멍하니 보다가 휴대폰을 만지작거렸다.

자신을 둘러싼 이질적인 두 보호자가 나가도 아이의 휴대폰 사랑은 여전했다. 내 질문에는 "몰라요" 혹은 "아니요" 그것도 아니면 입술을 더 삐

죽 내밀거나 어깨를 으쓱할 뿐이었다. 그나마 밤에 잠이 잘 오지 않는다는 것과 악몽을 자주 꾼다는 것이 우리가 같이 치료 목표로 삼을 수 있는 것들이었다.

그러다 자해에 대한 질문에는 심드렁하던 태도가 갑자기 바뀌어 눈에 살기가 어렸다.

"말하고 싶지 않은데요."

그걸로 첫 진료는 끝이 났다.

처음에는 그다지 크게 신경 쓰지 않았다. 소아청소년정신과에 자해나 자살 시도로 오는 학생들은 그 아이 외에도 끊임없었고, 청소년기 아이들이 본인이 원해서가 아니라 끌려오다시피 방문한 병원에서 퉁명스럽고 비협조적인 것도 하루 이틀 겪는 일이 아니었다. 모든 것에는 시간이 필요하다. 딱 하나, 요즘 아이들보다 다소 작은 체구, 서툰 화장으로는 가려질 수 없는 수척한 안색이 마음에 걸렸지만, 내 고민은 그날 곧이어 들어온 다른 환자에게로 넘어가 버렸다.

아이는 항상 교복 차림이었다. 별로 깨끗하지 않고, 잘 다려져 있지도 않았다. 어떤 때에는 음식을 흘린 자국이 그대로 말라붙어 있기도 했다. 아이의 엄마는 처음 방문한 뒤 바쁘다며 오지 않았지만, 아이는 혼자서도 성실하게 꼬박꼬박 진료하러 왔다. 이를 칭찬하면 예의 심드렁한 표정으로 답을 달았다.

"여기 오면 학교에서 일찍 나올 수 있잖아요."

진료 시간의 대화는 별 진전이 없었지만 그래도 간혹 나의 안 어울리는 농담에 피식 웃거나, 오늘 내가 한 화장이 안 어울린다며 나름 진지한 코멘트를 해 주기도 했다. 그러나 자해나 가족 이야기를 언급하면 아이의 눈빛이 다시 돌변했다. 그럴 때 나는 상처 입은 들고양이를 마주하는 기분이

든다. 어떨 때는 살쾡이나 멧돼지가 되기도 한다. 돌변하는 아이들의 상처와 공포, 공격성은 상대방 역시 전염시킨다. 작은 진료실이 갑자기 동물의 세계가 되어 버리는 것이다.

대다수 이런 돌변 역시 익숙한 상황이라, 나는 잘못 울리는 아이들의 알람을 익숙하게 진정시키고 다시 진료실로 천천히 안내할 수 있다. 내심 아이들이 두려워했던 것과 달리 자신이 미친 것이 아니며, 그런 감정과 행동이 스스로 통제가 가능할 수 있다는 것, 자신이 돌변한 모습을 치료자가 봐도 전혀 놀라지 않는다는 것, 그리고 자신을 압도하는 공포감에서 그 치료자와 함께 현실로 돌아올 수 있다는 것만으로도 아이들의 뇌는 회복 과정을 시작할 수 있기 때문이다.

하지만 이 아이는 자해 얘기만 들어가면 자신의 공격성을 도무지 감추기 어려워했다. 어느 날, 아이의 숨이 거칠어지고 입술을 질근질근 깨물며 나지막이 비속어를 내뱉더니 진료실 밖으로 나가 버리고는 한동안 오지 않았다.

그러다 방학 시즌이 되었고, 부모 손에 이끌려 오는 아이들을 맞이하느라 나 역시 정신이 없던 그때, 여전히 교복을 입은 그 아이가 들어왔다. 진료 컴퓨터에 당일 접수로 익숙한 아이 이름이 뜨는 순간 나의 뇌는 팽팽 돌아가기 시작했다. 그간 어떻게 지냈을까? 혹시 뭔가 더 안 좋은 일이 생겨 온 것은 아닐까? 하는 생각과 더불어, 무슨 얘기가 쏟아지든 그 말을 감당할 수 있는 심리적 상태인지 재빠른 자기 스캔을 하는 사이, 아이는 예의 그 무표정하고 뾰로통해 보이는 얼굴로 진료실 문을 열었다. 이제야 교복이 몸에 약간 맞아 보인다는 것, 그리고 머리가 조금 길어진 것 말고는 아무 일도 없었다는 듯한 태도였다. 마치 지난주까지도 매번 오던 곳에 왔다는 듯.

그때였다. 아이가 예의 진료실 창문 밖을 보려고 고개를 돌릴 때 약간 벌어진 머리카락 틈으로 붉은 자국이 보인 것은.

"아빠?"

바짝 마른 입술 사이로 나온 내 달라진 목소리 톤과 달리, 아이는 아무 일 아니라는 표정이었다.

"네. 그 XX 종종 그래요. 한 번 미치면 방법이 없어요. 한동안 조용하더니 또 XX해서."

평소보다 긴 아이의 대답이 갈증을 더 불러일으켰다.

"······언제 그랬어?"

아이는 마치 남 얘기하듯 건성으로 이야기를 이어 나갔다.

"어제요. 아니다, 오늘 새벽이네. 술 처먹고 어젯밤부터 오늘 새벽부터 아주 집안을 다 때려 부수더라고요. 동생이 아직 어려서······ 걔는 아직도 그러면 울어요. 미친. 울면 뭐가 될 줄 아나."

아이는 피식피식 웃어 가며 말을 했지만, 점점 눈가에 눈물이 맺혀 오고 코끝도 붉어졌다. 화장으로도 바르르 미세하게 떨리는 얼굴 근육은 감춰지지 않았다.

"그게 가정 폭력인 거 알지? 너나 동생이 어릴 때부터 맞았으면 그게 요즘 TV에 나오는 아동학대야. 이건 너나 동생의 잘못이 아니고, 너희를 위해서 신고해야 해."

조용히 울던 아이가 신고라는 내 말에 갑자기 온몸을 젖혀가며 발작적으로 웃기 시작했다.

"선생님 되게 웃긴다. 내가 신고 안 해 본 줄 알아요? 신고했다고 또 맞았어요. 그 XX 술 다 깰 때쯤 경찰이 와서 별일 없냐고 묻더니 지들끼리만 말하고는 잘 지내라고 하고 가네요? 잘 지내래. 크크크, 아 웃겨. 다 웃기고 XX들이야, 크크크크."

"그래. 효과가 없을 수도 있지. 하지만 어쨌든 지금은 법으로 무조건 신고해야 해. 내가 신고했을지, 시끄러운 소리에 이웃이 신고했을지, 학교에서 누군가 눈치채고 신고했을지 알게 뭐니? 한 번 해서 안 된다고 포기하는 건 아니야. 신고 건수도 누적되는 거니까."

내 이어진 말들이 훈계라고 생각했는지 아이 표정이 더 날카로워졌다.

"아 씨. 선생님이 뭐라고 간섭이에요. 됐어요. 선생님이 신고하면 저 더 여기 안 올 거예요. 아우 씨. 짜증 나게."

나는 아직 덜 여물은 의사인지라 이럴 때 비겁한 방법을 쓰고야 만다.

"넌 버틴다고 해도 네 동생은 어떻게 하게?"

역시나, 나의 비겁함은 환자들을 정곡으로 찌르곤 한다. 엉거주춤 일어나려던 아이는 한 대 맞은 듯한 표정을 짓더니 다시 풀썩하고 의자에 앉았다.

"네가 항상 집에 있을 거야? 너 없을 때는 어떻게 되는데?"

연이어 쏟아지는 내 말들에 아이는 울음을 참지 못하다 소리 지르기 시작했다. 그동안 수없이 얻어맞아도 아마 끽소리도 한 번 내지 못했을, 진료 내내 무슨 대화를 이어 가도 언성 높아지는 법이 없던 아이가 악을 썼다. 당신이 뭘 아냐며 악을 쓰던 아이의 울음이 잦아들 때쯤 나는 한마디 기어이 덧붙였다.

"그래, 선생님은 무슨 일이 있었는지 다 몰라. 네가 말해 줘야 알아. 말해도 다 모를 수도 있어. 그래도 들어 볼게. 무슨 일이 있었니?"

어깨만 들썩이는 아이에게 내 말들이 날카로운 비수가 아닌, 감싸 줄 날개가 되었으면. 저 얄팍한 어린 어깨에 얇은 보호막이라도 되어 주었으면. 닿을지 모르겠지만 나는 끊임없이 기도하며 아이에게 말을 걸었다.

그날의 진료는 우리 둘 모두에게 인생을 건 시간이었다. 진료가 길어져 민원이 있다고 외래에서 독촉이 왔지만 아이가 나가고 나서 나는 잠시 숨을 고르며 신고할 과정도 정리를 해 봐야 했다. 그때 문득 내 눈에 창밖 풍경이 보였다.

진료실 창문에서는 우리 병원에서 최근 정비한 어린이 병원이 바로 대각선으로 보였다. 아이가 종종 멍하니 시선을 두었던 그곳에는, 그간 나는 미처 깨닫지 못했건만, 젊은 부모가 아이를 안고 활짝 웃는 간판이 걸려 있었다. 오늘의 남은 하루, 그리고 앞으로 다가올 많은 날 역시 핑크빛만은 아닐 게 눈에 훤한 아이의 뒷모습이 겹쳐 보인다. 기어이 눈물을 참을 수가 없었다.

제16회 우수상 수상작이다. 글쓴이 배승민은 가천대 길병원 정신건강의학과 교수로, 수상 소감에서 "인간 사회가 존재하는 이상 폭력도 함께한다고는 하지만, 지금의 사회는 폭력이 주인이 아닌가 싶을 정도로 우리는 학대와 폭력의 만연에 지쳐 가는 것 같다. 그런 우리를 회복시킬 날개, 지금 병원에도 못 오고 어딘가에서 힘겨워하고 있을 아이들을 부디 도울 수 있는 날개, 그 날개의 날갯짓에 이 졸작이 약간의 기여라도 할 수 있기를 바란다"고 말했다.

···

# 그와 그녀의 이야기

사람들의 둔탁한 발소리가 들려왔다. 아! 내가 살아 있구나…….

필기도구에 지나지 않던 볼펜의 펜촉은 그의 손에 들리는 순간 흉기로 변했다. 순식간에 내게로 달려든 그는 민첩한 몸놀림으로 나를 향해 펜촉을 찔러 댔다. 고개를 숙이고 두 팔을 감싸 안는 것 말고 내가 할 수 있는 저항은 없었다.

나는 그저 의사로서 "지금 가장 힘든 게 뭐예요?"라고 물어봤을 뿐인데, 병원을 찾은 이유를 질문한 대가가 이렇게 혹독하리라고는 상상할 수 없었다. 무엇 때문에 화가 났는지 추측할 틈도 없이, 상기된 표정으로 책상 위에 놓인 스테인리스 볼펜을 집어 든 그는 먹잇감을 찾은 맹수처럼 맹렬했고 나는 동상처럼 굳어 있었다.

'도대체 뭐지? 내게 무슨 일이 일어난 거지?'

몇몇 사람들의 웅성거림이 겨우 귀에 들어오고서야 방금 일어난 일에 대해 생각할 수 있었다. 그렇다. 나는 액팅 아웃acting out을 당한 거다. 그때 진료실 바닥에 선홍색 핏방울이 뚝뚝 떨어졌다. 간호사 몇 명이 소독 도구를 가져와 나의 좌측 볼과 귓바퀴 쪽을 솜으로 열심히 문질러 댔다. 그제야 아린 통증이 느껴졌다.

머리가 멍했다. 모든 것이 아련했고 꿈속의 한 장면 같았다. 치료를 마치고 반쯤 넋 나간 사람처럼 집으로 돌아왔다. 아내의 놀란 표정을 뒤로하고 침대 위에 쓰러지듯 누웠다. 낯선 피곤이 엄습했다. 몸은 가라앉는데 머리는 초롱초롱한 이런 피곤도 있구나. 노력하지 않아도 조금 전 일들이 생생하게 복기됐다.

그는 두 팔이 끈으로 강박된 채 진료실로 들어왔다. 건장한 사설 이송단원 서너 명과 보호자인 아버지, 누나도 함께였다. 보호자는 그가 환청을 호소하며 갑자기 난폭해지는 문제 때문에 입원을 시키고자 했다. 강박당한 채 고개를 숙이고 있는 모습이 너무 안쓰러워 강박을 풀도록 지시했다. 그리고 그가 이 상황을 어떻게 느끼는지 알아보려고 몇 마디 건네는 순간, 답변 대신 볼펜이 내 심장 쪽으로 날아들었다.

갑자기 왼쪽 가슴이 쑤셔 온다. 셔츠를 위로 올리자 통증 부위에 시커먼 멍 자국이 선명했다. 바로 아래쪽에는 심장이 열심히 펌프질을 해 대고 있었다. 만약 그것이 펜촉이 아닌 더 끔찍한 흉기였다면 지금쯤 나는 안방이 아니라 중환자실에 누워 있었을 것이다. 정체 모를 불안이 엄습해 왔다.

리트머스 종이에 물기가 스며들 듯이 불안은 수면 속으로 스멀스멀 침습해 들어왔다. 잠을 이룰 수 없었다. 심장이 두근거리고 식은땀이 났다. 얼핏 잠이 든 것 같았는데 얼굴도 기억나지 않는 그가 몇 번이고 나를 깨웠다. 이 불면의 밤이 지나면 모든 것이 제자리로 돌아오리라, 어제와 같은 아침이 나를 맞이하리라, 몇 번이고 되뇌며 두려움을 견뎌 내려 했다. 하지만 그날은 내 불면증이 시작된 첫날이었다.

　기억은 그리 호락호락하지 않았다. 하루가 지나고 일주일이 지나도 모든 것이 너무 뚜렷했다. 아직도 그가 날카로운 펜촉을 들고 내 주위를 배회하는 것 같았다. 문을 여닫는 소리나 전화벨 소리에도 나는 깜짝깜짝 놀랐다. 마치 그 소리가 내 심장을 찌르는 것 같았다. 누군가 볼펜을 들고 있으면 나도 모르게 온몸을 움찔했다. 그는 작정하고 그날의 기억을 각인시키려는 듯 매일같이 꿈속에 찾아왔다. 당황스러웠다. 치료만 해 봤던 증상들이 나를 옥죄고 자유를 강탈해 가는 느낌이었다.

　얼마 동안은 환자들 면담조차 할 수 없었다. 면담 중에 저 사람이 또 내게 달려들면 어떻게 하나, 그런 두려움에 환자들을 대면할 수 없어 진료실 안에 처박혀 있었다. 휴가를 며칠 내기도 했지만, 휴식만으로 달래질 수 있는 감정이 아니었다.

　몇 개월의 시간이 지나도 상처는 쉽게 아물지 않았다. 문득문득 당시의 아찔함이 떠올랐다. 시간이 지나면서 두려움은 분노로 변했다. 차라리 내가 뭔가 잘못했거나 실수를 해서 당했다면 나름대로 받아들이려고 노력했을 것이다. 하지만 질문 한두 마디 던진 대가치고는 너무 가혹하지 않은가. 남자 환자들과 대면하기 힘들어서 온종일 여자 환자들만 면담하기도 했다. 마치 내가 반쪽짜리 의사가 된 것 같은 자괴감마저 들었다.

　그런 날들이 쌓여 가면서 얼굴도 기억나지 않는 그가 점점 미워졌다. 가만히 있다가도 화가 치밀어 올라서 욱할 때가 한두 번이 아니었다. 왜 하필이면 내게 이런 일이 생겼을까. 환자들에게는 약을 잘 먹어야 한다고 그렇게 권유했지만 정작 나 자신이 이런 일로 괴로워지자 약을 먹을 수도 없었다. 사람들은 모두 '괜찮아질 테니 마음 잘 추슬러. 정신과 의사가 뭐 그런 일 가지고 그렇게 마음에 담아 두고 그래' 하면서 대수롭지 않게 지나 갔지만, 상처는 내 안으로 자꾸 곪아가는 느낌이었다.

그렇게 때로는 안절부절못하고 때로는 넋 나간 듯 멍하게 하루하루 보내고 있을 때였다. 아침 회진을 돌다가 다급하게 나를 찾는 전화를 받았다.

"치료감호소 환자가 입원하려고 왔는데 진료하실 분이 선생님밖에 없으셔서요."

치료감호소라는 말에 순간 가슴이 움찔했다. 얼마나 난폭한 환자기에 치료감호소까지 다녀온 걸까. 여기서도 난동을 부리면 어떻게 하지. 이런 저런 생각에 휩싸여 계단을 내려오는 동안 상념은 두려움으로 변했고, 잠잠하던 심장은 다시 벌렁거리기 시작했다. 솔직히 무서웠고 피하고 싶었다. 이런 환자를 왜 또 나한테 보라고 연락한 거야. 아무 잘못도 없는 원무과 직원이 마냥 원망스러웠지만, 환자를 볼 사람이 나밖에 없다니 어찌할 도리가 없었다.

"몇 년 동안 한 번도 외출을 못 나갔어요. 집이 어떻게 생겼는지도 가물가물하네요."

휴……. 환자의 첫마디를 듣는 순간 나도 모르게 안도의 한숨이 흘러나왔다. 여성이라는 점도 비교적 안심이었고, 얌전하고 차분하게 설명하는 태도도 내게는 천만다행이었다. 하지만 면담이 진행되면서 그녀의 반전(?) 병력에 나는 점점 움츠러들었다.

그녀는 '엄마를 죽여라'는 명령환청 때문에 흉기를 휘둘러 엄마에게 중상을 입혔다. 이곳에 오기 전까지 치료감호소에서 5년 동안 치료받았고, 그래서인지 환청은 더 없다고 했다. 치료감호소에서 보내온 소견서에 의하면 환청은 거의 사라졌지만 죄책감 때문에 스스로를 책망하다가 몇 차례 자살을 시도한 병력이 있어 상당 기간의 입원치료가 더 필요하다고 했다. 아마도 죄책감을 씻기 위해 스스로를 학대했는지도 모른다. 흉기를 휘두른 건 환청이 시키는 대로 하지 않으면 죽을 것 같은 두려움이 느껴져 저지른 끔찍한 행동이었겠지만, 그녀는 자신을 용서할 수 없었나 보다. 그녀를 향한 처음의 걱정스러움은 측은지심으로 변해가고 있었지만, 언제 돌변해 뭔가를 휘두를지 모른다는 불안감에 면담 내내 마음을 놓을 수는 없었다.

허둥지둥 서둘러 면담과 입원 수속을 마치고 진료실에 멍하니 있는데, 스치듯 그가 생각났다. 그는 지금 어디에서 뭘 하고 있을까. 혹시 그도 그녀처럼 자신을 학대하고 있을까. 그런 생각을 하자 왠지 그가 측은하게 느껴졌다. 어찌 보면 그도 증상의 피해자가 아닌가. 처음 보는 내게 무슨 억하심정이 있어서 그랬겠는가. 고통은 나만의 것이 아니었을지도 모른다. 그도 나만큼의 불안과 두려움과 불면의 시간을 감내하지 않았을까.

하지만 생각은 머릿속을 맴돌 뿐 내게 위로가 되지는 못했다. 여전히 그는 아무 죄도 없는 내게 흉기를 휘두른 못된 가해자였고, 나는 그 상처로 인해 제대로 기능하지 못하는 불쌍한 피해자였다. 이해하려고 노력해도 억울함은 사라지지 않았다.

"활동도 좀 하시고 홀에 나와서 TV도 보고 그러세요. 그래야 빨리 퇴원하시죠."

입원한 날부터 그녀는 온종일 누워만 있었다. 밥 먹을 때 잠깐 걸어 나오는 것 외엔 병실에서 꼼짝도 하지 않았다. 마치 아무 희망 없이 죽음만 기다리는 호스피스 환자 같았다. 말을 걸면 마지못해 한두 마디 답변하고는 뒤돌아 누워 버렸다. 다른 환자들과 이야기도 나누고 프로그램에도 참석하고 가벼운 운동도 하라고 격려했지만 돌아오는 것은 그녀의 힘없는 음성 몇 마디뿐이었다.

"저는 퇴원하고 싶지 않아요. 그냥 갇혀 지내는 게 더 편해요."

시간이 지날수록 스스로를 마음의 감옥에 가두고 있는 그녀가 왠지 내 모습처럼 보였다. 불안과 두려움의 창살에 갇혀 있는 나처럼 그녀는 죄책감의 사슬에 묶여 있었다. 그녀를 향한 경계심이 점점 동병상련으로 변해가는 것 같았다. 싫다며 고집부리는 그녀를 설득해 산책 프로그램에 참여시키고, 외부에 나가서 영화나 노래방에 다녀오는 외출 프로그램에도 동참하게 했다. 몇 번의 외출을 다녀온 후, 더 이상 병원을 나가고 싶지 않다며 그녀가 말을 걸어왔다.

"외출 같은 거 안 해도 돼요. 상담도 해 주실 필요 없어요. 그냥 신경 쓰지 마세요."

덤덤하지만 단호한 그녀의 태도는 내게 벽처럼 느껴졌다. 치료를 위해 뭔가를 하려고 하면 오히려 빗장을 더 단단히 잠갔다.

그러던 어느 날 새벽. 선잠을 깨우는 전화벨 소리가 울렸다. 그녀가 캔 뚜껑으로 손목을 수십 차례 그었다는 연락이었다. 나는 허둥지둥 옷을 걸쳐 입고 병원으로 향했다. 보호실 안에는 선홍색 거즈들이 나뒹굴었다. 상처는 생각보다 훨씬 깊었다. 인대까지 손상 입은 듯했다. 구급차를 타고 대학병원 응급실로 향하는 동안 그녀는 미안하다는 말만 반복했고 나는 아무런 말도 건넬 수 없었다.

당장 수술이 필요한 상황이라 보호자 동의가 필요해 그녀의 엄마에게 전화했지만 연락이 되지 않았다. 다행히 동생과는 연락이 닿았고, 얼마 후 동생이 도착해 수술동의서에 서명했다. 하지만 엄마는 병원에 나타나지 않았다. 딸만 보면 아직도 심장이 두근거리고 숨이 가빠져서 마주 볼 수가 없다는 것이 동생의 설명이었다.

그녀를 정형외과에 입원시키기 위해서 나는 다시 병원으로 돌아와 퇴원 수속을 했다. 5년 만에 그녀는 정신병원에서 퇴원했다. 그러나 그것은 사회로 돌아가기 위한 퇴원이 아니라, 수술 후 다시 폐쇄병동으로 돌아오기 위한 퇴원이었다.

며칠 뒤, 그녀의 동생이 병원으로 나를 찾아왔다. 수술은 잘 끝났으며 조만간 정신과 입원치료와 물리치료를 함께 받을 수 있는 다른 병원으로 옮길 예정이라고 했다. 그러면서 누나가 선생님께 전해 주라고 했다며 고급 볼펜 한 자루를 건넸다. 순간 나도 모르게 온몸이 움찔했다.

"빨리 조치를 해 주신 덕에 좋은 결과가 있었네요. 선생님께 감사 인사를 전하고 싶다고 했더니 누나가 볼펜을 선물해 드리라고 하더라고요. 의사 선생님이 가운에 볼펜 한 자루도 안 꽂고 다닌다면서요."

나는 감사하다는 인사 대신 그녀의 쾌유를 비는 인사만을 간신히 전했다. 동생이 나가고 난 뒤 책상 위에 놓인 볼펜을 바라보니 그냥 헛웃음만 나왔다. 볼펜을 볼 때마다 움찔거렸던 내 모습이 마치 슬랩스틱 코미디의 한 장면처럼 느껴졌다. 그 헛웃음과 함께 그날의 사건으로 얼어붙었던 내 마음도 녹아내리는 느낌이었다.

그렇게 그녀를 보낸 후 내 악몽은 차츰 수그러들었다. 이제는 얼굴도 이름도 목소리도 기억할 수 없는 그 역시 더 이상 심하게 나를 괴롭히지 않는다. 하지만 지금도 면도를 하거나 세수할 때면, 좌측 볼에 남겨진 흉터 자국을 물끄러미 바라보며 한동안 묻어 두었던 그를 떠올리곤 한다. 그녀가 그랬던 것처럼 그 또한 그날의 일을 기억하며 죄책감에 시달리고 있을까. 증상 때문에 일어난 한순간의 사건으로 평생 스스로를 자기 안의 감옥에 가둬 놓고 있다면 그보다 더 큰 천형이 있을까. 그가 죄책감을 느끼든 그렇지 않든 만약 그를 다시 만나게 된다면 손을 잡고 이야기하고 싶다.

"저는 이제 괜찮아요. 당신을 원망하거나 미워하지 않습니다. 더 이상 당신이 가해자라고 생각하지 않으니까요."

나의 이런 마음이 어딘가 있을 그에게 조금이나마 위로가 될 수 있기를 간절히 기도해 본다.

제15회 우수상 수상작이다. 글쓴이 전현태는 수원 하나병원 원장으로, 수상 소감에서 "글을 쓸 수 있다는 것이 정말 행복했고, 행복한 일을 하면서 상까지 받게 되니 더 행복하다. 누군가 가 이 글을 읽고 훈훈해진다면 그야말로 더할 나위 없는 행복감이 밀려올 것 같다. 그런 바람 이 글을 놓을 수 없는 분명한 이유가 된다. 이 기가 막힌 반가움과 기쁨의 순간들을 세상 모두 와 특히 정신장애로 고통받는 이들과 함께하고 싶다"고 말했다.

＊＊＊

# 비타민

"나는 고아고, 뭐…… 아무도 없어. 음, 정 안 되면 그냥 죽으면 되지!"

진료실에 들어온 그의 첫마디 말이었다.

응급실도 아닌 대학병원의 외래진료를 보면서 술에 취한 환자를 진료하는 일은 흔치 않다. 하지만 그날 그는 소주 냄새를 강렬하게 풍기면서 진료실을 찾았다. 키 164cm, 몸무게 59kg의 작지만 다부진 몸. 그와의 첫 대면에서 나는 충혈되고 약간은 매서운 듯하지만 긴장하고 있다는 걸 들키지 않으려 애쓰는 그의 눈을 볼 수 있었다.

그는 매일 술을 마신다고 했고 술을 먹고 취해야 잠이 든다고 했다. 그런 그가 한 달 전부터 속이 메스껍고 혈변이 있었다. 처음에는 속은 평소에도 쓰리니 그러려니 하고, 항문 쪽으로 나오는 출혈은 치질이겠거니 하며 대수롭지 않게 생각했다고 한다. 하지만 계속되는 혈변으로 시행한 대장내시경은 직장암 소견을 보였다. 나중에 안 일이지만 진단을 받은 그 날

밤은 조금 더 술을 먹었고, 진료 전날에도 여느 때처럼 소주를 벗 삼아 잠을 청했다고 했다.

그는 자신의 혈액형이 AB형인지도 몰랐다. 아직도 계속해서 담배를 피웠고 끊고 싶은 생각도 없으며, 한 달에 30번씩 30년 동안 술을 먹었다고 했다. 25살 때 사고로 왼쪽 쇄골이 골절되어 개인병원에서 치료받은 적 외에는 다른 병력은 없다고 하지만, 병력이 없다기보다는 어지간해서는 병원에 가지 않은 눈치다.

몇 가지 외래에서 시행하는 검사를 마치고 입원해서 직장암 수술을 했다. 암의 위치가 항문과 가까운 데다가 골반이 너무 좁아서 직장을 잘라내는 수술 기구가 골반 안으로 들어가지 않아 힘들었다. 기구를 사용하지 못하고 칼로 먼저 장을 잘라 손으로 한 땀 한 땀 꿰매고 난 뒤에 나머지 대장과 연결하였으며 직장암으로 인한 간 전이 소견이 함께 있어 간도 일부 절제했다.

수술 후, 그는 통증을 잘 참아 내고 아프다는 기색 또한 별로 하지 않았다. 눈을 잘 마주치지는 않았지만, 수술 다음 날 바로 운동할 정도로 회복을 위해 열심히 노력했고, 보호자 없이도 잘 회복되어 건강한 모습으로 퇴원했다. 하지만 조직 검사 결과상 간에 전이가 있는 직장암 4기였으니 수술 후 항암치료를 시행해야만 했다.

항암치료를 받는 동안 그는 늘 병실에 없었다. 회진시간에 그를 보기란 참으로 어려웠다. 그는 늘 병실을 나가 어딘가에 있다가 밤이 되어서야 조용히 자기 침상으로 돌아와 잠을 청했다. 생각보다 치료에 대한 순응도가 좋다고 생각했는데, 총 열두 번의 항암치료 중 두 번의 항암치료를 마치고 난 뒤 그와의 연락이 끊어졌다. 입원하기로 한 날에 오지 않았고, 그의 휴대폰 전원은 꺼져 있었다. 연대보증인으로 되어있는 그의 직장 동료에게 전화를 걸어 환자분께 전해 달라고 부탁드렸지만 그에게서 연락은 오지 않았다. 직장암 4기 수술 후 항암치료의 중요성을 누구보다 잘 알고 있는 나였기에 두 번, 세 번 죄송하게도 직장 동료에게 짐을 지워드렸더니 마침내 오기로 한 날보다 며칠 늦게 그가 외래를 방문하였다.

"왜 자꾸 동료를 귀찮게 하세요? 나는 이제 병원 오는 것도 싫고 입원도 싫고 더 이상의 치료도 원치 않아요!"

입원이 싫은 이유를 묻는 내 질문에 오래 침묵하던 그는, 내가 예측하지 못했던, 입원할 때마다 직장 동료에게 연대보증을 부탁해야 하는 어려움을 말해 주었다. 오래도록 혼자여서 외로움에 익숙한 그에게 연대보증이란 무거운 짐 같은 것이었으리라는 생각이 들어 입원계에 전화를 해서 연대보증 없이 입원하도록 해 주거나, 그래도 필요하면 내가 직접 연대보증인이 되겠다고 이야기했다. 연대보증 문제가 해결되고 난 뒤 그가 다시 어렵게 입을 열었다.

"오늘 거창에서 대구까지 버스를 타고 올 때 하늘을 보면서 문득 '저렇게 파란 하늘을 나는 언제까지 볼 수 있을까?' 하는 생각에 눈물이 많이 났어요" 하면서 눈물을 글썽였다. 마음 약한 나도 그와 함께 울면서 애꿎은 화장지만 연신 뽑아 댔다. 다시 치료를 받으러 오겠다면서 진료실을 나가는 그를 보내고 그날 저녁, 나는 누군가를 떠올렸다.

중·고등학교 시절, 내게 한 친구가 있었다. 그는 어릴 적 고아원에서 자랐는데, 함께 있는 고아원 형들의 구타가 싫어서 어린 나이에 고아원에서 도망을 나와 이런저런 일을 하며 힘들게 살았다. 교회에서 그를 처음 만났을 때 그는 중학교 3학년의 나이였는데 몸에서 나는 냄새 때문에 누구도 선뜻 다가가기 어려워했다. 그와 친구가 되어 4년의 세월을 보내는 동안 그는 늘 어디론가 사라졌다가 다시 나타나기를 반복했다. 가끔은 다쳐서 깁스하고 오고, 또 어떤 날은 만 원짜리 몇 개를 가지고 나타나 자랑하기도 하더니 고3이 끝나던 어느 날, 그는 어디론가 떠나 버렸고 오랜 세월은 그의 흔적을 내 기억 속에서 지워 버렸다.

그리고 2년 전의 어느 날, 여느 때처럼 버스를 타고 퇴근하던 내 앞에 그때의 그 친구가 나타났다. 이제 마흔이 넘은 나이가 된 그가 "저는 어릴 적부터 부모님을 여의고……"라는 말로 시작해서 버스 안 사람들에게 구걸하기 시작했다. 그때 나의 당혹감이란 이루 말할 수 없었고 나도 나지만, 혹시라도 친구가 불편해지지 않도록 노력해야 했다. 내 예상대로 버스 안 모든 사람의 냉담만을 받아 든 친구에게 나는 옅은 미소와 함께 지갑에 있던 현금을 모두 다 줘 버렸다. 친구는 약간 놀란 얼굴로 나를 잠시 쳐다본 후 돈을 받아 들고 허겁지겁 버스에서 내렸다. 따라 내릴까 고민하는 나를 그대로 싣고 떠나는 버스 때문에 그와 나는 다시 멀어졌다.

'나를 알아보았을까? 나는 그에게 정말 친구였을까? 따라 내려 그에게 근황을 묻고 그의 삶에 개입해야 했을까? 어쩌면…… 그가 내 삶 안에 다시 들어오는 걸 나는 두려워했던 게 아닐까?' 하는 자책과 함께 '지금까지도 저렇게 살면 어떡하나?' 하는 아쉬운 마음도 들었다. 부모의 사랑도, 여인의 사랑도 받지 못하고 아마도 그는 그 나이까지 혼자였겠지. 그 후로 나는 그 친구를 다시 보지 못했다. 그 친구에게 주지 못한 사랑이 뾰족한 모서리로 나를 콕콕 찌르는 듯하다.

그 친구와 비슷한 느낌을 주는 그 환자에게 나는 내 마음을 주며 그의 마음 시중도 들기로 결심했다. 먼저, 새롭게 항암치료를 시작한 그를 위해 병원 직원들과 간호사들의 배려를 부탁했다. 의사 지시 기록지의 마지막에는 '상냥하게 웃으면서 말해 주세요'라고 덧붙였다. 작은 선물도 주고 싶었다. 무슨 선물을 주면 좋을까 고민하던 중 비타민이 떠올랐다. 매일매일 챙겨 먹으면서 사랑받는 느낌을 가지라고 그의 병실에 가서 아무도 모르게 종합 비타민 두 통을 두고 나왔다. 그리고 외래에 올 때마다 작은 선물을 하나씩 드렸다. 과자, 아이스티, 다시 비타민, 웃음……. 하루 두 알씩 비타민 꼭꼭 챙겨 드시라는 내 말에, 아주 느리기는 하지만 조금씩 그의 마음이 바뀌는 걸 느꼈다. 시간이 갈수록 표정 없던 그의 얼굴이 하회탈처럼 환해지기도 하고, 굳게 닫혀 있던 그의 입술이 조금씩 벌어지기 시작했다. 그도 나도 어색했지만, 나는 그의 어색한 웃음과 약간 어눌한 듯한 말투가 좋았다.

아침 회진을 돌 때 뜻밖에 저 멀리 환자들 틈에서 이야기하는 그가 보였다. 일주일 전에 항암치료를 받고 퇴원한 그는 오늘은 외래를 기다리던 중에 자신이 있던 병실에 와서 다른 환자들과 이야기하고 있었던 것이다. 그를 바라보며 의아한 듯이 웃으며 "사람이 저렇게 바뀔 수도 있군요"라고 말하는 동료 의사의 말이 너무나도 듣기 좋았다. 그는 분명 조금씩 바뀌는 듯했다.

하지만 항암치료를 일곱 번 마치고 난 뒤, 그는 또다시 사라졌다. 휴대폰 전원도 꺼 버린 채……. 이번에는 무슨 이유일까? 그를 향한 나의 기다림과 전화는 오래도록 길어졌다.

10월의 마지막 날, 마침내 통화가 되었다. 항암치료를 중단하고 사라진 일을 아쉬워하는 내게 "먹고 사는 것이 바빠서……"라는 그의 대답이 돌아왔다. 건축 자재를 취급하고 몸으로 많은 일을 해야 하는 그로서는 그간의 잦은 항암치료와 입원이 부담스러웠으리라. 그 후로 다시 그의 휴대폰은 꺼지지 않았지만 그는 병원에서 걸려 오는 전화를 받지 않았다. 한

동안 고민하다가, 그의 전화에 내 휴대폰 연락처를 남겼다. 혹시 급한 일이 있으면 여기로 전화하라는 메시지와 함께.

　최근 대구에 짧은 첫눈이 내렸다. 첫눈을 보고 아내에게 전화한 뒤, 떠오르는 사람인 그에게 전화했지만 역시 받지 않는다. 근황을 알고 싶은 마음에 그의 직장 동료에게 연락하자 내게 이런 말을 들려주었다.

　"아저씨가 요즘 술 끊으신 지 20일이 되었습니다. 늘 함께 출근했는데 요즘은 따로 출근하십니다. 집 근처에 있는 둑을 빙 둘러서 한두 시간 걸어 출근하고 퇴근할 때도 걸어 다닙니다. 함께 제 차를 타고 가자고 하면 '안 돼, 나 운동해야 해'라고 하십니다. 담배는 줄이려고 노력하는데 아직 잘 안 되는 것 같지만 그래도 몸은 많이 건강해진 것 같습니다. 제가 '교수님께 진료받으러 가야지요' 하면 '그래! 12월쯤에는 한 번 가 봐야지'라고 하십니다."

　Vitamin은 라틴어의 '생명'을 의미하는 vita와 '유기물'을 뜻하는 amine의 합성어로 '생명 유지에 필수적인 물질'이란 뜻을 가지고 있다. 매우 적은 양으로도 물질대사나 생리 기능을 조절하는 필수적인 영양소이다. 탄수화물, 지방, 단백질과는 달리 에너지를 생성하지는 못하지만 몸의 여러 기능을 조절한다. 또 소량으로 신체 기능을 조절한다는 점에서 호르몬과 비슷하지만, 신체의 내분비 기관에서 합성되는 호르몬과는 달리 비타민은 외부로부터 섭취해야 한다. 왜냐하면 비타민은 체내에서 전혀 합성되지 않거나, 합성되더라도 그 양이 충분하지 못하기 때문이다.

　사람에게 비타민과 같은 존재는 또 무엇일까? 생명 유지에 필수적이지만 스스로 공급하기에는 한계가 있는, 누구나 갖고 싶어 하고 언제나 갈망하는 이것은 사랑이 아닐까? 사랑 안에서 용납되어지고 안겨지고 어루만져지는 것. 부모의 사랑이든, 이성의 사랑이든, 친구의 사랑이든, 사랑받는 자는 언제나 그의 생명을 활기차게 유지할 수 있을 것이다.

신은 사람을 비타민과 사랑을 스스로 만들어 내지 못하는 존재로 만드셨다. 그래서 우리는 이를 외부에서 받아들이고 누군가에게 의지하고 누군가에게 사랑받으며 태양 빛을 받아야만 생명을 유지할 수 있는 존재가되었다. 비타민이 없으면 눈이 어두워지고 신경이 쇠약해지며 피부염이 생긴다. 또 잇몸에서 피가 나고 빈혈이 생기고 등이 구부러지고 삶이 슬퍼진다. 우리 삶에서 사랑이란 이런 비타민과 같은 것이며 사랑 없이 우리의영혼은 그 누구도 밝은 눈과 건강한 신경, 윤택한 피부와 곧은 척추를 결단코 가지지 못할 것이다. 생명과 활기를 회복하기 위해 병원을 찾는 이를위해 나도 항상 사랑이 잘 버무려진 비타민을 준비하도록 노력해야겠다.

12월에는 크리스마스가 있고, 1월에는 그의 생일이 있다. 사랑이라는비타민이 결핍되어 있는 그에게 조만간 커다란 종합선물세트를 보내 볼까한다. 10년은 거뜬히 버틸 수 있는 고용량 비타민으로 가득 찬 새콤달콤세트로 말이다.

그의 삶 하루하루가 행복과 사랑으로 가득 차기를 기도한다.

제15회 장려상 수상작이다. 글쓴이 김대동은 대구가톨릭대학병원 외과 교수로, 수상 소감에서 "해마다 연말이면 한미수필과 함께 그 해를 돌아보며 마무리한다. 수상 여부를 떠나서 기억나는 환자분들을 떠올리고, 그분들과의 만남을 돌아보는 시간은 내게 무척 소중한 것이다. 그분들이 있었기에 내 삶이 의미 있었고, 덕분에 내가 행복한 한 해를 보낼 수 있었다. 서로가 서로에게 친구가 되어 주고, 비타민과 같은 활력소가 되어 준다면, 얼마나 우리 세상은 더 행복한 세상이 될까?"라고 말했다.

. . .

# 봄날 오후의 폭풍

　평범한 봄날 오후였다. 진료실 벽면에 난 창문으로 나른한 햇살이 느릿
느릿 들어왔고 공기마저 나른했다. 대기실 환자들뿐 아니라 나 역시 하품
을 참기 어려웠다. 외래로 흘러나오는 음악마저 잔잔한 클래식이라 그런지
그날따라 참 조용하고도 시간이 느리게만 흘렀다. 진료 시작 전에 타온 커
피는 어느새 식어 빠져 씁쓸하기만 해서, 이 진료만 끝나면 식은 커피대신
새로 물을 담아 오자 생각하던 참이었다.

　"○○○님, ○번 진료실로 들어가세요."

　커피 잔을 보다가 열리는 진료실 문으로 고개를 돌리려는 순간, 육중한
체격의 환자가 모니터 뒤의 나에게 주먹을 날렸다. 미처 고개를 다 돌리기
도 전이라 다행히 주먹은 얼굴이 아닌 내 어깨에 꽂혔다. 누아르 영화처럼
비정상적으로 느리게 전개되던 시간은, 환자의 살기 어린 눈빛에 이어 그
부모의 당황한 표정으로 내 시선이 꽂히던 순간, 환자가 나에게 몸을 날

리느라 바닥에 내동댕이친 휴대폰의 시끄러운 파열음으로 현실로 돌아왔다. 정신이 들자 나는 순간 몸을 웅크렸지만 웅크린 어깨와 팔에 퍽퍽 소리와 함께 환자의 주먹이 내리꽂혔다.

나의 진료실 위치는 외래의 가장 끝으로, 어린아이 진료가 많다 보니 그로 인한 소음 불편을 줄이기 위한 이유였다. 그래서였는지 아니면 아침저녁으로 아직 쌀쌀한 탓에 의사 가운 속에 입은 카디건이 소음을 흡수했던 것인지, 밖의 음악 소리 때문인지 모르겠지만 아무도 나를 도우러 오지 않았다.

예상치 못한 충격에 비명도 못 지르고 온몸으로 충격을 받아들이다가, 어쩐지 환자의 부모마저도 아무 소리도 내지 않는 것이 이상하다는 걸 느낄 무렵, 환자의 아버지가 책상 안쪽으로 몸을 뻗더니 날 때리고 있던 아들의 팔을 잡고 밖으로 끌고 나갔다.

맞은 왼쪽 어깨와 팔뿐 아니라 온 전신이 가늘게 떨렸다. 맞은 팔은 아무리 애를 써도 움직여지지 않았고, 맞지 않은 반대편 팔로 전화기를 잡으려 해도 손이 덜덜 떨려 닿지 않았다. 만일의 이런 상황에 대비해 진료실 책상 아래에 분명히 비상벨이 있었건만, 충격으로 온 정신이 흔들리는 상태로는 그게 어디 있었는지조차 떠오르지 않았다. 어렵게 외래 메신저로 간호사들에게 지금 나간 환자가 나를 때렸고, 밖에서도 위험할 수 있으니 주의하라고 두 줄의 문장을 써 보냈다.

그리고 다시 진료실은 공백의 순간이 되었다. 진료실의 햇살과 온기는 아까와 똑같았고, 식어 버린 커피의 쌉싸래한 향도 그대로였으나, 나의 귀는 내 심장박동 소리와 거친 숨소리로 작은 진료실 안이 터질 것 같았다. 맞은 어깨와 팔의 충격은 처음에는 느껴지지 않았건만, 시간이 갈수록 통증이 타고 올라오고 있음이 온 신경에 절절히 파고들어 왔다.

고통과 충격에 내 뇌는 아직 현실로 돌아오지 못하고 있는데, 작은 똑똑 소리와 함께 환자의 어머니가 들어왔다. 어쩔 줄 모르는 표정으로 들어온 그녀에게 나 역시 어떤 표정으로 대해야 할지 몰랐다. 6년간의 의대 시절과 전공의, 전임의 수련을 거쳐 적지 않은 환자들을 보아 왔던 전문의 시절 내내, 이런 상황에 어떻게 대처해야 할지 나는 생각해 본 적도 배워본 적도 없었던 것이다. 환자 어머니는 조심스레 내 쪽으로 와서 바닥에 내동댕이쳐진 환자의 휴대폰을 들어 올리며 말했다.

"우리 애가 원래 저런 애가 아닌데 좋아하는 운동을 여기 오느라 못 가서 화가 나 그랬나 봐요."

그녀의 말에 나는 더욱 뭐라고 대꾸를 해야 할지 몰라 바짝 메마른 입술만 달싹일 뿐 아무런 답을 할 수 없었다. 어깨를 움켜쥔 채로 그녀를 당황스럽게 쳐다보던 나를 더욱 경악하게 했던 건 그녀의 이어지는 말이었다.

"저기, 우리 애가 길 가던 사람을 그렇게 때려서 좀 문제가 되고 있는데요. 선생님이 얘가 정신병으로 그런 거라 치료가 필요한 거지, 처벌받을 일이 아니라고 진단서 좀 써 주시면 안 돼요?"


영화 〈식스 센스〉가 기억난다. 당시 숨 막히는 시나리오, 예상치 못한 공포와 잘 짜여진 전개로 유명했지만, 내 직업이 바로 주인공의 그것이었기에 이 일의 숨겨진 위험성에 대해 생각하게 했던 영화였다.

카우치에 누운 환자와 조용히 상담하거나, 최근 영화나 드라마에서 보이듯 동료들과 질병을 토론하고 탐구하는 일을 하는 하얀 가운의 의사에게 위험이라니. 피와 사건, 알람 소리가 뱅뱅 도는 응급의학과나 수술을 다루는 외과도 아닌, 정신과와 위험은 당최 안 어울리는 조합 같았다.

하지만 최근 우리 사회에 벌어진 일련의 묻지마 폭력이 화두로 떠오르면서, 많은 정신과 환자들과 의사들은 억울함에 시달렸다. 통념과 달리, 정신과 환자들은 대다수 사람들을 피하고 두려워하거나 불편해하여 오히려 타인에게 피해를 입을지언정 아프다는 소리도 내지 못해 속병이 난 사람이다.

그러나 안타깝게도, 치료받지 못한 정신 질환은 자신에게나 타인에게나 양날의 검처럼 위험할 수 있다. 병원 밖의 환자들, 치료받지 못하거나 치료를 벗어난 사람들이 바로 논란의 중심에 서야 할 상황인 것이다.

그 봄날 오후, 나는 간신히 허리를 세우고 여전히 덜덜 떨리는 입술을 깨물며 말했다.

"아드님은 분명히 치료가 필요하지만, 이에 대한 평가 없이 벌을 받지 않아도 된다는 내용의 진단서는 써 드릴 수가 없습니다. 아무래도 약의 효과가 충분하지 않은 듯한데 처방을 변경해 가시지요."

한마디 한마디 간신히 쥐어짜며 나오는 내 음성이 너무도 낯설었다. 내 대답에 보호자의 얼굴이 순간 차갑게 굳더니 아무 대꾸 없이 진료실을 나갔다.

"남뿐 아니라 본인도 위험할 수 있으니 치료 꼭 받으셔야 해요!"

서둘러 말을 덧붙였지만, 진료실 문은 다시 열리지 않았다.

그날 이후 몇 가지 보안 장치가 외래에 추가되었고 나는 전치 4주의 진단을 받았지만 집중적인 치료 덕분에 팔은 곧 거의 정상으로 돌아왔다.

이후로도 한동안 그 나른한 봄날 진료는 변함없었다. 가끔 진료실 문이 드르륵 열릴 때마다 나도 모르게 몸이 움찔한다거나, 비슷한 환자의 이름에 멈칫하게 되는 정도의 변화는 있었지만, 병원은 아무 일 없었다는 듯 평온하게 하루하루 지나갔다.

하지만 나는 한동안 고민을 멈출 수가 없었다. 입원 시절의 그 환자는, 특히 퇴원 무렵에는 눈에 띄게 차분하고 침착한 모습을 보였다. 약의 부작용도 없이 증상은 잘 조절되어 만족스럽게 퇴원했던 아이다. 커다란 덩치에 어울리지 않게 수줍게 웃으며 인사하던 아이와, 그날 벌겋게 핏발선 눈으로 달려들던 아이를 도무지 동일인물로 생각할 수 없었다. 퇴원한 지 몇 달 되지도 않았는데, 그사이에 그 아이에게 대체, 도대체 무슨 일이 일어났던 것일까.

그러던 어느 날, 외래 접수를 받던 간호사가 나에게 딩동, 메시지를 보냈다.

"교수님, 지금 나오지 마세요."

"왜요? 무슨 일 있나요?"

"그 환자가 지금 외래로 오고 있대요."

이미 병원에선 조용히 보안요원을 호출한 상태였다. 겉으로는 아무 일도 없는 듯 보였지만, 외래진 모두가 신경을 팽팽히 곤두세우고 있었다. 접수는 같은 시간 진료 중이던 다른 의사에게 배정되었다. 건장한 남자 선생님이고 위험 가능성도 알고 있을 테니 별일 없겠지, 생각하면서도 심장이 쿵쾅거렸다. 그 방에서 나는 작은 위험의 신호라도 감지하려고 온 신경을 기울였지만 다행히 위험한 소리는 나지 않았다. 큰 고함이나 물건이 떨어지는 소리조차도.

환자와 보호자는 아무 소란 없이 곧 외래를 떠났다. 지난번에 내게 요구했던 것과 동일한 진단서를 부탁하러 내원했고, 진료한 선생님이 나와 동일한 원칙을 설명하자 그냥 다시 자리를 떴다는 것이다.

어쨌든 아무런 위험 없이 진료가 끝났다는 말에 안심하던 차에, 그 선생님이 나에게 따로 말을 건넸다.

228

"그 환자, 예전에 입원치료할 때가 저도 기억나는데, 퇴원 즈음엔 온순하고 별문제가 없었던 것 같아요. 맞지요? 그런데 이번에 보니까, 지난번 진료 왔을 때도 그렇고요, 아무래도 보호자들이 정신과 약이라고 처방약을 안 먹이고 있었던 것 같아요."

그 순간 나는, 나른한 그날 오후의 폭풍 같던 통증이 느껴져 눈을 질끈 감았다.

제17회 장려상 수상작이다. 글쓴이 배승민은 가천대 길병원 정신건강의학과 교수로, 수상 소감에서 "환자나 보호자가 협조하지 않거나 거부하는데도 치료해야 할 권리가 의사나 사회에게 있을까? 있다면 어느 선이 필요할까? 왜 우리 사회는 전문가를 이다지도 믿지 못하는 상황까지 온 걸까? 글을 쓰는 내내 마음이 무거웠지만, 이 무거운 글이 한 명이라도 치료받지 못하고 있는 분을 도울 수 있는 작은 기회가 되길 바랐다"고 말했다.

# 연리지

분만이 임박했다는 전화를 받았고 당직실에서 부스스 일어났다. 모자와 마스크를 쓰고 에이프런을 두르고 분만장 안으로 들어선다.

'당신은 사랑받기 위해 태어난 사람~'

잔잔한 음악이 흘러나오고, 아로마향이 가득하다. 조도를 낮춘 엷은 빛이 간신히 사람과 사물의 형체만을 가늠할 수 있게 해 준다. 홍채가 확대되면서 동공이 어두운 방에 적응하기 시작했다.

아악! 산모의 신음 소리에 정신이 번쩍 든다. 아이의 머리가 보이기 시작한다. 회음부를 비추던 스탠드를 치웠다. 미세한 확산광과 감각에 의존하여 회음절개를 하고 아기 머리를 받친다. 태아의 머리가 오른쪽으로 돌아가면서 목이 신전된다. 세상과 마주하기 위한 마지막 순간. 모두가 숨죽이고 시간이 멈춘 듯 사방은 고요해진다.

엄마의 자궁 안은 어둡고 조용하다. 탯줄로 연결되어 엄마와 한 몸인 아기에게 그 어떤 공간보다 안전한 공간을 이제 떠나야 한다. 엄마는 진통하느라, 안에 있는 아기는 좁은 산도를 통과하느라 사력을 다하고 있다. 천신만고 끝에 산도를 헤쳐 나온 아이가 일반적으로 처음 마주하는 건 엄청난 밝기의 조명이다. 태양을 정면으로 쳐다보는 것과도 같다. 아이는 눈이 먼다. 의료진이 산모를 독려하는 음성이나 분만 기구의 덜그럭거리는 소리는 아이에게 천둥과도 같다.

아기를 엄마 배 위에 올려 주었다. 엄마 젖을 물린다. 아이를 울리기 위해 때리지도 윽박지르지도 않는다. 탯줄에서 맥박이 사라지기를 기다렸다가 아빠가 탯줄을 자른다. 아기를 목욕시키는 동안 아빠는 간호사의 설명을 들으며 태반을 만출(밖으로 꺼냄)한다. 자궁 수축 상태를 확인하고 상처 입은 회음부를 봉합한다.


아기에게도 인권이 있다. 프랑스 산부인과 의사 프레드릭 르봐이예 Frederick Reboyer 박사는 막 태어난 아기가 괴롭게 우는 모습을 보고 기존의 출산법에 문제가 있음을 깨달아 새로운 분만법을 고안했다. 그렇게 탄생한 르봐이예 철학은 태아도 어른과 같이 시각, 청각, 촉각, 감정이 있다고 보고 환경 변화에 따른 자극을 최소화하여 태아를 배려하기 위한 것으로, 우리나라에는 2000년도에 처음 도입되어 인권분만으로 발전하게 되었다. 그네분만, 자유분만, 공분만, 수중분만 등이 모두 인권분만의 범주에 속한다.

구체적인 내용을 보면 아기의 자극을 최소화하기 위해 조명을 낮추고, 분만 중 소음을 줄인다. 산모는 침대에 가만히 누워 있는 것이 아니라 자유롭게 자세를 취하면서 공 등을 이용해 운동할 수도 있다. 그밖에, 아기가 태어나자마자 엄마 품에 안겨 젖을 빨게 하고 엄마의 심장박동 소리를 들려주기, 엄마와 아빠의 목소리를 들려주고 양수와 비슷한 온도의 욕조물로 아기 목욕시키기, 아기가 나오자마자 탯줄 자르지 않기 등. 어렵다기보다는 신경을 써야 하고 손이 많이 가는 일이다. 산모와 아기에게 의료진이 정성을 쏟아야 가능한 일들이다.

인권분만으로 태어난 아기는 감성지수가 좋고 정서적으로도 안정된다고 한다. 논리적인 근거가 부족하다는 일부의 주장이 있지만 직관적으로 이해할 수 있는 부분이다.

산모들에게 어필하기 위해 많은 여성병원에서 인권분만을 표방하고 있지만, 방법을 알지 못하기도 하고 인력, 시간, 노력이 필요하다 보니 제대로 이루어지지 않거나 중간에 흐지부지되는 경우가 많다. 정부가 정해 놓은 분만수가는 개별 산부인과에서 좌지우지할 수 없고, 인권분만을 한다고 추가로 받는 비용도 없다. 준비의 번거로움과 인력 활용의 원활함 등을 고려하면 확고한 분만 철학이 없이는 지속하기 어렵다.

의료의 기대치는 갈수록 높아져 간다. 요즘은 인권분만에 더해 자연주의 출산이 화두다. 자연주의 출산은 의학적 조치를 최소화하거나 심지어 전혀 안 하는 옛날 그대로의 출산법이다. 산파가 하는 방식과 유사하다.

5층. 엘리베이터에서 내렸다. 자연주의 출산을 하기로 한 환자는 분만실이 아닌 병실에 입원한다. 분만실 자체가 의학적 개념의 소산이다. 분만실 출산은 의료진의 편의를 위한 측면이 있다. 자연주의 출산은 방에서 진통하다가 방에서 아기 낳고 그대로 그 자리에 누워서 쉬는 것이다.

나는 맨발로 딱딱한 바닥의 감촉을 느끼며 복도를 걸었다. 방문 앞에 서서 숨을 가다듬었다. 분만실이 아닌 병실로 들어가는 게 낯설었다. 보통은 가운, 진료실, 진찰대, 수술복, 준비된 의료 기구 등의 공간과 장비 속에서 의료라는 개념이 성립했다.

방 안에서 신음 소리가 들려 왔다. 문을 살며시 열었다. 침대에 누운 산모와 남편의 실루엣이 보였다. 남편은 산모를 뒤에서 발 사이로 받치고 두 손으로 상체를 안고 있었다. 들어갈까 순간 망설였던 것 같다. 뉴런의 신호가 발에 전달되기도 전에 가로막는 손길을 느꼈다.

"아직이요, 원장님."

조산사였다. 정사를 벌이는 남녀의 방을 엿보는 듯한 부끄러움이랄까. 묘한 기분이 들었다. 조산사의 안내를 받아 옆방으로 갔다.

"원장님, 잠시 누워 계세요."

자연주의 출산 병실은 방을 두 개 사용한다. 하나는 진통실이다. 말이 진통실이지 수중진통과 수중분만을 위한 커다란 풀을 제외하면, 넓은 일반 병실과 크게 다르지 않다. 방은 어둡다. 방 입구에 아빠와 엄마가 정해 놓은 태명을 붙여 놓는다. 로또, 대박, 으뜸이, 쑥쑥이 등……. 이벤트를 하는 방처럼 태어날 아기를 위해 매번 풍선 같은 장식을 꾸며 놓는다.

다른 방에는 혹시 모를 사태를 대비해 두었다. 진찰대, 초음파, 태아 모니터링 장비, 의료 기구가 있고 산후조리용 침대가 놓여 있다. 침대는 남편을 위한 것이다. 진통 내내 산모와 남편이 붙어 있는 건 아니다. 분만한 뒤 산모의 후처리를 하는 동안 남편이 아기와 함께 있는 공간이다. 분만이 임박해 남편이 부인과 함께하는 동안 침대는 비어 있다.

에라, 모르겠다. 한숨 잘까. 진통은 신의 섭리다. 언제 진통이 시작될지 의사도 모른다. 현대 의학의 발달로 약을 이용해 진통을 유발할 수는 있다. 원하는 시간에 맞춰 아기가 나오게 할 수는 없지만, 의학적인 조치로 진통을 너무 힘겨워하는 산모의 분만을 앞당길 수는 있다. 일반적인 출산에서는 가능하면 밤보다는 낮에 아기가 나오게 한다. 어쩔 수 없이 밤에 분만이 이루어지는 경우, 간호사는 분만이 임박해 의사를 부른다. 그러고는 의사가 분만장에 들어가자마자 아기가 나오도록 의사를 배려하고 산모를 다그친다. 자연주의 출산에서는 그렇지 않다. 의사가 미리 나와서 대기하고 있어야 한다.

새벽 3시였다. "아~ 아~" 하고 산모의 고통에 겨운 소리가 5분 간격으로 전해진다. 숨넘어갈 듯 힘겨운 신음이 문지방을 건너 공기의 파동을 타고 살갗으로 전해진다. 분만이 멀지 않았다고 생각했다. 분만이 임박했을 때 진통을 겪는 소리는 다르다. 말로 설명할 수 없는, 오랜 경험에서 오는 감이라고 해 두자. 조금 있으면 부르겠지.

여기는 인권분만을 도입해 국내에 보급하고, 르봐이예 분만법을 기본으로 실천하는 병원이다. 의료의 개입을 최소화하는 자연주의 분만은 도입부터 갑론을박이 있었다. 극소수의 병원에서 이미 시행하고 있었지만 의료 사고의 위험을 볼모로 하고 있었다.

자연주의 분만에서는 산모의 삼대굴욕으로 회자되는 회음절개, 관장, 회음부 면도를 하지 않는다. 유도분만이나 오그멘테이션<sub>augmentation, 약제를 투여해 진통을 증강시킴,</sub> 분만을 촉진하기 위한 양수 파막을 하지 않는다. 분만 후 자궁의 원활한 수축을 위해 통상적으로 사용하는 자궁 수축제도 사용하지 않는다. 약제 투여와 출혈 시 응급처치를 위한 수액도 맞지 않는다. 태아 상태를 감시하기 위한 모니터링도 하지 않는다.

그럼 병원이, 의사가 왜 필요할까? 심지어 분만도 의사가 꼭 해야 할 필요가 없단다. 수개월의 준비 과정과 몇 차례의 토론이 있었다.

조선 시대, 산모는 아기를 낳기 전에 신발을 한 번 보고 들어갔다고 한다. 내가 저 신발을 다시 신을 수 있을까, 하는 생각 때문이었다. 애 낳다가 죽는 경우가 흔했다. 가령 태반이 아기가 나오는 산도를 막고 있는데 자연분만을 시도한다면 산모, 아기 모두 잘못될 가능성이 매우 크다.

드라마 〈허준〉을 보면 공빈마마가 출산하는 장면이 있다. 역산(태아 머리가 위쪽에 자리 잡음)의 조짐을 보이자, 당황한 내의원이 아기의 발을 침으로 찔러 다시 자궁에 넣은 후 분만하는 모습이 그려진다. 다시 그 시절로 돌아가잔 말은 아닌가?

아기가 둔위(태아가 엉덩이를 밑으로 하고 있는 자세)이거나 전치태반(태반이 자궁 안 구멍을 막은 상태)인 경우는 자궁을 가르는 수술로 분만해야 한다. 자연주의 출산은 의학적인 위험이 없는 산모에 국한된다. 양수가 적거나 임신성 고혈압 등으로 유도분만 하는 경우에도 해당되지 않는다. 처음부터 위험을 최소화해 놓고 시작한다. 그런데도 진통 중 태아가 진행되지 않는 난산, 양수가 파막이 되었는데도 진통이 시작되지 않는 경우 등에는 의학적 개입을 허용한다.

초음파를 볼 것인가, 태아 모니터링을 할 것인가, 회음절개를 안 할 것인가 등을 두고도 설전이 있었다. 기원이 다른 뿌리가 줄기에서 하나로 융합하기 위해서는 상처가 나고 치유가 되는 고통의 과정이 수반된다.

"원장님, 오세요."

누워는 있었지만 산모의 신음에 동조되어 있었기에, 어둠 속에 흔들리는 조산사의 몸짓만으로 이미 몸을 일으키고 있었다. 수중풀을 지나 침대로 다가갔다. 수중에서 진통을 한 흔적이 있었다. 물속 분만까지 할지 여부는 산모의 성향이나 진통 중 상황에 따라 달라질 수 있다. 아늑함이 방 전체를 감싸고 있었다. 의료 장비와 기구가 없으니 의식과도 같은 경건함이 흐른다.

남편과 산모는 혼연일체가 되어 있었다. 산모가 진통할 때마다 침대 위에서 산모를 감싸 안은 남편이 보조하고 있었다. 남편이 온몸을 밀착시켜 보내는 지지가 산모에게 크나큰 힘이 될 것이다.

"자, 촛불을 불어서 끄듯이. 천천히……."

아기의 머리가 보였지만 분만을 서두르지 않는 부드러운 음성이었다. 아기는 양막을 뒤집어쓰고 있었다. 진찰대나 환자용 침대가 아닌, 일상의 안락함이 배어 있는 퀸사이즈의 침대 위에서 다리 벌린 산모를 보는 것은 나 역시 처음이다. 금세 사그라질 촛불 같은 어두움이 다행이었다. 17년 전 아이를 처음 받을 때의 설렘과 불안감이 혼재되었다. 법복을 입고 판사 봉을 들었지만 법정이 아닌 곳에 있는 재판관을 떠올렸다.

아기가 나왔다. 기척도 없이 세상의 문을 두드렸다. 힘을 주라고 하지도 않았는데, 산모가 자궁 수축을 못 이겨 아이를 내보냈다. 아이는 나와서 울지도 않는다. 배 안에서도 안 울고 잘 지냈는데, 세상과 마주했다고 울어야 할 이유가 있나. 보통은 "응애~" 하고 우는 소리에 의사는 안심하고, 부모들은 환호작약하지만 아기도 그럴까? 간호사는 아이를 거꾸로 들어 엉덩이를 쳐 대기까지 한다.

산모는 숨을 몰아쉬고 남편은 나지막이 감탄사를 토해 낸다. 아기는 탯줄과 연결된 채로 엄마 배 위에 놓였다. 탯줄에서 박동이 멈추자 남편이 탯줄을 자른다. 한참 만에 태반이 만출되었다. 회음부 상처를 확인하기 위해 바닥에 앉았다. 산모 다리를 양쪽에서 부축해 주었다. 진료실에서 내진하려고만 해도 다리를 움츠러들던 민감한 여성이었다. 진통 중에도 내진을 쉽게 허락하지 않을 만큼 까다로웠다고 했다. 골반이 넉넉하지 않아 나는 마음 한쪽으로 수술을 염두에 두기까지 했었다. 바닥에 쪼그려 앉은 엉거주춤한 자세에서 찢어진 환부를 확인하고 봉합했다.

회음절개를 꼭 해야 하는가? 이는 전공의 시절부터 갖던 의문이었다. 서양인과 달리 동양 여성은 회음절개를 하지 않으면 지저분하게 다발성 열상이 생겨 좋지 않다는 의견이 지배적이었다. 그렇게 찢어지는 것보다는 일직선으로 미리 상처를 내는 편이 좋았고 모두가 그렇게 했다. 회음절 개를 하지 않아도 된다며 주장하는 일부 논문은 파란 눈이 쓴 것이었다. 도제 시스템과도 같은 의료 교육의 전달 체계에서 배운 것을 거스르기는 쉽지 않았다. 젊은 혈기가 충만하던 시절에는 골반이 넉넉한 산모를 대상 으로 회음절개를 하지 않고 분만을 시도해 본 적이 있었지만, 회음절개를 한 것만도 못한 결과를 초래했다.

자연주의 출산을 하면 회음절개를 하지 않아도 상처가 거의 나지 않는 다. 비결이 뭘까? 어떤 차이가 있을까? 따지고 보면 현대 의학이 도입되기 전에도 수천 년간 분만이 이어져 왔다. 시대마다 나름의 분만 조력자가 있 었겠지만, 회음절개를 하지 않아도 대부분 문제 되지 않았을 것이다. 의사 와 수술용 기구의 등장은 최근의 일이다. 서양 의료가 모든 것을 관장하 면서, 제 목소리를 못 내고 억눌려 있던 부분은 없었을까?

조산사가 진통 내내 자리를 지킨다. 격려, 안심, 지지는 물론이고 자세, 힘주는 방법도 알려준다. 남편의 역할에 대해 코치하고 지속해서 도우며 마사지 등 적극적인 동참을 유도한다. 회음부 마사지를 통해 아기가 무 리 없이 통과하도록 산도를 충분히 이완시켜 준다. 한두 시간에 한 번씩 내진하며 진행 상황만 체크하고, 태아 감시 모니터링만 슬쩍 보는 것과는 확연히 다르다. 시상식 연단에 혼자서도 갈 수 있지만, 에스코트를 받으 면 대우받는 느낌이 들고 마음이 안정된다. 혼자서도 웨이트 트레이닝을 할 수 있지만 개인 트레이너가 있다면 보다 효율적이다. 이렇듯, 예전에는 진통 중인 산모가 남편과도 격리되어 외롭게 홀로 사투를 벌여야 했지만, 요즘에는 가족 분만실 등이 늘어나면서 남편이 산모 곁을 지키는 경우가 늘었다.

"남편이 짜증만 내고 도움은 하나도 안 돼요."

배우자는 정신적인 위로에 보탬이 될 수 있지만 실질적 도움을 주기는 어렵다. 남편도 아내를 보면 안타깝지만 마음만 초초하고 뭘 해야 하는지 모르기 때문이다. 자연주의 출산을 하기로 한 부부는 분만 전 산전관리 때부터 지속적인 면담을 통해 성향을 파악하고 역할에 대해 교육을 한다. 정해진 것이 아닌 개개인 맞춤형이다.

일반적인 분만을 했더라면 소리를 지르고 야단법석을 피웠을 만한 성정의 산모는 아이를 낳고 얼굴이 한없이 평온해졌다. 고통에서 해방된 얼굴이라기보다는 행복이 넘치는 표정이다. 자궁 수축은 양호했고, 항문 손상 여부를 확인하기 위해 직장 수직 검사를 하고 마무리했다. 간호 부장님이 사진과 동영상을 찍었다. 요즘 휴대폰은 플래시 없이도 어둠 속에서 DSLR 카메라보다도 잘 찍힌다. 가족은 물론 조산사, 분만실과 신생아실 간호사, 간호 부장까지 모두의 관심과 보살핌 속에 산모는 만족감을 표시한다. 나는 진통실을 떠나기 전, 옆방에 들러 남편에게 축하의 말을 전했다. 남편은 침대에 누워 아기를 꼭 안고 있다. 아기를 향한 남자의 사랑 표현과 교감이 그렇게 감동적이고 아름다울 수가 없다. 가르쳐 주면 남자들도, 아니 우리 남편들도 할 수 있다.

날이 밝고 병실에 들르자 산모가 해맑은 모습으로 깊은 감사를 표했다. 의사는 상황을 관장할 뿐이지만 그 역할이 작다고 볼 수 없다. 대신 문제가 없으면 개입하지 않고 조용히 물러난다. 모든 것이 원만할 때 의사는 거추장스러운 존재가 될 수 있기 때문이다. 아프지 않은데 의사를 찾는 사람은 없다. 누군가의 도움으로 문제를 해결할 수 있다면 의사의 도움을 바라지 않는다.

아날로그적 감성이 주목받는 시대다. 기계로 만든 합성 섬유보다 천연 재료로 장인이 직접 만든 옷이 높은 가격으로 팔린다. 자연주의 출산은 상류층 분만 문화이다. 산모와 아기를 동시에 배려하고 사람과 시간에 대한 가치가 녹아 있다. 현대 의료는 산모와 아기의 건강에 기여했지만, 그로 인해 잃어버린 것도 있다. 다른 것과의 통섭에서 실마리를 찾을 수 있지 않을까. 개화기 이후 근거주의에 바탕을 두고 새롭게 등장한 현대 의학이, 비록 오랜 경험을 축적하며 이어져 왔던 전통적인 방식과 그 뿌리는 다르지만 땅 위에 나와서는 합쳐지는 연리지가 될 순 없을까.

제16회 장려상 수상작이다. 글쓴이 황종하는 동원산부인과 원장으로, 수상 소감에서 "어떻게 하면 산모와 아기에게 좋은 출산 문화 환경을 만들 수 있을까 고민하다가 자연주의 출산을 처음으로 시도했다. 수개월간의 준비 과정이 있었다. 일부에서 반신반의하기도 했는데, 결과가 좋았다. 분만과정을 가족과 공유하고, 전문 의료 인력이 산모 옆에 대기하고 있는 것에 산모들의 만족도도 높았다. 올해는 인권분만과 자연주의 출산을 한 산모들의 수기를 모아 작은 책을 하나 만들 계획이다"고 말했다.

# 어느 시인

"문둥병 환자에게 쓰는 약을 처방해 주세요."

피부병 치료를 하면서 나를 찾아온 환자들이 가끔 하는 말이다.

내가 개인 의원을 연 곳은 인천의 부평으로, 병원 뒤편에는 작은 야산이 있다. 야산 반대편에는 마주 보는 산이 또 있고, 이 두 산이 둘러싸는 공간에 허름한 동네 하나가 위치한다. 과거 나환자 정착촌인 성계원이 있던 곳이다. 작은 야산만이 있는 지역이지만, 한적한 산중에 존재하는 한가로운 마을이 연상된다. 지금은 부평 농장이라 불리며 작은 공장 지대로 변했다.

이 마을은 앞뒤가 산으로 둘러싸여 입구가 양옆으로 하나씩만 있다. 마을을 오고 가려면 반드시 양쪽 길 중 하나를 지나야 한다. 두 길을 모두 차단하면 완전히 고립되는 곳이다. 앞산은 시민들의 등산로로 잘 정비되어 있어 나를 포함하여 많은 사람들이 휴일에 바람을 쐬기 위하여 자주 오른다.

마을 입구에는 인천에서 유명한 피부과 전문의원이 있다. 잘 낫지 않는 피부병을 고친다고 하여 유명세가 대단한 곳이다. 멀리서 소문 듣고 찾아오는 노인들을 가끔 볼 때도 있다. 과거 문둥병 환자를 치료하던 곳이라서 피부 질환을 잘 본다는 이야기가 정설처럼 되어 있다. 그래서인지 나에게도 문둥병 환자에게 쓰는 약을 써 달라고 요구하는 환자들이 종종 있다.

과거 그 마을에 성계원을 설립했던 사람이 바로 시인 한하운이다. 그 역시 한센병 환자였으며, 병을 치료한 후에도 이 마을을 떠나지 않고 세상을 떠날 때까지 머물렀다. 봄에는 산의 진달래꽃들이 연분홍 물결이 되어 섬 같은 마을을 둘러싸 파도를 그린다. 시인도 이곳에서 고향 함주의 앞산 진달래꽃을 생각했을 것이다. 다른 고장처럼 철 따라 꽃이 피고 새가 우는 곳이지만, 천형이라 불리는 병을 가진 사람들에게는 고단한 삶을 산 장소였으리라.

마을로 걸어 들어가기 위해서는 부평 번화가 앞을 지나야 한다. 시인은 길을 걸으며, 다방에 모여 있는 문인들에게 먹고살기 위해 시를 팔려고 했던 서울 명동에서의 기억을 떠올리지 않았을까? 또, 서울로 통학하기 위하여 부평역에서 열차를 타고 내리는 여학생들을 보면, 시인이 문둥병자임을 알면서도 그의 곁을 떠나지 않고 일생을 함께하려 했던 북의 여학생을 떠올렸을지도 모른다. 산에 오르면 멀리 구름 사이로 영종도를 휘감고 있는 서해 바다가 한눈에 들어오는데, 그 수평선을 응시할 때면 함흥 바닷가에서 학교 다니던 추억이 되살아났을지 모른다. 나에게 이곳은 애송 시인의 흔적이 묻은 장소이다.

전공의 시절, 큰 수술을 앞둔 중년의 여성 환자가 있었다. 남들을 한 번도 안 받는 수술을 자신은 왜 여러 번 해야 하느냐며 엉엉 울면서 수술실로 들어가던 기억이 난다. 남과 비교하여 자신만이 불행을 당한다는 생각을 하는 것 같았다. 어쩌면 인간이기에 당연한 건지도 모른다.

그때 문득 한센병을 앓았던 한하운 시인이 생각났다. 자신의 신체 일부가 없어지는 기막힌 현실을 담담히 받아들이며 글로 승화시킨 시인의 마음에 고개가 숙여진다. 그는 힘든 질병을 짊어졌을 뿐 아니라 가족과 친구, 사랑하는 사람들로부터도 고립되어야 했다. 사회적으로 부유한 집안에서 태어나 좋은 교육을 받은 당대 최고의 지식인이었지만, 문둥이라는 이유로 그는 수모와 질시를 견뎌야 했을 것이다.

그럼에도 삶에 대한 사랑을 간직하고, 몸으로 표현되는 언어를 사용해 최고의 작품을 탄생시켰다. 긍정적인 사고의 영향 때문인지 오랜 시간 후에 한센병 음성 판정을 받았지만 안타깝게 간 경변으로 56세의 생을 마감하게 된다.

내가 지금의 이곳에서 터를 잡고 진료를 시작할 때, 처음에는 나를 필요로 하는 모든 사람에게 똑같이 최선을 다한다는 생각으로 진료에 임했다. 시간이 지나자 초심이 많이 흐려진 것 같다. 환자를 있는 그대로 보는 것이 아니라 내 위주로 변형시켜 판단하고 있지는 않나 돌아보게 된다.

가끔 불치의 병으로 힘겹게 사는 사람들의 모습들을 접한다. 시간이 지나도 호전되지 않고 고통만 받는 것이 과연 무슨 의미가 있을까, 의문을 품고 회의감을 느낀다. 그러나 한하운 시인과 같이 살아 있는 한, 인생이란 무대의 주인공 역할은 진행 중이다. 확률이 적든 많은 가능성은 무한하다. 한 생명으로서의 신비한 가치가 있기 때문이다.

마을 입구에서 맞은편의 출구까지 타원형으로 마을 전체를 감싸는 길. 시인이 외롭고 고된 삶을 살며 걸었을 길이다. 그의 발자국이 있는 길을 가 본다. 지금은 아스팔트와 콘크리트 포장으로 되어 있지만, 그때 시인이 밟고 지나갔을 길은 황톳길이었다. 앞산의 그늘로 인해 눈이 녹지 않아 늦게까지 빙판이었고, 여름에 비라도 오면 질퍽거리는 척박한 길이었다. 지금은 마을버스가 다니고 있지만 당시에는 차량이 있을 리가 만무하고, 근처까지 오는 일반 버스라도 타면 문둥이라 하여 발길질을 당하고 강제로 끌어내려 졌을 것이다. 차를 탈 수 없었기에 불편한 몸으로 걸어 다녔을 그 길이다.

걸음을 멈추고 둘러보니 길가에 핀 야생화 하나가 눈에 들어온다. 갈라진 콘크리트 틈을 비집고 나와 꽃을 피워 바람에 가만가만 흔들거리고 있다. 다가가서 살며시 작은 꽃잎 하나를 잡아 본다.

제17회 장려상 수상작이다. 글쓴이 여운갑은 사랑의가정의학과의원 원장으로, 수상 소감에서 "피아노 독주회에서는 피아니스트의 숨소리를 들을 수 있어야 하고, 오케스트라 연주회에서는 지휘자의 호흡을 느낄 수 있어야 한다는 말이 있다. 나는 더불어 같이 사는 사람들의 숨소리를 듣고 느끼기를 희망해 본다. 그리하여 몸으로 부딪히는 소중한 모든 것들을 글에 담아 보고 싶다"고 말했다.

# 5

## 그래도
## 희망은 있기에

다만 우리가 슬픔을 견딜 수 있는 건,

아마도 슬픔 속에서도
누군가를 위로할 수 있고

누군가에게 위로받을 수 있기
때문은 아닐까 싶다.

· · ·

# 제자리

외과 의사는 자신이 수술한 환자의 얼굴을 보면 그 사람의 속도 떠올릴 수 있어야 한다. 처음 보았던 그녀의 배 속은 두텁게 겹쳐진 종양으로 정상 조직이 거의 보이지 않을 정도였다.

2년 전, 그녀는 복통으로 응급실에 왔다. 대장이 꽉 막혀서 대변을 볼 수 없었고, 막힌 대장의 상부는 팽창하여 터지기 직전이었다. 골반 쪽에서는 큰 악성종양이 발견되었다. 종양의 범위가 너무 넓어서 처음 종양이 생긴 부위를 추정하기 어려웠지만, 위치로 볼 때 대장암 혹은 난소암일 것으로 보였다. 두 종양 모두 완전히 절제하지 못하더라도 가능한 많이 절제하는 것이 치료에 도움이 된다고 알려져 있다. 환자의 경우에도 종양으로 장이 막혀 있었기 때문에 수술을 진행하기로 결정했다.

산부인과 선생님과 상의하여 개복하고 보니, 대장과 난소, 자궁 등이 종양으로 한데 뒤엉켜 있었고 소장과 간, 횡격막에도 암의 전이가 심각했다. 대략 여섯 시간 동안, 큰 종양을 힘들게 절제하고는 수술을 마무리하려고 피곤함이 가득한 채로 대기실에 보호자를 만나러 갔다.

환자의 남편은 우리의 노고를 그리 대수롭지 않게 여기는 듯했다. 마치 뒤에서 수술을 보기라도 한 것처럼, 큰 병소뿐 아니라 복강 안에 퍼져 있는 암도 남김없이 없애 주기를 원했다. 그는 단지 아내의 복통이 호전되는 것에 만족하지 않고, 암이 생기기 전의 건강한 상태로 되돌려 주기를 바라는 듯했다. 오후 4시부터 시작한 수술이 벌써 밤 10시로 향해 가는데, 남편은 간절했고 그래서 막무가내였다. 어쩔 수 없이 무언가에 떠밀리듯 그로부터 몇 시간을 더 수술하면서도, 이런다고 병을 깨끗이 낫게 할 수는 없다는 무력감도 더해 갔다.

'파종'은 농부가 밭에 씨를 뿌리는 행위를 일컫는데, 악성종양이 씨 뿌리듯 배 안에 퍼져 있는 것도 '복막파종'이라고 부른다. 이런 경우 눈에 보이는 종양을 제거하더라도 얼마 못 가서 눈에 보이지 않던 종양의 씨들이 다시 자라 거의 재발한다. 그래서 나는 이 환자의 대장을 전부 자르고 난 후 항문과 섣불리 연결하지 못하고, 배꼽 아래에 구멍을 내어 장루를 만들어서 수술을 마무리했다. 장루는 장을 배 앞으로 빼놓는 수술 방법으로, 그곳에 주머니를 붙여 대변을 받아 내야 한다. 사람은 자기가 가진 아름다운 것들을 맨 앞에 두고 싶어 하고, 불편하고 숨기고 싶은 것은 남에게 보이고 싶어 하지 않는다. 그래서 장루를 가진 환자들은 부자연스럽고 비밀스러운 고통을 겪는다.

그녀는 수술이 끝나고 입원기간 동안 회복에 큰 의지를 보였다. 운동도 열심히 하고, 입맛이 없는 와중에도 억지로 식사를 했다. 수술 후 닷새 정도가 지난 어느 날, 환자가 중요한 일이 있어서 하루 외출하고 싶다고 했다. 그 몸으로 무슨 외출을 하느냐고 묻자, 내일이 아들 결혼식이라며 몇

분 정도는 서 있을 수 있으니 꼭 참석해야겠다는 답이 돌아왔다. 차마 말릴 수 없는 일이라 허락하고 대신 절대 무리하지 마시라고 당부했다.

결혼식이 끝나고 병원으로 돌아온 환자는 난소암으로 최종 진단받아 산부인과로 옮겨 갔다. 삶이 얼마 남지 않아 보였던 그녀는 항암치료도 잘 견뎌 냈다고 한다.

2년이 지났다. 그녀에 대한 기억이 거의 사라져 가던 즈음, 장루를 배 안으로 복원해 달라며 다시 나타났다. 처음에는 그녀를 잘 알아보지 못했다. 몸 상태가 많이 좋아져서 체중이 늘었고, 아주 편해 보였다. 그녀는 항암치료에 반응이 좋아 배 안의 종양들이 다 없어졌다며 희망에 찬 순진무구한 얼굴을 하고 있었다. 부부는 그때 결혼시킨 아들의 아들 보는 낙으로 산다고, 이런 행복한 시간을 보낼 수 있는 것은 다 내 덕분이라며 과분하게 고마워했다.

반면에 나는 부부의 얼굴을 물끄러미 보며 괴로운 마음이 들었다. 환자의 처참했던 배 속이 증강현실처럼 떠올랐기 때문이다. 장루를 복원하는 건 매우 어려운 수술이다. 물기가 마른 가래떡처럼 자기들끼리 단단하게 붙어 있는 장을 손상 없이 분리해 가며 헤치고 들어가, 배 속 깊은 곳의 장과 배 밖에 나와 있던 장을 다시 연결해야 한다. 눈 쌓인 후 얼어붙은 길을 발로 헤치며 걷는 일과도 같다. 마음 같아서는 다른 선생님께 부탁드리고 싶었지만, 그래도 내가 처음 수술의 집도의였기에 복원 수술을 회피할 수는 없었다. 남편은 결자해지라는 말로 2년 전 그 밤처럼 나를 다시 수술실로 떠밀었다.

걱정 때문에 준비를 많이 한 일은 뜻밖에 잘 풀리는 경우가 많다. 복원 수술은 생각보다 잘 진행되었고, 환자의 소원대로 장을 다시 연결해서 장루를 없앴다.

환자 몸에 칼을 대기 전까지는 치료법을 가진 의사가 '갑', 병을 가진 환자가 '을'이라고 한다면, 이 관계는 병의 중증도와 응급 여부에 따라 과장되고 확대된다. 이후 수술이 끝난 후 경과를 지켜보는 며칠간은 환자가 '갑', 의사가 '을'로 일시적인 역전이 생긴다. 솜씨가 아무리 빼어나다 큰소리치는 의사라도, 수술 후 이 불안한 시기에는 예측 불가능한 여러 변수 때문에 '수동공격형 을'일 뿐이다. 하지만 이 관계는 환자가 별다른 문제 없이 회복하여 의사가 퇴원일을 당당하게 통보하는 시점에서 완전히 처음으로 돌아간다. 이 퇴원일을 환자나 보호자가 함부로(?) 정하는 걸 외과 의사들이 싫어하는 이유가 바로 여기에 있다.

수술 후 며칠은 환자의 경과가 좋았다. 일주일이 지나자 퇴원까지 생각할 정도였으나, 그날 저녁 갑작스레 복통과 발열을 동반한 복막염 증세가 나타났다. 장을 연결한 부위에 파열이 생긴 것이다. 장 안에만 있어야 하는 변과 세균이 파열된 부위를 통해 배 속에 유입되어 심한 오염을 일으켰고, 그로 인한 복막염과 패혈증까지 나타났다. 환자를 살릴 수 있는 방법은 재수술뿐이었다. 항문이 거의 남지 않은 이 환자에게 재수술이란 장루를 다시 빼는 것을 의미했다. 합병증이 생겨서 하는 재수술은 환자에게도 물론 괴롭지만, 외과 의사로서도 자신의 실패와 마주해야 하는 힘든 일이다. 싸움터가 내 몸 안이 아닐 뿐이다. 그래도 의사의 실패라 봐야, 환자가 육체와 정신으로 받는 고통에 비하면 아무것도 아닐지 모른다.

재수술을 괴롭게 결정하고 수술실 입구에서 남편을 다시 만났다. 터진 부위를 잘 꿰매서 낫게만 해 달라고, 장루는 절대 받아들이지 못하겠다고 나를 붙잡고 통곡했다.

"장루를 집어넣는 날만 보고 2년을 견뎠는데, 그것을 다시 보는 날에는 저 사람 뛰어 내릴지도 모릅니다."

터진 부분을 몇 바늘 꿰맨다고 해결될 합병증이면 애초에 복막염이라고 부르지도 않았다. 확실한 해결책이 필요했다. 그리고 그 해결책은 다시는 내 실패와 마주하는 일이 없는 방법이어야 했다. 나는 냉정하게 원래 계획대로 하기로 했다. 뒤돌아서는 나를 향해 남편은 한마디 푸념을 했는데, 그 말은 내 귓가에 메아리로 반복해서 들렸다.

"배를 3번을 째고 다시 제자리네요!"

회진은 반가운 환자로 시작해서 문제가 있는 환자로 끝난다. 내가 내 주도로 회진을 돌 수 있는 직급이 되면서 나름대로 정한 원칙이다. 그래야 경과가 좋은 환자들에게 받은 긍정의 에너지를 중환자에게 나눠줄 수가 있다. 보다 솔직히 말하자면, 합병증이 생긴 환자를 보러 가는 길은 내 무능과 대면하러 가는 길이라 발걸음이 쉬이 향하지 않는다. 수술이 잘 됐고, 별문제 없이 회복하는 환자들에게 가는 길은 시험에 합격하고 고향 가는 길처럼 즐겁고 뿌듯하며 당당하다. 그 환자들 앞에서는 큰소리도 치고 농담도 건네고 여유를 부릴 수 있지만, 그렇지 못한 분들에게는 모든 것이 조심스럽기만 하다. 합병증으로 고생하는 환자의 주변에는 불신으로 자욱한 검은 안개 같은 것이 보인다. 이 안개는 전염력이 강해 병실과 복도까지 자욱하게 퍼진다. 나와 상관없는 주변의 환자들에게서도 '저 사람 실력 없어'라는 조롱의 표정이 역력해 보인다. 전공의들에게도 간호사들에게도 심지어 병동을 청소해 주시는 아주머니들에게도 무능한 의사로 소문난 것만 같다. 합병증 발생률이 없는 의사란, 아예 수술하지 않거나 혹은 완벽하게 감추는 두 부류뿐이라는 말로 애써 자신을 위로해 보지만, 검은 안개를 헤치는 일은 괴롭기만 하다.

이럴 때 필요한 게 영업사원의 마인드다. 물건을 안 사 주더라도 자꾸 얼굴을 비춰서, 필요할 때 그 사람이 우선 생각나도록 하는. 만약 거만하고 바쁜 척하던 의사가 어느 날부터 사랑에 빠진 듯 밝은 표정으로 환자 앞에서 시간을 오래 쓰고 하루에 두 번 이상 회진을 돌고 있다면, 그 환자는 합병증으로 고생하고 있는 게 거의 확실하다.

다시 '제자리'로 돌아와서 장루를 달게 된 그녀는 수술일로부터 꽤 긴 시간 입원해야 했다. 나도 꽤 긴 시간을 실망한 환자와 보내야 했다. 시간이 지나자 겉의 상처가 아물고, 내면의 상처도 많이 회복되었다. 회복이라기보다는 새로운 희망 없는 불행을 덤덤하게 받아들일 수 있는 시간이 필요했을 것이다.

어느덧 퇴원할 날이 되었다. 나는 환자를 위해 장애진단서를 써 주기로 했다. 진단서의 장애 유형에 '장루장애'라고 쓰고, 장애 발생일은 마지막 수술일로 적었다. 결국 내 손이 환자의 장애를 만들었다고 그 손으로 종이 위에 자백하고 있었다. 비고란에는 '질병의 특성과 임상 경과로 볼 때, 복원이 불가능하여 영구적 장애로 판단됩니다'라고 덧붙였다. '판단됩니다'라는 말은 '판단합니다'라는 말에 얕은 목적을 가지고 객관성을 가미하고자 하는 불필요한 수사다. 의사로서의 실패의 괴로움은 겨우 이 정도에 불과하다.

이날까지 남편이 걱정하던 끔찍하고 절망스런 일은 다행히 일어나지 않았다. 무언가와 싸워야 하는 이유가 살아야 할 이유가 되는 사람도 있다. 지구별은 절망으로 가득 차 있다는 말은 틀렸다.

---

제17회 대상 수상작이다. 글쓴이 오흥권은 분당서울대병원 외과 교수로, 수상 소감에서 "글이 그것을 쓰는 이에게 주는 축복 중의 하나는, 스스로를 북돋고 가다듬게 해 준다는 것이다. 내 뱉으면 흩어지는 말과는 다르게 글은 형태를 가진 활자로 남겨진다. 어디서 누가 볼지 모르는 글은, 그래서 그런 부담감으로 늘 어렵게 써지고 힘들게 고쳐지는가 보다"고 말했다.

· · ·

# 부디

HD #1 (hospital day : 입원 1일째)

"선생님! 헤모리지(뇌출혈) 환자가 왔습니다!"

응급실 인턴이 마침 응급실에 있던 신경외과 2년차인 나를 다급하게
불렀다.

"33세 남자 환자로 그, ……하다가 갑자기 의식불명이 왔다고 합니다."

"네? 무슨 소리예요?"

"네, 그…… 복상사로……."

"뭐라고, 복상사? 인턴 선생님, 환자가 죽었어요? 무슨 소리를 하는 거
예요. 그냥 성관계라고 하면 되잖아요."

이렇게 희한한 노티(환자 상태 보고)가 유성민 환자와 그 아내인 윤아 씨
와의 첫 만남이었다. 나에게는 그래서 더 기억에 남는 환자와 보호자였다.

환자는 모야모야혈관(혈관 기형의 한 종류)에 뇌내출혈이 있었고, 처음 내

원 당시 의식이 없어 예후가 매우 좋지 않은 상황이었다. 나는 옆에 있던 환자의 아내에게 수술동의서 서명을 받고 곧바로 수술에 들어갔다.

수술은 순조롭게 잘 끝났지만 한 가지 문제가 생겼다. 수술이 끝나고 보니, 아내라며 수술동의서에 사인했던 윤아 씨가 환자와 이혼한 사이라는 것이다. 우리 전공의들은 어떻게 된 일이냐며 그녀를 다그쳤고 그녀는 고개를 숙이고 이야기했다.

"제가 이혼했다고 하면 수술 안 해 줄까 봐 그랬어요. 그리고 내일 다시 혼인신고하려고 했단 말이에요."

어떻게 된 사정인지는 알 수 없었지만, 그녀의 눈에서 떨어지는 커다란 물방울을 본 우리는 더는 그 일을 언급할 수 없었다. 결국, 내가 책임지고 환자의 친보호자에게 다시 수술동의서 서명을 받기로 했다. 나는 환자의 큰형에게 전화를 걸었다.

"네. 제수씨한테 연락받았어요. 오늘은 동생들이 못 간다고 하니, 아마 내일이나 병원에 갈 겁니다. 저는 바쁘니까 다시는 전화하지 마세요."

딸깍. 이렇게 전화는 끊어졌고 그다음 전화는 받지 않았다.


POD #1 (postoperative day : 수술 후 1일째)

유성민 환자의 동공 크기는 돌아왔으나 의식은 그대로였다. 중환자실 앞에서 윤아 씨는 계속 눈물로 바닥을 적시고 있었다. 오늘 온다던 친보호자는 오지 않았고, 수술동의서를 받아야 하는 나의 마음은 타들어갔다.


POD #2

아침부터 원내 방송이 크게 울렸다.

"코드 블루! NICU! 코드 블루! NICU!"

중환자실에서 응급상황이 발생한 것이다. 다급하게 들리는 방송과 함께 사람들이 어수선해지고 중환자실로 의료진들이 달려 들어간다. 유성민 환자였다. 5분 정도 심폐소생술을 하고 다행히 위기는 넘겼지만, 이렇게 수술 뒤에 혈압이 떨어지는 경우는 대게 예후가 좋지 않았다.

언제 다시 혈압이 떨어질지 모르는 불안한 상황 속에, 드디어 환자의 친보호자가 나타났다. 세 명의 누나들이었다. 그들은 병원과 어울리지 않는 화려한 복장에 큼지막한 보석, 명품 가방을 달고 두꺼운 다리로 병원을 쿵쿵 울리면서 나타났다.

나는 누나들에게 조금 전 있었던 심폐소생술과 그동안의 치료 경과를 설명했다. 보호자와 연락이 되지 않아 그동안 임의로 치료를 진행했다는 설명도 했다. 그들은 내 얘기를 듣자마자 수술동의서에 서명하고는 더 이상의 치료를 중단해 달라고 요구했다. 나는 귀를 의심했다. 어려운 상황이지만 환자가 충분히 살아날 수 있다고 설득했으나, 그들은 더 돈을 낼 수 없다며 치료 중단만을 요구했다.

"그리고 여기 병문안 온 손님들이 돈 봉투 주면 당신이 좀 받아 줘요."

"네?"

나는 계속되는 황당함에 말문이 막혔다.

"밖에 저 여자가 아내라고 하고 대신 받을 수도 있잖아요. 우리가 여기서 감시할 수가 없어서 그래."

나는 이런 말도 안 되는 얘기들을 더 듣고 싶지 않았다.

"아니, 저는 그런 거 안 하니까 밖의 아내분이랑 얘기하세요. 그리고 DNR(심폐소생술 거부) 서명은 모든 보호자의 동의가 필요하니 상의하시고 알려 주세요."

그리고 그날 저녁, 누나들은 다시 중환자실로 와서 모든 보호자들이 동의했다는 말과 함께 DNR 용지에 서명했다. 그런 후 중환자실 앞에 울고 있던 윤아 씨의 머리칼을 잡고 휘젓는 소동을 벌였다. 결국 병원 보안요원들이 출동하고서야 상황이 정리되었다. 하지만 윤아 씨는 자신이 겪은 그런 상황보다, 환자가 죽어 가는데 아무것도 할 수 없다는 것에 더 슬퍼했다.

POD #3

"선생님! 유성민 환자 혈압이 떨어지기 시작합니다!"

애타는 간호사의 목소리에 나도 발을 동동 구르다가 다시 한번 환자의 큰형에게 전화했다.

"유성민 씨 첫째 형님이시죠? 병원입니다. 동생분 혈압이 떨어지고 있어 전화 드렸습니다. DNR 서명을 하셨다고 들었지만, 현재 굉장히 위중한 상태입니다. 약을 쓰면 아직 가능성이 있습니다."

"확률이 얼마나 되는데요?"

"네?"

"그 약 쓰면 살 수 있는 확률이 얼마나 되냐고요."

"제가, 그건 장담할 수 없지만……."

"의사 선생님이 제 동생을 위해서 애쓰는 건 저희도 알고 있습니다. 동생 편안히 가게 놔두시고요. 죽으면 연락하세요."

뚝.

전화가 끊어지고 중환자실에는 침묵이 흘렀다. 옆에서 듣고 있던 간호사들은 서로 얼굴만 쳐다보고 있을 뿐이었다.

그때였다. 갑자기 중환자실 문이 열리면서 의외의 인물들이 구세주처럼 등장했다. 환자의 세 누나들이었다. 그들은 여전히 발을 쿵쾅거리며 들어

오더니, 갑자기 모든 치료를 다 해 달라고 요청했다. 갑자기 중환자실이 분주해졌다. 간호사들은 기다렸다는 듯이 빠르게 움직였다. 약을 쓰자 다행히 환자의 혈압이 정상 범위로 돌아왔다.

"그런데 왜 갑자기 생각이 바뀌셨어요?"

환자 상태가 어느 정도 안정되자 나는 호기심에 물었다.

세 누나들의 이야기는 이랬다. 그녀들은 병원에서 돌아가자마자 환자 앞으로 된 부모님의 유산을 확인했고 환자 자신도 모르게 묵혀 있던 땅의 시세가 30억 정도로 올랐다는 것을 알았다. 하지만 환자가 죽게 되면 그에게 아내가 없는 지금, 그 돈은 전부 큰형에게 가게 되어 있어서 곧바로 병원에 달려왔다고 한다.

"여기 큰오빠 온 적 있어요? 근데 그 돈을 큰오빠 혼자 다 먹는다는 게 말이나 돼요? 우리 성민이 좋은 약 다 써서 여기서 오래오래 계속 살려주세요."

뭐, 듣고 싶은 이야기는 아니었지만 어찌 됐든 환자에게는 다행스러운 일이었다. 나는 이 소식을, 하도 울어 이제는 얼굴에 눈물 자국밖에 없는 윤아 씨에게 바로 전해 주었다. 의식불명 환자의 곁에 남은 사람은 윤아 씨뿐인 것 같았다.

"선생님, 저 절대 포기하지 않을 거예요. 이미 직장도 그만뒀어요. 그리고 제가 수술비랑 모든 병원비 다 냈어요. 앞으로도 다 낼 테니까, 선생님도 포기하지 말아 주세요."

면회시간마다 환자 손 붙잡고 울던 그녀의 모습에 감동한 것일까. 교수님과 전공의들은 환자에게 어떤 변화가 있을 때마다 윤아 씨에게 소식을 전했고, 조그만 소식에도 그녀는 희망을 품고 기뻐했다.

POD #7

내가 중환자실로 들어가려 할 때, 윤아 씨 어머님이 나를 붙잡았다.

"아이고, 선생님! 우리 윤아 좀 말려 주세요. 여기서 이러고만 있으니 이러다 큰일 나겠어요."

벌써 일주일째 날을 새며 자리를 지키는 그녀를 보며 우리 전공의들도 같은 걱정을 하고 있었다.

"선생님들은 잠 안 주무세요? 제가 일주일째 여기서 밤새 있는데, 선생님들도 안 주무시고 항상 보이시네요. 괜찮으세요?"

하지만 윤아 씨는 오히려 우리를 걱정해 주었다. 나는 윤아 씨가 우려되는 한편, 우리의 고생을 알아준다는 생각에 감동했다.

그날 밤, 유성민 환자를 일반실로 옮기기로 결정한 뒤 우리는 환자와 윤아 씨의 이야기를 들을 수 있었다. 병원에 그녀의 차분한 목소리가 울렸다.


윤아의 이야기

외동딸로 자란 윤아와는 달리, 칠 남매 중 막내로 자란 성민은 제멋대로에 불같은 성격 때문에 둘은 불꽃 같은 사랑을 하면서도 폭탄이 터지듯 자주 싸웠다. 싸움은 항상 헤어짐으로 끝이 났고, 서로를 그리워하다가 성민의 사과로 다시 만나곤 했다. 몇 번을 헤어졌다 다시 만났는지 셀 수도 없게 되었을 때 둘은 서로를 엮고 있는 운명의 끈을 느낄 수 있었고, 결혼하기로 결심했다.

하지만 성민 부모님의 반대는 생각보다 완고했다. 그들은 성민이 다른 남매들처럼 부모님이 정해 주는 사람과 결혼하기를 바랐다. 성민의 부모님이 얼마나 부유한지 윤아는 지금도 모르지만, 할아버지 때부터 부동산 사업을 통해 쌓은 부가 어마어마하다고 한다.

결국 그들은 성민 부모님의 허락 없이 결혼했다. 언젠가 손주도 생기면 부모님 마음이 누그러져 인정받을 수 있으리라 생각했다. 하지만 삶은 항상 뜻대로 흐르는 건 아니었다. 아기가 쉽게 생기지 않았다. 성민은 둘이 행복하니까 괜찮다며 웃음을 짓곤 했지만 윤아는 어서 성민 부모님의 인정을 받고 싶은 마음에 조급하기만 했다.

그러던 어느 날, 그들은 충격적인 소식을 들었다. 성민의 부모님이 갑작스러운 사고로 돌아가셨다는 것이다. 부모님이 돌아가셨는데도 성민의 형제들은 이 사실을 그들에게 알리지 않았고, 둘은 그 소식을 다른 곳에서 우연히 들어야 했다. 그것도 사고 후 일 년이 지나서야.

성민은 그 소식에 망연자실했고, 어디에 이 슬픔을 풀어야 할지 몰랐던 것 같다. 그날 결혼 후 처음으로 둘 사이에 큰 싸움이 벌어졌다. 윤아는 그때 무슨 말이 오고 갔는지 정확한 상황과 대화가 기억나지는 않지만, 성민이 했던 그 한마디만은 지금까지도 확실히 기억했다.

"네가 문제라서 아직 애가 없는 거 아니야?"

그리고 윤아도 역시 해서는 안 될 말을 해 버렸다.

"너랑은 더 못 살겠어. 우리 이혼해!"

결국, 불같은 성격의 둘은 혼인증서를 태워 버렸고, 이혼 절차를 마무리한 윤아는 서울에 있는 친정집으로 돌아갔다. 그 후 후회로 하루하루 마음이 탔지만 언젠가 화해하고 다시 만나게 되리라는 믿음이 있었다. 늦가을 칼바람과 함께 오들오들 떨면서 피어나는 불안한 마음은 길을 걷던 중 갑자기 뒤에서 들린 남편의 사과에 사라졌고, 결국 마지막 사과도 성민이 했다고 한다.

그날 밤, 그들은 아침이 오자마자 동사무소에 가기로 했다. 다시 재혼인 신고를 하든지 이혼을 취소하든지 해서 같이 살고, 그 뒤로는 싸우더라도 절대 이혼이라는 말은 꺼내지 않기로 맹세를 했다. 그리고 성민은 잠깐 방 안의 열기를 식히러 베란다로 나갔고 '억'하는 소리와 함께 쓰러졌다고 한다. 그렇게 윤아의 꿈은 끝이 났다.

POD #14

이제 눈을 뜨기 시작한 환자는 적극적인 재활치료를 위하여 재활의학과로 전과 되었다. 그리고 그의 곁에는 항상 윤아 씨가 간병을 하고 있었다.

POD #52

나는 재활병동에서 우연히 윤아 씨를 만났다. 환자는 이제 손가락 정도는 움직이지만, 아직 윤아 씨 목소리를 알아들을 정도는 아니었다.

"안녕하세요?"

윤아 씨가 미소로 맞아 주기는 했지만 안색이 별로 좋지 않아 보였다.

"괜찮으세요? 피곤하신 것 같은데."

나의 말에 근처에 있던 간병인이 한마디 한다.

"선생님, 요즘 윤아 씨 밥을 너무 안 먹어요. 저러다 쓰러지겠어요."

"아니에요. 저 괜찮아요. 요즘 속이 좀 안 좋아서……."

윤아 씨는 이 말을 남기고 갑자기 배를 움켜잡고 쓰러졌다. 나와 주변 사람들은 너무 놀랐고, 윤아 씨는 쓰러진 상태에서 배를 잡고 간신히 말을 했다.

"배가 좀 안 좋은 것 같아요."

"일단 응급실에 가서 진료받으시죠."

나는 직접 윤아 씨를 침대에 태워 응급실로 데려갔다. 응급의학과 3년 차 선생님에게 잘 봐 달라는 부탁을 남기고, 쌓인 일을 처리하러 갔다. 올라가는 엘리베이터 안에서 부디 그녀의 불행이 그만 되기를 바랐다.

얼마 후, 나는 윤아 씨 상태가 궁금하여 다시 응급실로 내려가 응급의학과 전공의에게 마치 보호자처럼 윤아 씨 상태를 물었다.

"김윤아 환자 어때요? 검사 결과는 괜찮죠? 특별한 건 없죠?"

"네. 특별한 건 없던데요? 아마 요즘 잘 못 먹고 지쳐서 그런 것 같아요."

"그렇죠? 그럴 것 같더라고요."

안심하며 웃는 나에게 전공의가 전혀 뜻밖의 이야기를 들려주었다.

"아 참, 그런데 요 임신검사에서 양성반응이 나와서 산부인과 선생님 불러 초음파 검사하고 있어요. 본인도 몰랐다고 하더라고요."

"네? 뭐라고요? 임신?"

"한번 보세요."

모니터에는 그녀의 요 임신반응이 양성이라고 나와 있었다. 나는 곧바로 윤아 씨가 누워 있는 침대로 뛰어갔다. 산부인과 레지던트가 누워 있는 윤아 씨 복부에 초음파를 대고 있었다.

"어때요?"

"응. 임신 맞네."

"어머나~"

윤아 씨가 놀라 감탄한다. 그리고 윤아 씨 얼굴에서 물방울이 눈물되어 떨어지기 시작한다.

"선생님. 지나고 나면 과거의 고통은 순간이라는 말이 사실인가 봐요."

윤아 씨에게 이번 눈물은 무슨 의미였을까? 그동안의 고생에 하늘이 준 보상이라고 생각했을까? 왜 이제야 생겼을까 하는 아쉬움의 눈물이었을까? 그게 어떤 것이든 지금까지 병원에서 흘린 눈물과는 다르겠지.

나는 지금도 가끔 그녀를 생각하면 항상 이 말이 떠오른다.

"부디."

제17회 장려상 수상작이다. 글쓴이 박민은 제1사단 신병교육대대 군의관으로, 수상 소감에서 "이 이야기의 제목은 심규선과 에피톤 프로젝트의 노래 〈부디〉에서 따왔다. 그 노래를 들으면 성민 환자와 윤아 씨가 떠오른다. 앞으로 긴 시간 보호자가 힘들 거란 말에 윤아 씨가 눈물을 흘리면서 했던 말 때문에 더 그렇다. '선생님. 저는 제 남편이 살아만 있으면 평생 이렇게 누워 있어도 괜찮아요. 저는 그냥 남편이 눈을 떠서 저를 알아볼 수만 있으면 소원이 없겠어요.'라 는. 부디, 어떠한 상황 속에서도 그들이 행복하기를 바란다"고 말했다.

. . .

# 다리를 찾아 주세요

1.

"아버지의 두 다리를 찾아 주세요."

환자의 두 아들이 눈에 눈물을 머금고 말한다.

"왜 그러시는데요? 며칠 전 다리 절단 수술을 할 때 이미 폐기물 처리되어서 아마도 찾기 힘들 겁니다."

"꼭 찾아 주세요. 아버지께서 잘못되시면 저 세상 가시는 길 두 다리로 가실 수 있게 해 드리고 싶어서……."

말끝을 흐리는 아들과 듣는 나, 모두 말을 더 잇지 못했다. 하지만 나는 속으로 다짐했다.

'잘려 나간 다리를 찾을 필요 없습니다. 할아버지를 반드시 살리겠습니다.'

동시에 며칠 전의 긴박했던 상황이 머리에 그려진다. 주황색 의료용 폐

기물 봉지에 덩그러니 담긴 두 다리를 뒤로하고, 상반신에 대퇴부만 달린 할아버지가 수술실로 급하게 실려 들어가던 그날이.


2.

멀리서 구급차 소리가 들린다. 그날따라 왠지 사이렌 소리가 크게 들렸다. 인근 병원에서 보낸 환자가 벌써 도착했다. 다리에 심한 개방성 골절을 입었다고 한다. 환자의 양쪽 다리에 붕대가 얼기설기 감겨 있으나 밖으로 새빨갛게 새어 나오는 피가 보이고 이미 대량 출혈이 있었는지 전신이 창백해 보였다.

그러나 더 큰 문제는 환자가 응급실 외상소생술에 도착한 직후 혈압이 잡히지 않았다는 것이다. 곧바로 심폐소생술을 하는 동시에 몸에 굵은 정맥관들을 꽂고 대량 수혈과 약물 투입을 시작했다. 할아버지와 나의 만남은 이렇게 시작됐다.

미약하게 뛰는 심장. 거의 다 잘린 다리를 통해 피가 너무 빠져나가 혈압은 잡히지 않고 있다. 나는 마음속으로는 병원에 있는 피를 다 가져오라며 소리를 치고 싶은 심정이었다.

그러나 침착해야 한다. 환자의 상태가 심각할수록, 제아무리 내 피가 솟구쳐도 환자를 최종적으로 담당하는 외상외과 의사야말로 침착, 그 두 단어를 마음에 새겨야 한다.

78세의 건장한 시골 할아버지. 할아버지는 경운기를 몰고 가다가 승용차와 추돌한 후 우여곡절 끝에 살 수 있는 기회를 얻어 이곳에 오게 된 것이다. 응급의학과, 정형외과, 흉부외과 선생님들 모두 함께 환자 옆에서 침착하고 정확한 처치를 해야 했다. 치료가 시작됐다. 어느 누구라도 지체하거나 주저하는 것만으로도 이 사람은 살 기회를 잃을 수 있다. 단호해야 한다.

새빨간 피를 양쪽의 굵은 정맥관을 통해 쏟아부으니 조금씩 혈압이 오르기 시작했다. 그런데 혈압이 조금씩 오르면서 붕대로 감아 놓은 다리 사이에서 피가 수도꼭지처럼 줄줄 새어 나왔다. 심각한 골절로 인하여 양쪽 다리 동맥이 절단된 것이 분명했다.

최종 책임자인 나는 고민하기 시작했다.

'결정을 해야 한다. 할아버지의 목숨이냐? 할아버지의 다리를 살리느냐?'

다시 말해 할아버지의 목숨과 다리를 모두 살릴 수 있는 가능성은 매우 적으나 한번 노력하느냐? 아니면 두 다리를 포기하고 할아버지가 살 수 있는 가능성을 조금이라도 높게 가느냐?

응급실 내 선생님들과 잠시 상의를 하고 할아버지의 상태를 다시 한번 냉정히 점검했다. 곧바로 외상소생실 밖에 대기하던 보호자들을 모두 불렀다. 두 아들을 비롯한 가족들은 말없이 눈물만 줄줄 흘리며 "살려 주세요, 저희 아버지 무조건 살려 주세요. 너무 고생만 하신 분입니다. 이렇게 가시면 안 됩니다. 제발 무조건 살려 주세요"라는 말만 반복했다.

나는 냉정히, 침착하게 이를 꽉 깨물고 대답했다.

"네! 최선을 다하여 아버님을 살려 드리려고 노력하겠습니다. 하지만, 이미 심정지가 온 상황이고 다리에 워낙 출혈이 많아서 살아나실 가능성이 매우 낮습니다. 지금은 두 다리를 걱정할 것이 아니라 목숨이 더 중요한 상황입니다. 아버님이 살아나실 수 있도록 최선을 다하겠습니다."

이 말을 남긴 채 나는 다시 할아버지에게로 갔다. 나의 뒤로는 "살려 주세요, 살려 주세요" 하는 가족들의 눈물 가득한 소리, 그리고 가족들의 눈물이 뚝뚝 떨어지는 소리만 들렸다.

할아버지의 몸에 달린 여러 굵은 관을 통해서 쏟아 부어지는 피의 양과 다리를 통해서 쏟아져 나오는 피의 양, 둘 중 어느 것이 더 많다고 할 수는 없었다. 할아버지의 혈압은 짜 주는 혈액으로 가까스로 유지되고 있었다. 여기저기 뼛조각이 분리된 X-ray 사진을 보면 마치 파편에 맞아 분쇄된 모양 같다는 생각이 들었다. 아마 이러한 무릎 주위의 조각들 사이에서 살점들과 굵은 혈관, 신경 등이 멀쩡하리라 기대하는 건 사치리라.

이제 정말 시간이 없다. 결정해야 한다. 눈을 지그시 감고 방금 전 보호자들의 하염없는 눈물을 떠올리며 어금니를 꽉 깨물었다.

'살자. 살리자. 환자를 살리는 것이 내가 할 일이다. 이 순간부터 할아버지에게 두 다리는 없다. 하지만 목숨만은 반드시 살리자.'

"지금 여기서 다리 혈관을 잡아 버리겠습니다. 다들 준비하세요!"

나의 한마디에 외상소생술의 모든 사람들이 준비를 한다. 그 자리에서 다리에 감긴 붕대를 풀자, 처참하게 파괴되어 버린 뼈와 근육들 사이로 잘리고 피가 솟구치는 혈관들이 드러났다. 대퇴부 압박과 동시에 상처 부위를 벌려서 혈관을 잡고 묶을 여러 기구와 실을 준비했다. 무릎 근처의 대퇴골과 아랫다리 뼈들, 근육, 신경, 혈관이 분쇄되어 터져서 마치 곤죽과도 같았다. 잘린 양쪽 다리, 부서진 뼛조각, 근육 사이사이를 헤치며 대퇴동맥의 분지들을 찾아 가까스로 묶었다. 그 순간, 할아버지의 양다리는 잘려져 나갔다. 아주 약간의 피부와 근육조직이 연결되었지만 이미 의미가 없었다.

아까 전까지 피가 솟구치던 잘린 혈관들을 잡고 나니 덩그러니 잘려 나간 할아버지의 양쪽 다리가 왜 그리 슬프게 보이던지. 할아버지는 팔십 평생을 그 두 다리로 굳건히 땅을 디디고 서서 지금 밖에서 통곡하고 있는 가족들을 위해 열심히 일하셨을 것이다. 그러니 이제 할아버지를 위하는 건 가족들의 몫이다. 환자를 살리기 위해 나를 비롯한 의료진들의 수술과 중환자실에서의 싸움도 있지만, 가족들 모두의 간절함과 기도 등 모두가 모여 할아버지의 회복을 위해 노력해야 한다.

할아버지의 무릎 아래 다리는 덩그러니 잘려 나가 누군가에 의해 주황색 의료용 폐기물 봉지에 주섬주섬 넣어지는 사이, 할아버지의 혈압은 서서히 정상을 향해 오르고 있었다. 이제 할아버지는 남은 생을 앉은뱅이로 살아가게 될 마지막 과정으로 수술실로 올라가는 일이 남았다. 수술실에서 정식으로 무릎 절단 수술을 시행했다. 하지만 이미 근육이 되사되고 뼛조각이 분쇄되어서 정상적인 다리 절단술이 아닌 임시 절단술을 해야했다. 할아버지의 생명을 위한 선택이었다.

임시 절단술을 마치고 할아버지는 중환자실로 옮겨졌다. 몸에 달린 여러 관들을 통해서 할아버지는 피와 여러 승압제 등을 주렁주렁 달고 있었으며, 모니터에 보이는 빨간 숫자는 이리저리 요동쳤다. 나를 비롯한 외상팀 모두와 할아버지의 가족, 그리고 할아버지의 긴 싸움이 시작되었다.

대량 출혈과 범발성 응고장애, 전신의 패혈증, 간부전, 폐렴 등 중환자실 중증외상환자에게 일어날 수 있는 모든 것들이 하나씩 생겼다. 아니, 하나씩이 아니라 한꺼번에 모두 발생했다. 더 큰 문제는 임시 다리 절단술을 했던 양쪽 하지에 출혈과 피부 괴사가 발생했다는 것이다.

또다시 결정의 순간이었다. 환자 상태가 너무 안 좋아서 마취과에서 마취를 걸어 줄지가 미지수였다. 하지만, 다시 한번 가족들의 간절함과 외상팀 모든 의료진의 노력이 하나가 되어, 병원에 온 지 열흘 만에 할아버지의 2차 수술이 진행됐다. 첫 수술에서는 무릎 주위에서 절단술을 시행하였으나, 이번에는 피부 및 근육 괴사 등으로 피치 못하게 대퇴골 중간 부위까지 양 하지를 절단했다. 할아버지의 양다리에는 대퇴골의 절반만 남게 되었다. '나중에 할아버지가 걷는 것? 정상적인 생활? 의족이 가능할까?' 이 모든 것이 지금은 상상 속, 꿈속의 일이다. 지금은 오로지 '할아버지가 살 수 있을까?'의 문제다.

수술 이후에 뇌경색까지 나타났다. 중증외상환자, 중환자에게 일어날 수 있는 모든 합병증과의 싸움이었다. 하지만 이 힘겨운 싸움의 승자는 가족의 사랑을 받고 있는 할아버지였다.


3.
할아버지 입안의 기도삽관을 목의 기관절개술로 옮겼다. 승압제가 필요 없어지고 곧 안정제까지 끊었다. 지난 몇 주간 말 그대로 사경을 헤맸던, 몇 번의 심장마비가 일어나고 수많은 피와 약물 투여로 연명해 온 가족의 눈물을 다 빼 놓았던 그 사실을 할아버지가 아는지, 안정제와 수면제를 끊고 점차 의식을 되찾아 가고 있다. 이 모든 것이 기적과 같은 일이었다.

처음 병원에 실려 왔던 할아버지의 모습을 떠올리면 그때 과연 할아버지가 살아날 것이라 생각했던 사람이 얼마나 될까 하는 생각이 든다. 그랬던 할아버지가, 불가항력적으로 발생한 뇌경색으로 우측 몸이 약간 불편하지만 이제 의식도 어느 정도 돌아오고 가족들도 알아보면서 온화한 웃음을 보여 주신다. 잘려나간 다리의 상처 소독을 할 때면 할아버지는 눈물을 찔끔 흘리시곤 한다. 하지만 조금 지나면 언제 그랬냐는 듯이 다시 온화한 웃음을 보여 주신다.

할아버지의 상태가 처음부터 좋지 않았던 만큼, 처음 만남에서부터 중간에도 여러 번 고비가 있었다. 그때마다 몇 번이고 가족들을 불러 상태를 설명했다. '사망'이라는 말이 내 입까지 나오려다 다시 들어가기를 몇 번이나 반복했다. 차마 안 좋은 말보다는 최선을 다해서 치료하겠다는 말과 함께 깊은 한숨을 내쉬기를 반복했다.

아직 목에 기관절개관이 달려 있고 다리에 치료할 상처가 조금 남아 있었지만 지금 일반실로 옮겨 가족들 품에서 치료받는 할아버지에게 희망이 보이기 시작했다. 할아버지가 많이 회복되면서 목에 달린 기관절개관을 막고 자신의 의사를 표현할 수 있게 되었다. 그즈음 할아버지도 본인의 무릎 아래 두 다리가 잘려 나간 것을 조금씩 인지할 시점이었다.

어느 날 할아버지는 기관절개관을 자신의 손으로 막고 나에게 말했다.

"의사 양반! 내 다리 찾아 줘. 어디다 숨겨 놓지 말고 이제 찾아 줘. 나 이제 다 나아서 내 다리로 집에 가야 혀……."

순간 나는 말문이 막혔다. 뭐라고 해야 할지, 무슨 말을 하고 이 상황을 피해야 할지. 할아버지는 두 눈을 크게 뜨고 나의 입을 똑바로 쳐다보며, 내가 지금이라도 당신의 두 다리를 가져다주겠다는 말만 하기를 기다리고 있었다.

이 상황을 지켜보던 할머니의 눈가에 어느새 눈물이 가득 맺혔다. 순간 창밖을 보니 할머니의 눈물방울들이 눈꽃으로 변한 건지 어느새 하얀 함박눈이 흩날리고 있었다.

"영감, 주책이셔. 이 의사 양반 바쁘셔. 또 중환자실 얼른 내려가서 상태 안 좋은 다른 영감 치료해 주러 가야 혀…… 어서 가셔, 의사 양반!"

할머니 덕분에 난 간신히 그 병실을 빠져나올 수 있었다. 하지만 왠지 모른 서글픔과 안타까움에 나도 모르게 울컥, 더 참지 못하고 눈물이 고였다. 안타까움에, 할아버지의 두 다리를 지켜 드리지 못한 미안함에…….

며칠 뒤, 할아버지 병실 앞을 지날 때였다. 그날따라 할아버지의 병실이 북적였다. 울면서 내게 호소하던 두 아들을 비롯하여 손자 손녀들까지, 정말 대가족이 모여서 몇십 개나 되는 초를 켠 커다란 케이크를 가운데 두고 있었다. 할아버지는 있는 힘을 다하여 한 번에 모든 초를 힘차게 불어 껐다. 순간 내가 본 것은 두 다리가 모두 따뜻한 이불 속에 가지런히 있으며 온 가족에 둘러싸여 너무나 기쁜 표정의 할아버지였다.

제17회 장려상 수상작이다. 글쓴이 문윤수는 을지대병원 외과 교수로, 수상 소감에서 "길다면 길고, 짧으면 짧은 기간 동안 의사를 평생의 업으로 삼아 살아왔다. 환자들과 함께 하는 시간은 나와 가족의 밥줄이자, 동시에 인생의 또 다른 것들을 가르쳐 주는 스승이다. 그 기억들을 한 글자 한 글자 적어 가는 것이 나에게 취미이자 즐거움으로 자리 잡았다. 나의 어린 아들과 딸이, 앞으로 하고 싶은 일을 하면서 동시에 그 일을 통해 또 다른 것을 배우고, 일 속에서 즐거움과 기쁨을 누리기를 바라본다"고 말했다.

···

# 옹이구멍

몸속에 갇혀 사는 H의 이야기이다. 그녀는 태어날 때부터 몸이 작았고, 어려서부터 자주 아팠다. 어머니는 그녀가 어렸을 때 집을 나갔다. 자라면서 아버지의 관심도 받지 못했고, 중학생 시절 가출도 했다. 가출 몇 개월 뒤엔 결핵성 척수염에 걸려 집으로 돌아왔지만, 후유증으로 하반신이 마비됐다.

내가 전공의로 그녀를 만난 건, 개나리가 만개한 이른 봄날 어느 병실에서였다. 그녀는 책 읽기를 좋아하는 수줍은 소녀였다. 매번 볼 때마다 휠체어에 앉아 책을 읽고 있다가 눈이 마주치면 보조개를 만들며 웃곤 했다. 아주 가끔 아버지가 들렀다 갈 뿐, 그녀는 환자이면서 보호자여야 했다. 어린 보호자는 자신의 몸에 오래전부터 욕창이 생겼다는 것도 알지 못했다.

처음 본 H의 상처는 상태가 그리 좋지 않았다. 천골 부위인 꼬리뼈에 아이 손바닥만 한 하얀 살이 보였다. 그곳을 누르면 누렇고 걸쭉한 고름이 삐죽 새어 나왔다. 죽은 조직인 하얀 살 안에 큰 농양주머니가 있었다. 농양주머니 안에는 공기를 싫어하는 혐기성 세균들이 넓고 깊게 자리 잡고 있었다. 그대로 두면 점점 농양이 커져서 뼈를 타고 골수염이나 패혈증이 올 수도 있었다. 서둘러 죽은 조직을 걷어 내야 했다. 첫 처치를 하는 데만도 한 시간이 넘게 걸렸다.

마스크를 썼지만 살이 썩은 냄새는 종이패드 사이로 스며들어 후각세포들을 들쑤셔 델 정도로 지독했다. 설상가상, 농양주머니가 터지면서 고름이 주변으로 퍼졌다. 수술용 패드로 여기저기 흐르고 퍼지는 고름을 닦느라 정신이 없었다. 어느 정도 상황이 정리되자마자 10번 메스를 이용해서 죽은 조직을 하나하나 걷어 냈다. 그녀의 천골 부위는 피부와 피하조직까지 썩어들어 가고 있었다. 근육 일부와 뼈막까지 염증이 깊게 퍼져 있었다. 나는 살아 있는 조직을 남기고 죽은 조직을 걷어 내는 데 심혈을 기울였다.

다음 날도 여전히 남아 있는, 하얗게 죽어 있는 피하조직들을 걷어 냈다. 30분이나 지났을까. 썩은 살 냄새로 병실 천장이 핑 도는 것 같은 현기증이 일어 잠시 고개를 들고 있었다. 그 순간이었다. 욕창 아래에 있는 H의 항문이 꿈틀거리더니 그곳에서 대변이 쏟아지기 시작했다. 이건 살이 썩는 냄새와는 또 다른 냄새였다. 하지만 이것저것 불평할 겨를이 없었다. 상처 부위에 대변이 묻으면 지금까지의 처치는 모두 수포가 되고 더 큰 감염이 생길 수 있었다. 나는 반사적으로 글러브를 갈아 끼우고 변을 치우기 시작했다. 그렇게 30분을 더 대변과 죽은 조직과 사투를 벌였다.

처치를 마무리하는 동안 H가 민망해할까 봐 조심스러웠다. 실은 태어나서 처음으로 누군가의 대변을 치워 봤다. 하지만 하반신이 마비된 그녀의 의지로 제어할 수 있는 일도 아니었다. 이래저래 생각이 많아진 나는 어색한 침묵을 남긴 채 병실을 나섰다. H도 마찬가지인 것 같았다. 다른 날과 달리 인사말을 건네지 않았다.

그다음 날도 썩은 살을 도려내기 위해 그녀의 병실에 갔다. 그녀는 얼굴을 붉히며 어제는 미안했다며 수줍게 말을 이었다. 오늘은 민망한 일을 만들지 않으려고 정오부터 아무것도 먹지 않았다고. 하지만, 이번에는 다른 상황이 발생했다. 생리가 시작된 것이다. 커다란 의료용 패드를 그곳에 끼워 주고 처치를 마쳐야 했다. 이번에도 난생처음, 여자의 생리 뒤처리를 했다.

나는 의사가 돼서 대변을 치우고 생리 뒤처리를 하리라고는 예상하지 못했다. 하지만 그런 경험들이 불쾌하지만은 않았다. H는 환자였고, 어쩔 줄 몰라 당황해하는 수줍은 소녀였다. 항상 밝고 긍정적이어서 어떨 때는 되레 내가 고마울 때도 있었다. 그때는 몰랐지만 H의 웃음은 그녀의 어두운 과거와 환경을 상쇄하는 힘이 있었다. 그 힘은 또한 은근한 전파력을 지니고 있었다.

그녀의 병실 침대는 북쪽으로 난 커다란 창문 바로 옆에 있었다. 입원 환자 대부분이 북향을 싫어하지만 그녀는 그렇지 않았다. 햇볕은 들진 않지만 햇볕이 든 세상이 잘 보이는 자리라고 했다. 실제로 맑은 날 창밖을 보면, 뒤에서 비치는 햇살이 커다랗고 늙은 벚나무들을 마치 캔버스에 담긴 한 폭의 유화처럼 보이게 했다. 영화관 영사기가 빛을 뿜어내며 스크린에 다른 세상을 옮겨 놓은 듯 말이다.

병동 맞은편에는 오래된 화단이 마주하고 있었다. 나는 바쁜 일과 중 잠시 짬이 나면, 화단 앞 작은 벤치에 앉아 자판기 커피를 마시곤 했다. 담배를 못 피우는 내가 유일하게 짧은 휴식을 취할 수 있는 시간이었다. 벤치 옆에는 큰 벚나무가 있었는데, 굴곡진 나무 기둥과 거칠고 투박한 껍질로 세월의 무게를 적나라하게 드러내는 고목이었다.

내 눈길은 오래도록 나무 밑동에 머물렀다. 검고 축축한 옹이구멍에서 입원실 환자들의 곪은 상처와 흉터를 떠올렸다. 그러다가 어린나무보다 더 큰 꽃망울을 피우는 고목의 생명력을 보고 나서부터는 그 상처들이 마르지 않은 깊은 우물을 만들었구나, 하는 생각에 검버섯 핀 일흔의 노모가 생각났다. 그래서인지 활짝 핀 벚나무에선 노모의 젖비린내가 났다.

그러던 어느 날, 커피 자판기 옆에 있는 H를 보게 되었다. 그녀의 시선은 고목을 향해 있었다. 화려한 꽃망울이 수놓인 위가 아니라 아래를 향하고 있으니 나무 밑동에 난 썩은 옹이구멍을 보고 있겠지 싶었다. 그러자 궁금증이 일었다. 그녀는 구멍을 보면서 무슨 생각을 하고 있을까. 살아 있지만 썩어 가는 그것을 보면서, 자신의 처지를 비관하는 것은 아닐까. 밝고 천진난만하기만 하던 그녀의 표정이 자못 심각해서 그렇게 추측했다. 아는 척을 할까 말까 고민하던 찰나 그녀가 먼저 나를 보고 말을 걸어왔다. 내 속을 알고 있다는 듯 싱긋 웃더니, 사람의 인생과 나무의 인생이 다를 바가 무엇 있겠냐 한다. 그러더니, 곧 천명과 숙명 그리고 운명의 차이를 아느냐고 대뜸 물었다. 그녀가 말하는 세 가지 명三命은 이러했다.

작은 찻잔 하나를 올려놓은 둥근 쟁반이 있다고 치자. 찻잔은 쟁반 가장자리에 부딪힐 때까지는 자유롭게 움직인다. 그 찻잔이 사람이라고 한다면, 사람이 자유롭게 움직일 때까지가 운명이다. 그러니 운명이란 그 사람의 의지로 개척할 수 있단다. 그리고 쟁반의 가장자리, 즉 가로막혀 움직일 수 없게 되는 곳이 숙명이고, 이미 만들어진 찻잔과 쟁반은 천명이란다.

나는 수많은 직업 중 운명이라고 생각하는 의사가 되어 그 길을 15년째 걷고 있다. 걸어온 시간만큼 여러 환자를 만났고, 그들의 파란만장한 인생

이야기를 엿들었다. 나 또한 높낮이가 다른 우여곡절을 겪으면서 실망하고 좌절할 때가 있었다. 그리고 지금, 걸어온 시간만큼 걸어가야 할 시간을 남긴 나이에 접어들었다. 불혹에 보는 세상은 하나의 거대한 추상화가 아닌가 싶다. 그것을 조금씩 해석해 가는 것이 삶을 살아 낸 흔적들인데, 내 인생을 뒤돌아봤을 때 그 흔적들이 결코 곱지만은 않다.

　태어날 때부터 많은 것이 불공평했을 H가 숙명을 받아들이고 천명을 인정한다는 것. 나는 그것이 스무 살 아가씨에게 얼마나 힘든 사색의 결과였을지, 그때도 지금도 감히 상상할 수 없다. 그녀가 해석하고 만들어 간 인생의 흔적들은 지금의 나와 비교해도 너무 고와서 아련한 향기로 내 가슴 한구석에 머물러 있다.

　그녀는 치료를 시작하고 3개월 뒤 상처가 많이 호전되어 피판수술을 받았고 욕창은 완치되었다. 그로부터 십여 년의 시간이 흘렀다. 그녀는 분명 좀 더 여유로운 세 가지 명 속에서 아름다운 흉터를 몸에 지닌 채, 어디에선가 수줍게 생의 꽃망울을 피워 올리고 있을 것이다. 살을 에는 바람에 몸이 움츠러드는 지금, 나는 그 시절 봄 햇살 같던 그녀의 미소와 썩은 옹이구멍을 품고도 흔들림 없이 꽃망울을 피워 내던 고목의 향기가 더욱 그립다.

제15회 장려상 수상작이다. 글쓴이 조안영은 조안성형외과의원 원장으로. 수상 소감에서 "육체가 썩는 것보다 정신이 곪는 채 사는 걸 어찌 살아 있다 할 수 있을까. 항상 마음속 깊이 자리 잡은 그녀가 들려주었던 천명과 숙명과 운명에 관한 이야기. 오늘도 나는 바위가 굴러떨어질지 언정 다시 밀고 올라가는 시시포스가 되어, 운명의 시간을 기꺼이 받아들이겠다"고 말했다.

...

# 부성애

이제 곧 태어날 나의 아들 행복아. 네 엄마는 지금 분만실에 들어가 있단다. 산도가 순조롭게 벌어지고 진통 주기도 조금씩 짧아지는 걸 보니, 곧 있으면 네가 태어날 듯하구나. 열 달 동안 엄마 배 속에 있으면서 아빠 엄마를 설레게 했던 너를 곧 만날 수 있다고 생각하니 가슴이 두근거린단다. 정신없이 펄떡거리고 있는 심장을 달래 보기 위해 아빠는 지금 가운 호주머니에 꽂혀 있는 만년필을 만지작거리고 있단다. 이 만년필은 얼마 전에 아빠가 수술했던 환자의 아들에게 선물 받은 거란다. 그러고 보니, 네가 태어나는 오늘이 그분 수술한 지 딱 한 달째 되는 날이구나.

그 환자분은 아들 때문에 실명하셨단다. 원래 어렸을 때부터 한쪽 눈에 약시(약한 시력)라는 병이 있어서, 잘 보이는 한쪽 눈으로만 생활하셨었지.

그분은 아들이랑 같이 실내 인테리어 사업을 하셨단다. 그런데 어느 날,

아들이 대못을 벽에 박다가 망치로 잘못 때리는 바람에 못이 벽에서 튀어올라, 곁에서 일하던 아버지의 눈에 박혀 버렸단다. 그것도 하필이면 원래안 보이던 눈이 아니라 잘 보이던 눈에 말이다. 아빠가 그날 당직 안과 의사여서 응급실로 오신 환자분과 아들을 뵈었는데, 환자분은 충격과 당황으로 어쩔 줄 몰라 했고, 아들은 죄책감과 미안함에 고개를 못 들고 펑펑울고 있었단다. 급히 수술실로 모시고 올라가 못을 제거하고, 못이 박혔던부분을 깨끗하게 씻어 낸 후 봉합을 하였지만, 찢겨진 부분이 크고 손상범위가 워낙 광범위했으며 못이 눈 깊숙한 곳까지 박힌 데다 못 자체가 더러워서인지 결국 감염으로 인한 염증이 발생하고 말았단다.

그로부터 며칠간, 아침마다 회진하러 가는 아빠의 마음은 너무나도 무거웠단다. 환자분과 아들 모두, 아빠 입에서 한마디 희망 섞인 말이라도나오기를 애타게 기다리는 눈빛이었지만, 아빠는 매일 "아직 호전되고 있지는 않네요. 조금 더 기다려 보세요" 하고 바람을 꺾는 말밖에 할 수 없었으니 말이다.

안약도 이리저리 바꿔 보고, 항생제를 눈에 직접 주사하는 등의 여러가지 방법을 써 보아도, 염증이 사그라지지 않고 조금씩 진행되어 결국 다친 지 2주째, 안구를 불가피하게 제거해야 한다고 설명 드릴 수밖에 없었단다.

행복아. 너는 그 심정을 이해할 수 있겠니? 몇 주 전까지 아무 문제없이생활하고 있었는데, 잘못 튀어 버린 못 하나에 눈을 다치고, 이제 그 눈을제거해야 한다는 말을 듣는 그 기분을? 그것도 남은 한쪽 눈도 잘 보이지않는 분이? 설명하는 아빠의 마음도 참담하고 죄송스러웠는데, 그 이야기를 듣는 환자분과 아들의 심정은 어땠을지, 아빠는 감히 짐작도 가지 않았단다.

이야기를 듣는 내내 환자의 얼굴은 굳어지고 하나 남은 눈은 부릅떠져 있었으며 주먹은 굳게 쥐어져 부르르 떨리고 있었단다. 얼마나 원망스럽고, 얼마나 절망스러웠을까. 옆에서 간호하던 아들도 어찌할 바를 모른 채 주룩주룩 눈물만 흘리고 있었단다. 실낱같은 희망이나마 기대했을 텐데, 결국은 아버지 눈을 제거해야 한다는 모진 말밖에 돌아오는 게 없으니…….

설명을 끝내고 동의서 사인을 받은 후, 차마 그 얼굴을 보지 못한 채 돌아서려던 아빠를 붙잡고 어떻게 방법이 없겠냐고, 자기 눈이라도 떼어 아버지께 이식해 드리고 싶다며 흐느끼던 아들을 달래 보았지만, 끝내 아빠도 아들을 부둥켜안고 같이 눈물을 흘리고 말았단다.

나중에 들으니 그날 저녁부터 수술 당일인 다음 날 오후까지, 환자분은 미동도 하지 않고 한마디도 하지 않은 채 굳은 얼굴로 창밖만 바라보셨다고 한다. 글쎄, 아빠가 그런 일을 당했다면 어떤 마음이 들었을까? 아빠가 양 눈이 보이지 않게 되었다면, 그것이 사랑하는 아들 때문이라 할지라도 그 분노와 좌절감을 퍼붓지 않고 감내할 수 있다 자신 있게 말해 줄 수가 없구나.

수술을 마치고, 수술실 입구에서 울고 있던 아들을 몇 마디 말로 달래고 가슴을 좀 추스른 후 저녁때 환자분 병실로 향했단다. 그때쯤이면 어느 정도 마취에서 회복하셨을 테고, 상심한 마음을 몇 마디 말로 달래기야 힘들겠지만 그래도 수술 경과를 말씀드리고 부족하나마 위로의 말을 하고 싶었단다. 그런데 병실 입구에서 한 장면을 보고 아빠는 그만 덜컥 멈춰 서서 숨 쉬는 것조차 잊었단다.

반쯤 열린 문 너머로 환자분이 아들의 손을 두 손으로 꼭 감싸 쥐고 몇 번이고 부드럽게 쓰다듬으면서 괜찮다, 약시가 있는 눈도 아예 안 보이는 건 아니니까 어떻게 해서든지 지낼 수 있을 거다, 그러니 너무 걱정하지 말라며 아들을 위로하는데, 아버지의 얼굴에 걸린 그 환한 미소가, 부드러운 눈매가, 그리고 아들을 어루만지는 그 손길과 말들에 아빠는 너무나도 감동할 수밖에 없었단다. 아, 너에게 어떤 단어로 그 벅찬 마음을 전할 수 있을까. 아버지라는 게, 부성애라는 것이 바로 이런 거구나 하고 느꼈단다. 아빠는 두 분을, 그 아름다운 광경을 차마 방해할 수 없어서 하염없이 바라만 보다가 조용히 내려올 수밖에 없었단다.

그 환자분이 어떤 마음으로 본인 안에서 휘몰아치던 분노와 원망의 감정을 감내하고 승화시켰는지 아빠는 끝내 물어볼 수 없었단다. 하지만 짐작건대, 아들을 향한 사랑으로 그 모든 것을 이겨 내지 않았을까?

환자분은 퇴원하기 전까지 아빠가 볼 때마다 항상 모든 것을 내려놓은 듯, 하지만 다시 한번 생애의 열정을 되살린 듯한 미소를 짓고 계셨단다. 그리고 그 미소와 함께 퇴원하던 날 아침, 아들과 손을 꼭 잡고 병원 바깥으로 나가는 그 뒷모습은 아빠의 마음 한구석에 지금도 아롱거리며 반짝이고 있단다.

후에 환자분 아들이 아빠를 찾아온 적이 있었단다. 환자분이 잘 보이지 않는 눈으로 매번 아빠한테 오시기 여의치 않아, 사시는 곳 근처 안과에서 수술한 눈을 관리받도록 안내해 드렸는데, 괜찮다고 해도 굳이 오셔서는 만년필을 선물로 주시더구나. 간단히 커피 한잔 하면서 환자분의 근황을 여쭤 보니, 하나 남은 눈은 잘 보이지는 않지만 저시력 보조 기구를 이용해서 휴대폰도 보고, 지금은 집에서 꽃꽂이나 분재 관리 등을 하면서 나름 시력 재활에 열심이시라고 하더구나. 그리고 자신이 틈나는 대로 아버지 옆에서 말벗을 해 드리고, 작업도 도와 드리면서 오히려 다치기 전보다 사이가 돈독해진 거 같다며 푸근히 웃음 짓더구나. 그 아버지가 아들을, 그리고 아들이 아버지를 사랑하듯이 아빠도 너를, 그리고 나아가 아빠에게 찾아오는 환자들, 그들 부자처럼 아름다운 마음씨를 지니고 있는 그분들을 아끼고 사랑해야겠다는 생각이 들더구나.

이 글을 쓰고 있자니 간호사가 아빠를 부르는구나. 이제 곧 네가 나올 테니 마음의 준비를 하고 분만실로 들어오라고 하네. 행복아, 아빠도 너를 따뜻하게 보듬으며 사랑할 수 있기를 간절히 바란단다. 조금 이따가 보자꾸나, 우리 아들.

제15회 장려상 수상작이다. 글쓴이 이효석은 밝은안과21의원 원장으로, 수상 소감에서 "내게 올해 가장 큰 경사는 역시나 첫아들 하준이가 태어난 일이다. 아빠가 되고, 아직은 모든 것을 돌봐 주어야 하는 내 아들을 바라보면서, 환자분들을 대하는 마음가짐 또한 새롭게 할 수 있었다. 몸과 마음을 다해 한 분 한 분의 불편함과 고통, 두려움을 이해하고 최선을 다해 도와드려야겠다며 다시금 다짐하게 되었다"고 말했다.

... ...

# 어느 날 슬픔이 찾아올 때

## 1.

그는 쉴 새 없이 묻는다. 어머니가 깜빡깜빡하는 게 요새 더 심해졌으니 MRI를 찍어 보는 게 어떻겠느냐, 새로 나온 좋은 약은 없느냐, 차라리 서울에 있는 병원에 가는 것도 생각하고 있는데 선생님은 어떻게 생각하느냐 등등……. 어머니가 기력이 약해지고 식사도 하지 않고 엉뚱한 말만 해서, 이 억장이 무너진다는 말도 한다.

질문이 황당하기도 하고 무례하기도 하지만, 그의 심정이 이해는 된다. 하지만 아무리 그래도 그렇지. 내가 답변할 틈은 주어야 할 텐데 그는 잠시도 쉬지 않고 자신의 말만 끊임없이 이어 나간다. 그의 질문에 성실히 답변해 주고 싶었던 마음은 이제 온데간데없어져 버렸다. 나는 이미 피로하고 권태로워져 버린 것이다. 이제는 진료의 대상이 어머니인지 그인지 헷갈릴 정도이다. 차라리 그가 외래 접수를 하고 진료받았으면 좋겠다. 그런데, 그는 눈치도 별로 없는 것 같다. 그동안 친절한 미소로 감추어 두었던 짜증이 나의 얼굴 여기저기에서 배어 나오고 있을 텐데도 그는 그게 보이지 않나 보다.

황당한 질문은 점점 도를 더해 간다. 급기야 양파가 피를 맑게 한다는데 어떤 양파가 좋겠냐고 묻는다. 이제는 그만 진료실에서 나가 주었으면 하면 마음으로 나는 입을 열었다.

"치매치료제의 역할은 손상된 부분을 회복시켜 주는 게 아닙니다. 손상되지 않고 남아 있는 건강한 부분을 지켜 더 이상의 손상을 막는 것입니다. 어머님께서 요사이 진행이 빨라지셨다면, 우선 치매치료제의 용량을 늘리고 지켜보도록 하시지요. 그래도 어머님은 다른 치매 환자분들과 비교해 경과가 나쁘지는 않은 편이랍니다. 염려되시겠지만 너무 걱정 마시고 차분히 기다려 보세요. 다음에 또 뵐게요."

나의 정리 멘트가 효과가 있었는지 아니면 그가 할 말을 다 해서인지는 모르겠지만, 그가 문손잡이를 돌려 진료실을 떠나려 한다. 나는 권태로움을 몰아내려 잠시 한숨을 내쉰다. 떠나는 그의 뒤통수를 바라보면서 다음에는 그가 오지 않았으면 좋겠다고 바란다.


2.

어머니는 아이처럼 해맑은 미소로 나를 반겨 준다. 오랜만에 만난 막내아들에게 그저 웃기만 할 뿐 아무런 말도 하지 않는다.

'엄마는 우리 아들이 훌륭한 의사로 쓰임 받게 해 달라고 매일 기도하고 있어. 항상 밝고 긍정적으로 생활하렴. 그래야 우리 아들이 환자들에게 좋은 기운을 전해 줄 수 있고, 그렇게 되면 사람들이 우리 아들을 귀하게 여겨 줄 거야.'

어디다 적어 놓고 외우시는 건지, 토씨 하나 틀리지 않고 반복하던 진부한 얘기도 이제는 더 들을 수 없다. 어머니는 그저 조용히 미소만 띠고 앉아 계실 뿐이다. 벌써 꽤 많은 시간이 흐른 것 같은데, 휠체어에 앉아 있는 어머니가 나에겐 여전히 낯설기만 하다.

어머니가 지주막하출혈로 쓰러지시던 그 날을 떠올리면 지금도 괴롭기는 마찬가지다. 나의 간절한 기도에도 불구하고 전두엽 전반에 걸친 뇌경색이 발생되었다. 이런 빌어먹을. 이제는 나도 세상살이라는 것을 조금 해 보니 어머니와 속 깊은 얘기를 나눠 볼 수도 있을 것 같은데, 뒤늦게 부모 마음이라는 것이 어떤 것인지 조금은 알 것 같은데, 그래서 어머니에게 고마운 마음을 전해 드리고 싶은데……. 나에게는 더 그럴 기회가 없는 걸까. 어쩌면, 나의 이런 아쉬움은 사치인지도 모른다. 지금의 어머니는 대화는커녕, 누군가의 도움이 없으면 먹지도 씻지도 그 무엇도 할 수 없으니까.

어머니가 이렇게 되기까지 도대체 나는 뭘 한 걸까, 의사랍시고 자랑만 했지, 나는 왜 어머니에게 한 번쯤 MRI를 찍어 보자고 강권하지 않았을까. 나는 왜 어머니의 담당의에게 더 좋은 치료법을 찾아 달라고 재촉하지 않았을까. 왜, 왜, 왜.

내가 죄책감이라는 끈적끈적한 웅덩이에 갇혀 한 발자국도 벗어나지 못할 즈음, 어머니는 내게 조그마한 실마리를 던져 준다. 작고 어눌한 목소리로.

"아, 들…… 안, 녕."

"아들, 안녕."

무심하게도 뇌경색은 내게서 어머니의 많은 부분을 앗아 갔지만, 어머니의 모습이 조금은 아직도 남아 있을 테니. 막내아들을 바라보며 흐뭇하고 행복했던 감정이 어머니의 마음속 어딘가에 그대로 남아 있을지도 모를 테니. 그것이 구체적이고 명료한 형태의 기억은 아닐 테지만, 그래도.

어머니는 내가 생각하는 것처럼 불쌍한 분이 아니셨다. 어머니는 예의 바르고 현명하고 자존감 높고 강인한 분이셨다. 그리고 무엇보다도, 막내아들이 의사가 된 것을 자랑스러워하셨다.

이제 두 돌을 조금 지난 딸이 잠에서 깨자마자 나를 향해 "아빠~" 하고 부른다. 한동안 감기에 걸려 골골하는 모습이 애처로웠는데, 지금은 건강해져서 기분이 좋은지 싱긋 웃는다. 딸아이의 귀여운 웃음을 바라보다가 어머니가 나에게 바라는 것이 있었을까, 있다면 무엇이었을까, 생각해 본다.


3.

진료실을 나가려고 문손잡이까지 잡았던 그가 갑자기 뒤를 돌아본다. 그리고는 또다시 질문한다. 생강이 치매에 명약이라는데 어떻게 생각하느냐고. 그리고 요새 줄기세포로 치매를 낫게 한다는데 언제쯤 해 볼 수 있겠느냐고.

나는 피식 웃어 버리고 만다. 지금 내 앞에 있는 그의 모습은 어디선가 많이 봐 왔던 누군가의 그 모습이었으니까.

"많이 염려되시죠? 힘내세요. 그래도 어머님은 지금 드시는 약을 잘 드시는 게 중요해요. 지켜보면서 괜찮은 약 있으면 더 추가해 볼게요. 그리고 괜히 다른 데 가서 돈 쓰고 몸 힘들여 가며 고생하지 마시고, 당분간은 제 외래에 착실히 오세요. 다음에 또 봬요. 그리고 아드님도 너무 어머님에게만 매달리지 말고 쉬기도 하고 그러세요."

병은 '슬픔'이라는 이름으로, 예고도 없이 우리에게 너무 갑자기 찾아온다. 많은 책들은 그 슬픔 속에서 인생의 의미를 발견할 수 있다고 하는데,

그게 말처럼 쉬운 일만은 아닌 것 같다. 그리고 그 슬픔에 대해 함부로 말하는 건 엄청난 만용인 것 같다. 다만 우리가 슬픔을 견딜 수 있는 건, 아마도 슬픔 속에서도 누군가를 위로할 수 있고 누군가에게 위로받을 수 있기 때문은 아닐까 싶다.

제17회 장려상 수상작이다. 글쓴이 박선철은 인제대 해운대백병원 정신건강의학과 교수로, 수상 소감에서 "글을 다시 읽으니 표현이 너무 투박하고 간결하지 못한 것 같아서 어디론가 숨고 싶은 마음이 든다. 그런데도 너무 큰 바람일지는 모르겠으나, 혹시라도 이 글을 통해 가족의 질병으로 마음의 고통을 겪고 있는 그 누군가가 아주 작은 위안이라도 발견할 수 있다면 그보다 더 큰 바람이 없을 것 같다"고 말했다.

# 쌍둥이

"쌍둥이란다."

전화기 너머로 뜻밖의 소식을 전해 온 그는, 불과 두 달 전 술자리에서 심각하게 이혼 고민을 털어놓던 그 친구가 맞았다. 고향 친구 몇이 모인 추석 전날 밤, 우리는 꾸밈새 없이 막 담은 광어회 접시를 앞에 두고 애정을 잃은 부부 이야기를 들었다. 친구의 넋두리 속에서는 꼭 뱉어 버려야 할 생선 가시처럼 묘사되었던 부인이, 어느 날 두 줄이 선명한 임신진단키트를 그에게 보여 줬고, 그들의 첫째와 둘째 딸을 받았던 단골 산부인과 의사가 어쩌면 세 번째와 네 번째가 될 두 개의 심장 소리를 들려주었다고 했다.

"산부인과에 가기 전까지만 해도 지울 작정이었다. 그런데 막상 쌍둥이 심장 소리를 듣고 나니 판단이 잘 안 선다. 지울까? 그냥 낳을까?"

"그걸 왜 나한테 물어? 나는 의사다. 우리나라에서 낙태는 불법이고."

"너는 의사이기도 하지만 친구잖아."

"친구라고 해서 내 대답이 달라질 것 없다. 낳아야지."

잦은 다툼이라는 지진으로 폐허가 되어 가던 친구의 결혼 생활. 그에 엎친 데 덮친 격으로 몰려올 고난의 해일이 내 눈에도 보였지만, 내 대답은 방호벽처럼 단호했다. '나는 인간의 생명을 수태된 때로부터 지상의 것으로 존중히 여기겠노라'는 히포크라테스 선서의 한 구절을 나무아미타불 염송하듯 되뇌며, 내가 탄생을 지지한 쌍둥이가 위기의 부부에게 부디 행운을 가져다주기만 빌었다.

해가 바뀌고 설 연휴 동안 대구에 내려가서 친구를 다시 만났다. 그는 나를 향한 책임 전가의 칼날을 감추지 않았다.

"네놈 말 듣고 안 지운 거니까 네가 책임져라. 쌍둥이까지 넷 키울 생각을 하면 골 빠개진다."

배 속 쌍둥이가 커 갈수록 그를 억누르는 부담도 커져 갔겠지만, 체념과 포용이 쌍둥이처럼 자리 잡은 듯 친구의 얼굴은 외려 전보다 더 편안해 보였다. 나는 한시름 놓았다.

의사된 자로서, 의학 서적이 아닌 인터넷으로 의학 지식을 얻는 행위를 부끄러이 여기는 내가, 환자가 끊어진 틈을 타 검색창에 '주산기 심근증'이라고 쳐 본다.


주산기 심근(병)증은 출산 전후에 발생하는, 드물지만 치명적일 수 있는 임신합병증이다. 좌심실의 확장으로 수축 기능이 약화되면서 심부전을 일으킨다. 원인 불명이며, 고령 임산부, 임신성 고혈압, 다태아 산모, 비만 등이 고위험 인자로 알려져있다.

나에게 이 은밀한 인터넷 검색 행위를 하게 만든 장본인은 쌍둥이를 출산한 고령의 임산부였다. 고위험 인자 두 개를 가진 셈이었지만, 설혹 더 많이 가졌다 하더라도 피해 갈 확률이 더 높았을 이 합병증이 왜 하필 내 친구의 부인에게 찾아왔을까?

마른장마가 이어지던 7월 중순, 쌍둥이를 출산한 후 병실에서 안정을 취하던 산모는 점점 심해지는 호흡 곤란을 호소했다. 급기야는 앉아서 몸을 앞으로 굽히지 않으면 숨쉬기 힘든 지경에 이르자 당직 의사가 그녀를 대학병원 응급실로 이송했다. D 의료원 도착 당시, 쌍둥이 엄마는 이미 심부전 상태였다. 인공호흡기로 호흡유지가 되지 않아 에크모(체외막 산소화 장치)까지 달았지만 상태는 더 나빠지기만 했고, 결국 그녀는 헬기를 통해 심장 이식수술이 가능한 서울의 S 병원으로 이송되었다.

"친구야, 이게 무슨 일이고? 나는 정말 무섭다. 애기 낳으면서 죽는다는 건 말로만 들었지 우리 집사람한테 이런 일이 생길 줄은 정말 몰랐다."

중환자실에는 보호자가 같이 지낼 수 없어서 친구는 S 병원 인근 모텔에 숙소를 잡았다고 했다.

퇴근 후 숙소 근처로 가서 친구를 만나고 돌아오는 길. '툭, 툭' 하며 꼭 내게 시비를 거는 듯 빗방울이 달리는 차창에 들러붙기 시작한다. 생업도 내팽개친 채 아내를 데리고 서울로 날아온 친구에게 나는 해 줄 말이 별로 없었다. 친구의 아내는 좌심실의 수축 기능이 30% 이하로 떨어졌다. 내 말 듣고 안 지운 거라고 했던 친구 말이 진담이었다면, 이 엄청난 재앙에 나 역시 책임이 있는 게 아닌가?

빗줄기가 점점 굵어지면서 자동 모드로 설정된 윈도브러시는 더 경망스럽게 왔다 갔다 하며 시야를 교란한다. 내가 길을 잘못 들었다는 걸 깨달았을 무렵, 문득 또렷하게 떠오르는 얼굴 하나가 있다. 의대 본과 3학년

말, 나는 산부인과에서 첫 병원 실습을 시작했다. 날것 그대로의 열정이 펄떡거리던 천둥벌거숭이는 마치 메디컬 드라마의 주인공이라도 된 듯 위풍당당했지만, 병원 안에서 학생이 하는 일이라고는 지켜보기와 허드렛일뿐이었다. 산부인과 수술실 앞에 꾸어다 놓은 보릿자루처럼 서 있던 내게 마침내 미션이 주어졌다. 그것은 바로 수술대기실로 가서 다음 수술 환자가 누워 있는 이동 침대를 찾아 끌고 오는 일이었다.

내가 데려올 환자는 제왕절개수술을 받을 산모가 분명했는데 이름표를 확인하여 찾아낸 해당 침대에는 몸집이 초등학생 정도로밖에 안 보이는 여인이 누워 있었다. 신원 대조를 위해 이름을 부르며 얼굴을 마주했을 때 나는 흠칫하고 말았다. 눈과 눈 사이가 멀고, 코는 낮고, 입은 벌어져 있는 그 얼굴은 바로 다운증후군의 특징적 외모였다. 수술실까지 침대를 밀고 오는 동안 지켜본 그녀는 주기적으로 찾아오는 진통에 얼굴이 일그러지면서도 고통을 이해 없이 그대로 흘려보내는 것처럼 텅 빈 표정이었다.

수술실 앞에 도착하여 다음 지시를 기다리는 동안, 나는 그녀의 머리맡으로 다가갔다. 학생으로서 내가 할 수 있는 건 없었지만 내가 데려온 이 특별한 산모에게 뭐라도 해 주고 싶었다. 생각 끝에 나는 이불 속에서 그녀의 자그마한 손을 찾아 꼭 잡아 주었다.

"○○ 씨, 힘내세요."

놀란 강아지처럼 움찔하던 그녀는 나를 물끄러미 쳐다본다. 그 텅 빈 얼굴에 수줍고 해맑은 웃음이 채워진다. 아픈 것도 잊은 천사 같은 미소에 내 가슴이 뜨거워지면서 왠지 울컥했지만, 수술을 앞둔 환자 앞에서 의사처럼 옷을 입은 사람이 눈물을 보이면 안 될 것 같아 꾹 눌러 참았다. 그 광경을 옆에서 지켜보고 있던 산부인과 레지던트 1년차 선생님이 내게 말했다.

"쌤은 꼭 마음 따뜻한 좋은 의사가 될 겁니다. 지금의 이런 따뜻함을 잃지 마세요."

나에게서 그 선생님에게로 인계된 침대가 수술실 안으로 빨리듯 들어간 후 그대로 닫혀 버렸던 시간의 문이 스르륵 다시 열린다. 그녀는 어떻게 임신하게 되었던 걸까? 아이 아빠는 누구일까? 같은 다운증후군 환자였을까? 그녀는 자신과 닮은 다운증후군 아기를 낳았을까? 만약 정상아를 낳았다면 그 아이는 엄마를 어떻게 받아들였을까?

열린 문 사이로 쏟아져 나온 질문들이 차창에 부딪히는 빗방울처럼 내 의식에 맺혔다 흘러내린다.

'여러 신체적, 정신적 이상을 가질 가능성이 큰 다운증후군 환자에게 임신과 출산은 그 자체가 험난한 과정일 수 있습니다. 그리고 태어날 아기도 다운증후군일 가능성이 큽니다.'

아마 산모와 보호자는 의사로부터 그런 설명을 들었을 것이다. 그리고 의사는 그 남다른 임산부가 건강하게 임신을 유지하고 안전하게 출산할 수 있도록 최선을 다해 도왔을 것이다. 하지만 딱 거기까지다. 의사에게 그보다 더 깊이 개입할 권한은 없다. 아무리 산모가 임신을 감당하기 힘든 몸이고, 태아가 장애를 갖고 태어날 확률이 크다고 해도, 그 생명의 존속 여부를 심판하는 일은 누구의 몫도 아니다.

이혼 위기 속에 생긴 쌍둥이라 해도 예외는 없다. '지울까? 그냥 낳을까?'라는 물음에 답할 수 있는 자격은 의사인 나에게도, 친구인 나에게도 없었다. 어쩌면 친구도 이왕 주어진 두 생명을 지키겠다는 결심을 확고히 하려고, 낙태를 반대할 것이 분명한 나를 결정에 끌어들인 게 아니었을까?

친구의 숙소에서 우리 집까지는 30분이면 도착할 거리였는데, 나는 한 시간이 넘도록 낯선 길을 헤매고 있었다. 물음표와 느낌표를 머금은 빗물이 모여 형성된 개울이 성찰의 물줄기가 되어 나 자신을 향해 흐른다.

나는 지금 어떤 의사로 살고 있나? 다운증후군 산모에게 해 줄 게 없어서 손이라도 잡아 주었던 실습학생 때보다 해 줄 수 있는 게 많아진 지금, 나는 그 시절의 간절한 마음을 아직 간직하고 있는가? 그리고 그때 나를 격려해 주었던 레지던트 선생님이 잃지 말라고 했던 그 따뜻함의 온도를 잘 유지하며 사는가? 스스로 책임의 한계를 정해 놓고 선을 긋는 방어 진료라는 갑옷 속에 거북이처럼 숨은 채 타성에 젖어 혹은 시간에 쫓겨 내가 할 수 있는 것까지 안 하고 있는 건 아닐까?

미궁 같던 헤맴을 벗어나 마침내 집으로 향하는 익숙한 도로에 접어들었을 때, 나는 그 천둥벌거숭이 시절, 할 수 있는 것이 없었지만 뭐라도 해 주고 싶었던 그때의 순수한 열정을 다시 찾고 싶어졌다.

"잘 도착했냐?"

길을 헤맨 탓에 도착 안부를 묻는 친구의 전화를 한창 주행 중에 받았다.

"친구야, 고맙다."

상념의 수증기로 자욱한 내 의식 속에 꼭 들어와 보기라도 한 것처럼, 친구는 앞뒤 자른 감사 인사를 툭 던진다.

"무슨 소리냐? 별로 해 주는 것도 없는데."

"의사 친구가 곁에 있는 것만으로 든든하다."

그래, 나는 그의 의사 친구다. 10대 시절부터 병치레가 잦았던 친구는 어딘가 안 좋을 때마다 내게 전화하곤 했다. 그리고 나를 이름으로 혹은 오빠로 부르는, 내 주변의 수많은 아기 엄마들은 아이가 아플 때면 소아과 의사인 나에게 먼저 연락을 해 온다. 의사는 가까운 병원에 가도 있는데, 그들은 왜 꼭 멀리 있는 아는 의사를 찾는 걸까? 아마도 그들은 아는 의사로부터 믿을 만한 의학적 조언과 더불어 마음의 위안을 받고 싶은 것이리라. 비록 내가 대단한 권능을 가진 의사는 못되더라도, 그들의 고충에 공감하고 두려움을 이길 수 있게 도와주는, 그저 따뜻한 사람은 될 수 있으니까. 그렇다면 내 진료실을 찾아오는 환자와 보호자들 역시 그들 나름의 아는 의사로부터 받고 싶을 그것을, 혈연도 지연도 없지만 그들이 믿고 찾아온 의사인 내가 먼저 해 주면 되지 않을까?

"희망을 잃으면 다 잃는 거다. 힘내자, 친구야."

'기적이라는 것도 있으니까.'

의사된 자로서 환자나 보호자 앞에서 기적을 말하는 것을 조심스럽게 여기는 편이지만, 나와 직간접적으로 연결된 환자에게 크고 작은 기적이 일어나길 바라는 은밀한 기도 행위는 계속된다.

최후의 보루인 심장 이식수술에 앞서 마지막으로 시도해 보자고 했던 약물치료에서 정말 기적적으로 반응이 나타났다. 전원 후 하루 만에 에크모를, 그다음 날에는 인공호흡기까지 뗀 쌍둥이 엄마는 S 병원으로 옮겨진 후 4주 만에 심장 기능을 60% 정도로 회복된 상태에서 퇴원을 했다. 출생한 산부인과 신생아실에 그대로 맡겨져서 한 달 넘게 엄마와 떨어져 지내야 했던 쌍둥이도 집으로 돌아갔다.

"쌍둥이는 잘 커?"

"그래, 잘 큰다."

"부부 사이는 좋냐?"

"요즘은 이래도 흥 저래도 흥 한다. 그냥 감사하며 살아야지."

아직 부인의 상태는 퇴원 당시와 별 차이 없다고 했다. 쌍둥이네 집은 원래 친구의 가게 건물 3층에 있었는데, 계단 오르내리기 힘든 아내를 위해 아파트로 이사를 갔다고 한다.

쌍둥이 엄마가 잃어버린 40%의 심장 기능이 다시 돌아올지는 알 수 없다. 하지만 그녀를 향한 친구의 사랑은 어느새 돌아와 그 40%의 공백을 채우고 있는 것 같다. 19세기 낭만주의 시대의 절름발이 꽃미남 시인, 조지 고든 바이런George Gordon Byron 경은 '행복은 쌍둥이로 태어난다Happiness was born a twin'고 했다. 어쩌면 행복의 쌍둥이 형제는 불행이고, 그 둘은 서로 몸이 붙은 채 평생을 함께 살아가야 하는 샴쌍둥이인지도 모르겠다.

제16회 장려상 수상작이다. 글쓴이 곽재혁은 피터소아청소년과의원 원장으로, 수상 소감에서 "수상 소식을 안 후, 친구로부터 전화가 걸려왔다. 아이 넷 중 셋이 아프다는 전화였다. 짧지 않은 의료 상담 후, 별일 없냐는 친구의 물음에 괜히 찔려 머뭇거렸고, 친구는 난데없이 둘째 생겼냐는 엉뚱한 오해를 했다. 사실대로 친구에게 실토했고, 작품 파일까지 보내줄 수밖에 없었다. 내 글쓰기 욕망의 희생양이 되고도 외려 내 글의 주인공이 되어 영광이라고 말해 준 친구로부터 장려상보다 더 큰 상을 받은 것 같다"고 말했다.

...

# 크리스마스의 기적

크리스마스이브였다. 다정한 연인들이 손잡고 거리를 거닐거나, 예수님의 탄생을 축복하면서 예배를 드리거나, 가족들이 서로 선물을 주고받으며 기뻐하는 날이다.

그런 날 당직이었던 나는 당직실에서 책을 읽고 있었다. 콜이 없다니 드문 한때였다. 당직실 책장에서 대충 집어 든 책은 신생아 심폐소생술을 다룬 의국책이었다. 넘기다 보니 머리글이 눈에 들어왔다.

이제껏 내가 생각해 온 가장 아름다운 머리글은 해부학 교과서《Ciba》의 것이다. 그 책은 모든 의대생이 읽는 기본 중의 기본서로, 머리말 페이지 한가운데 'To my wife, Vera'라는 단 한 줄이 쓰여 있다. 자신의 책가장 앞쪽 페이지를 단지 부인만을 위해 헌정한다니……. 그 한 페이지를 나는 참 좋아했다. 밥상머리에서도 해부학만을 생각할 것 같은 네터 박사에게도 사랑하는 사람이 있는 '삶'이 존재한다는 걸 천명하는 그 한 페이지가, 그 뒤로 줄줄 외워야 하는 '비인간적인' 빽빽한 페이지들로 넘어가기 전에 늘 위안이 되어 주었다.

그런데 이번에 신생아 심폐소생술 책 서론에서 맞닥뜨린 문장이, 네터 박사의 것 못지않게 나의 눈과 마음을 사로잡았다.

'Birth is beautiful, miraculous, and probably the single most dangerous event that most of us will ever encounter in our life times.'

풀이하자면 이와 같다.

'탄생이라는 것은 아름답고, 기적적이며, 아마도 우리가 삶에서 맞닥뜨리는 가장 위험한 사건일 것이다.'

누군가 책의 서론만 읽어도 책의 에센스는 다 아는 것이라고, 그러니 책에서 가장 중요한 부분이라고 말한 적 있었다. 과연 너무 공감 가는 말이라 '맞아, 정말 맞아'를 반복해서 중얼거릴 수밖에 없었다.

신생아 중환자실에 있는 모든 아이들은 이 말 한마디로 설명을 할 수있다. 갓 태어난 아기를 병원에 입원시켜야 할 때, 많은 부모님이 같은 질문을 한다.

"다들 아무 일 없이 태어나는데, 왜 우리 아이만 입원해야 하나요?"

어떨 때는 그것이 자신의 잘못이냐고 죄책감을 담아, 어떨 때는 의료진의 잘못 아니냐며 의구심을 가지고, 왜 자신의 아이는 남과 같지 못하냐고 묻는다.

그러나 사실은 이러하다. 어째서 '내 아이만 예외냐'고 묻지만, 실상은 내 아이가 그 모든 위험의 가능성에서 '예외가 아니었기' 때문이라는 것. 우리의 아이들은, 그리고 우리들은, 너무도 기적적으로 탄생했다. 사산할 위험이 가장 큰 임신 초기를 거쳐, 태아로서는 어두컴컴하고 미래를 예측할 수 없는 엄마의 자궁 속에서 온갖 위험을 겪고, 버티고, 성장하고, 마침내 신체 체계가 바뀌는 쓰나미 같은 변화를 겪으며 태어난다. 그 과정에서 죽는 아기들도 많았다. 건강한 탄생은 너무도 운이 좋아서 일어나는 기적 같은 일이다. 그 기적을 당연한 것으로 여기기에 "왜 내 아이만 입원해야 하느냐?"고 묻는 것이다. 그럴 때 우리는 대답한다.

"탄생은 너무나 힘든 일이에요. 그 힘든 과정을 견뎌 낸 것도 대견한 일이에요. 아기는 엄마 아빠를 만나기까지, 아주 힘들게 이 길을 온 거예요."

그리고 한마디 더 덧붙인다.

"입원한 아기들은 병원에 있느라 보이지 않아서 몰랐을 뿐, 사실은 아주 많답니다."

그러면 자신과 자신의 아기만 고통을 겪는다는 생각에 더 가슴 아파하던 부모님들이 조금은 위안을 받는다.

그랬기에 신생아 심폐소생술 책의 머리글을 보고, 나는 마치 누군가가 '맞아요, 탄생이란 정말 그런 거랍니다' 하고 말해 주는 것 같아서 이번에는 내가 위로를 받았다. 크리스마스이브에 맞닥뜨린, 크리스마스 선물 같은 이 말이 퍽 맘에 들던 참이었다.

"선생님! 지금 바로 분만실로 와 주세요!"

새벽에 응급 콜이 왔다. 우리 병원에는 처음 온 환자였는데 갑자기 산통이 와서 이곳 응급실에 왔다는 것이다. 자궁이 이미 열려 있고 태아의 상태가 좋지 않아 급하게 출산해야 하는 상황이었다. 아기는 30주 정도라

했다. 미숙아들의 주수는 예후에 영향을 많이 미치는데, 30주 정도면 20주에 비하면 좋은 예후가 예상된다.

그러나 수술실에 도착해 보니 예상과는 달랐다. 아기는 산도에서 빼낸 이후에도 아무런 반응이 없었다. 심폐소생술을 시도하다가 죽는 아기들도 아프가(신생아 상태 평가) 점수가 처음부터 10점 중 0점인 경우는 거의 없는데, 이 아기는 아무런 움직임도 호흡도 없었다. 아기는 자궁에서 이미 죽은 상태로 병원에 온 것일까?

바로 심폐소생술을 시작했다. 아기의 가느다란 기관에 삽관하고 앰부(수동 인공호흡기)를 짜고 약을 투여했다. 손가락으로 가냘픈 가슴팍을 누르며 심장 마사지를 했다.

'이러려고 오늘 내가 신생아 심폐소생술 책을 읽고 있었나' 하는 생각이 순간 스쳐 지나간다. 아기의 심장박동은 뛰지 않았고 호흡도 움직임도 전혀 없었다. 그 위험한 탄생의 순간을 결국 건너지 못한 것인가. 아기는 검푸르고, 죽은 작은 새처럼 보였다. 아무 반응이 없는 아기의 심장과는 달리 나의 심장은 미친 듯이 쿵쿵거렸다.

'이 추운 날, 왜 이렇게 급히 나왔니, 아기야……'

울고 싶었다. 살 수 있을 주수에 아기가 죽는 일이 드문 건 아니다. 주수 외에도 탄생을 위협하는 요소들은 너무 많다. 출생이라는 관문 자체가 pass or fail이다. 사산의 원인이 밝혀질 때도 있고 밝혀지지 않을 때도 있다. DNA의 문제일 때도 있고 아닐 때도 있으며, 자궁 내 원인일 때도 아닐 때도 있다. 그러니 아기가 사산되었다 해도 놀라운 일은 아니다. 그래도…… 출생한 지 5분이 지나고도 심폐소생술에 아무런 반응이 없다니. 이제 그만 죽었다고, 이미 죽어 있었다고 받아들여야 하나 생각할 무렵, 갑자기 '움찔' 하고 아주 작은 움직임, 그러니까 아기의 손가락이 움직이는 것 같은 떨림이 느껴졌다.

착각인가? 혹시나, 하고 다시 청진하는 나의 귀에 아주 느린 심장 소리
가 들리기 시작했다.

쿵. 쿵. 쿵. 쿵.

미약하지만 확실한 심장박동 소리였다.

참 이상하다. 죽었다는 생각이 들 때, 포기해야 하는지 의구심을 가질
때, 모든 바이털 사인이 잡히지 않았는데, 손가락을 움찔거리며 살아나다
니. 마치 가위눌린 것을 풀기 위해 손가락을 움직이려고 애쓰는 것처럼 말
이다.

그 작고 가녀린 손가락의 움직임. 아주 힘겹게 들리기 시작한 심장 소
리. 아기가 사력을 다해 살 수 있다는 희망을 보여 주었으니, 나 역시 가위
눌림에서 풀려나야 한다.

에피네프린도 한 번 더 주고, 앰부를 짜면서 할 수 있는 모든 일을 했다.
기도 삽관 튜브로 들어간 산소가 이제야 아기에게 닿는 듯, 까맣게 죽어
있던 살갗에 불그스레한 핏기가 돌아오기 시작했다. 그제야 그 새벽 수술
실 모든 의료진이, 멈추고 있는 줄도 몰랐던 숨을 토해 내었다.

크리스마스이브 그 새벽 아기의 출생은 몇 개의 랩과 아프가 점수로 요
약되었다.

'APGAR 0점/6점. 출생 직후 0점. 그리고 5분 후 6점.'


다음 날 아침, 출근한 동기는 이를 보고 "크리스마스이브 새벽에 죽다
살아나다니, 자기가 예수님인 줄 알았나 봐!" 하고 농담했다. 나도 속으로
크리스마스의 기적일지도 모른다고 생각했다. 신생아 집중치료실보다 크
리스마스의 선물을 필요로 하는 곳은 없을 테니까.

아기가 죽은 상태로 맞이하는 아침이 될 수도 있었다. 그렇다면 나는 복도를 서성이며 불안해하던 보호자가 결국 눈물을 토해 내도록 만들었겠지. 크리스마스에 밝게 웃는 사람들 틈에서 그 보호자는 더더욱 무거운 눈물을 흘렸을 테지.

다행히도, 힘들게 나왔지만 이제 안정되고 있다고 보호자에게 말해 줄 수 있는 아침이라니. 메리 크리스마스라고 말할 수 있는 아침에 감사하다. 이 아기가, 예전의 우리들이, 그리고 우리의 아기들이 그 모든 위험에서 빠져나온 기적을 살고 있다. 그것을 떠올리게 해 준 크리스마스라 다행이다. 신생아 심폐소생술 책의 첫 문장대로 탄생이라는 것은 아름답고, 기적적이며, 아마도 우리가 삶에서 맞닥뜨리는 가장 위험한 사건일 테니까.

제17회 장려상 수상작이다. 글쓴이 이정진은 원당 서울의원 소아청소년과 원장으로, 수상 소감에서 "환자에게 누가 되지 않아야 한다는 생각에 '의사로서의 수필'을 쓰는 마음이 마냥 가볍지만은 않았다. 누군가가 죽고 사는 현실을 태평하게, 모든 게 다 괜찮았던 추억으로 포장할 수는 없다는 마음에, 외면할 수 없는 현실에, 그리하여 모든 아이들이 더 개선된 환경에서 '충분히 치료받기'를 애타게 바라는 마음에 글을 썼다"고 말했다.

# 날로 궁핍해져 가는 요즘 세상에
# 온기를 불어넣는 글들

정호승·한창훈·홍기돈

　15회 한미수필문학상에 투고된 작품은 모두 84편이었다. 투고된 작품의 수로 보자면 예년과 크게 다를 바 없었으나, 질의 측면에서는 비약적인 성장이 확인되었다. 응모작의 평균 수준이 크게 상승한 데 따라 차마 낙선시키기 아쉬운 작품들을 내려놓아야 하는 심사자들의 고민과 아쉬움은 여느 때보다 클 수밖에 없었다.

　심사 과정은 다음과 같았다. 1차 심사는 한창훈·홍기돈이 맡아 진행했고, 각각 전반부와 후반부에 투고된 응모작을 나누어 심사하여 20편의 작품을 심사 대상으로 올렸다. 1차 심사에서 거른 40편을 대상으로 세 명의 심사자들은 각각 15편 내외의 수상작을 추려서 최종 심사 대상으로 추천했다. 2차 예선이었던 셈이다. 심사자들이 겹쳐서 추천한 경우도 있고, 각각 추천한 경우도 있었던 까닭에 본심에서의 심사 대상은 25편으로 좁혀졌다. 수상작은 토론을 거쳐 이들 가운데서 선정했다.

　세 사람의 심사자에게서 모두 추천을 이끌어 낸 작품은 다섯 편이었다. 〈죽음에 관하여〉, 〈목화송이 한 바구니〉, 〈그와 그녀의 이야기〉, 〈용설란〉, 〈라면 한 그릇〉. 각각의 장단점을 논의하는 과정에서 커다란 논쟁 없이 대상작은 〈죽음에 관하여〉로 정해졌다. 문장의 완성도, 안정적인 구성, 내용을 이끌어가는 묘미, 죽음의 의미에 관한 성찰 등이 고평되었기 때문이다.

반면 어느 한 작품을 장려상으로 내려보내야 하는가를 둘러싸고는 치열한 논의가 펼쳐졌다. 〈그와 그녀의 이야기〉는 다른 작품들과 변별되는 소재를 확보했고, 이를 의사의 심리 묘사로 이어가는 데 성공했을 뿐만 아니라, 별개의 사건을 하나의 소재로 묶어 내는 솜씨가 만만치 않다. 〈용설란〉은 읽고 난 뒤 잔잔한 울림이 남는데, 소년 같은 설렘이라든가 용설란이라는 소재의 배치, 그녀의 질문 및 태도 등이 적재적소에 간결하게 자리해 있다. 〈목화송이 한 바구니〉는 환자와 의사의 깊은 교감이 두드러지는데, 의사의 체험과 환자의 삶이 한데 어울려 가는 흐름이 자연스러운 것이 수필의 정석에 다가가 있다. 〈라면 한 그릇〉은 의사가 할 수 있는 역할이 어디까지인가를 생각게 하는 한편 라면이라는 상징을 적절하게 살리고 있다.

논의 끝에 결국 장려상으로 결정된 작품이 〈라면 한 그릇〉이다. 마지막 문장이 자꾸 라면의 의미를 확인시키려는 군더더기로 거슬렸기 때문이다. 〈목화송이 한 바구니〉의 끝맺음 처리가 너무 성의 없지 않은지 지적이 있었으나 삶과 죽음의 돌연한 경계를 드러내는 계산일 수 있다는 반론이 힘을 얻었다.

장려상은 세 심사자가 각각의 미덕을 제시하고 설득하는 방식으로 선정했다.

우리가 사는 세계가 날로 궁핍해져 가고 있으나, 그럴수록 누군가는 온기를 불어넣고자 노력해야 할 것이다. 그래야만 우리는 인간의 존엄을 지켜 짐승으로 굴러떨어지고 마는 비극에서 벗어날 수 있다. 그런 점에서 선정되었든 그렇지 못하였든 응모작들은 모두 따뜻하기 이를 데 없다. 만만치 않은 심사였으나 줄곧 훈훈했던 까닭은 바로 거기에 있을 게다.

# 한미수필문학상의 연륜을
# 확인할 수 있었던 글들

정호승·한창훈·홍기돈

　제16회 한미수필문학상에 투고된 수필은 99편이었으니 예년과 큰 차이가 없었다. 그런데도 한미수필문학상의 연륜은 투고된 작품의 질에서 확인할 수 있었던바, 예심을 통과한 31편의 원고들은 내려놓기 아까운 수준에 도달해 있었다. 비록 수상권에 들지 못했다 하더라도 이만한 작품들까지 중추를 이루고 있으니 한미수필문학상의 미래는 든든하다고 말할 수 있겠다.

　그러한 까닭에 장려상을 선정하는 데 곤란이 뒤따랐으나, 상쾌한 기분이 동반하는 고뇌였다. 좋은 수필을 투고해 주신 모든 분들께 고마움을 전한다.

　대상으로 뽑은 작품은 〈악수〉이다. 이는 피부과 의사가 좀처럼 맞닥뜨리기 어려운 상황을 소재로 취하고 있다. 물론 소재의 참신성만으로 좋은 수필이 되는 것은 아니다. 대체로 이러한 상황에서 의사들은 자신의 분야가 아니라며 환자를 이리저리 뱅뱅 돌리는 것이 현실인데, 이 글의 화자는 연구를 거듭하며 효과적인 치료법을 찾아내었다. 참신한 소재와 어울리면서 바람직한 의사의 역할이 부각된 것이다. '유레카를 외친 아르키메데스의 기분'이라든가 '자, 우리 이제 다신 보지 말자'라는 청년과의 마지막 인사 등은 〈악수〉의 저자가 지닌 녹록잖은 글쓰기 감각을 보여 주는 대목이라고 할 수 있다. 단문으로 이어진 문장 구성도 안정감을 확보하고 있기에 세 사람의 심사위원은 대상의 영예를 〈악수〉에 부여하기로 합의할 수 있었다.

우수상으로 선정한 작품은 〈죽음을 배우다〉, 〈생명의 의미-기적 혹은 아이러니〉, 〈들고양이와 날개〉이다.

〈죽음을 배우다〉는 진중하게 펼쳐지는 성찰이 돋보이는 작품이다. 글의 흐름도 잔잔한 물이 흐르듯 매끄러우며, 문장 역시 차분하고 탄탄하다. 화자가 직면한 할머니의 투병과 죽음을 환자의 투병과 죽음에 교직하는 솜씨도 훌륭하였다. 다만 읽고 난 뒤 남는 뚜렷한 인상이 없어서, 다소 밋밋한 감이 있는 점은 아쉬움으로 남았다.

〈생명의 의미-기적 혹은 아이러니〉는 내용이 퍽 강렬하여 인상이 오래 남는다. 삶과 죽음의 경계를 넘나드는 아기의 상황을 따라가다 보면 정말 생명에 관하여 다시 한번 생각해 보게 된다. 글이 끝난 뒤에서도 여전히 이어지는 울림이 이 작품의 강점인데, 아이러니 1, 2, 3으로 펼쳐지는 구성이 과연 최선의 선택이겠는가가 의문으로 남았다.

〈들고양이와 날개〉의 소재는 그리 새로울 게 없다. 반복되고 방치되는 가정 폭력과 이로 인해 발생한 청소년의 상처를 치료하는 의사의 이야기는 올해만 해도 몇 편이나 투고되었다. 그렇지만 우리에게는 끊임없이 반복 확인하여 늘 경계하여야 할 사회적 의제가 있는바, 〈들고양이와 날개〉가 다루는 소재도 이에 속할 것이다. 이 작품은 이러한 성격의 소재를 강렬하게 그려 냈는데, 아이의 냉소적인 태도와 외양을 형상화하는 데 성공하여 이루어 낸 성취라 할 수 있다. "너는 버틴다고 해도 네 동생은 어떻게 하게?"라는 대사를 매개 삼아 해결 국면으로 넘어가는 구성 또한 효과적이었다.

# 수상작에서 내려놓기 아까운
# 좋은 작품들 많아

정호승·한창훈·홍기돈

제17회 한미수필문학상에 응모된 작품들은 모두 88편이었다. 예년보다 응모작 편수가 다소 떨어진 편이나, 평균 수준은 그대로 유지하고 있으니 장려상의 수를 더 늘려야 하지 않겠느냐는 심사위원들의 제안이 이어졌다. 그만큼 수상작에서 내려놓기 아까운 작품들이 많았는데, 한미수필문학상의 위상이라든가 역량은 바로 이처럼 든든한 지반 위에서 확보되는 것이리라는 생각을 할 수 있었다.

정성 들여 써 내려간 좋은 작품을 투고해 주신 모든 응모자 여러분께 고마운 인사를 올린다.

이번 대상으로 선정한 작품은 〈제자리〉이다. 먼저 완성도 높은 문장이 심사자들의 마음을 끌었고, 단문 구성의 치밀한 연결만큼이나 사건의 진행도 촘촘했다. 그리고 사태를 지켜보는 시선이 어느 편으로도 기울어지지 않고 시종 냉정함을 유지하고 있는바, 문장·구성·시각이 긴밀하게 결합해 있다고 하겠다. 그러면서도 중요한 대목에서 상황을 집약하여 하나의 문장으로 제시해 내는 능력도 인상적이었는데, "배를 세 번을 째고 다시 제자리네요!"라든가 글의 처음과 마지막 문장이 대표적이다.

우수작은 〈광야를 지나며〉, 〈돌아오지 않는 강〉, 〈마음 읽어 가기〉이다. 〈광야를 지나며〉에 대해 심사위원들은 모두 깊은 울림이 오래 남은 경우라고 입을 모았다. 자신의 아픔을 이처럼 절절하게 전달할 수 있는 것만 해도 좋은 작품이라는 사실은 분명했다. 다만 한미수필문학상의 취지가 '환자-의사 관계의 신뢰 회복과 바람직한 의료문화 확산'에 맞춰져 있는데, 〈광야를 지나며〉는 아버지로서의 입장이 중심에 배치되어 있지 않느냐는 사실이 논란거리로 떠올랐다. 결국 '을'의 입장이 된 의사가 대한민국 의료 현실을 지적하는 내용이 드러난다는 견해를 수용하여 우수상으로 선정하였다.

〈돌아오지 않는 강〉 또한 문장의 완성도가 높다. 인문학적 교양을 바탕으로 화가 이중섭과 사진작가 환자의 상황을 자연스럽게 겹쳐 놓은 뒤, 예술에 대한 생각으로 정리해 내는 솜씨도 만만치 않다. 글쓰기에 대한 숙련이 만만치 않음을 드러내고 있었다. 이러한 덕목은 충분히 고평해야 하겠으나, 작품 자체의 완성도가 환자와의 교감으로써 빚어졌다기보다는 글쓴이의 (인)문학 역량 위에서 축조된 측면이 커 보인다. 울림을 이끌어 내지 못하는 까닭은 그 때문이다.

일상의 표면 위를 부유하는 일상인들과는 달리, 예술가들은 대상의 심층으로 파헤쳐 들어가 그 의미를 길어 올리고자 한다. 그러한 작업을 거쳐야만 '하나의 몸짓'이 비로소 '꽃'으로 거듭날 수 있기 때문이다. 〈마음 읽어 가기〉는 의료행위를 통해서도 그러한 성취가 가능함을 보여준다. 영상검사 사진의 패턴을 기계적으로 읽고 싶다는 유혹을 거부하고 생명체로서의 환자를 'reading'하려고 할 때 깊은 고민이 뒤따르겠지만, 그 깊이와 비례하는 것이 의술의 가치가 아닐까. 환자의 마음까지 'reading'하기 위해 노력하는 태도에 박수를 보낸다.

---

우수작 중 〈광야를 지나며〉는 저자의 요청으로 본 책에 실리지 않았다.

---

# 심사위원 소개

정호승은 시인이다. 1950년 하동 출생으로 경희대 국문과와 대학원 졸업했다. 1972년 〈한국일보〉 신춘문예 동시 '석굴암을 오르는 영희', 1973년 〈대한일보〉 신춘문예 시 '첨성대', 1982년 〈조선일보〉 신춘문예 단편소설 '위령제'가 당선됐다. 《슬픔이 기쁨에게》, 《별들은 따뜻하다》, 《외로우니까 사람이다》, 《포옹》 등 다수의 시집을 냈다. 소월시문학상, 동서문학상, 정지용문학상, 상화시인상, 공초문학상 등을 수상했다.

한창훈은 소설가다. 1963년 여수시 삼산면 거문도에서 출생했다. 음악실 디제이, 트럭 운전사, 커피숍 주방장, 건설 현장 막노동꾼 등의 이력을 얻은 후 전업작가의 길로 들어섰다. 1992년 〈대전일보〉 신춘문예에 단편소설 '닻'으로 당선된 후, 《바다가 아름다운 이유》, 《세상의 끝으로 간 사람》, 《홍합》, 《꽃의 나라》 등 다수의 소설집을 냈다. 1998년 한겨레문학상, 2008년 제비꽃서민소설상 등을 수상했다.

홍기돈은 문학비평가다. 1970년 제주에서 출생했다. 1999년 '작가세계' 신인상을 수상하면서 문학비평가로 등단했다. 《페르세우스의 방패》, 《인공낙원의 뒷골목》, 《문학권력 논쟁, 이후》 등 다수의 평론집을 냈다. '김동리연구', '작가세계' 등의 편집위원을 역임했다. 현재 가톨릭대 국어국문학과 교수로 재직 중이다.

# 한미수필문학상
## 제정 취지 및 선정 방법

한미수필문학상은 날로 멀어져 가는 환자-의사 관계의 신뢰 회복을 희망하는 취지에서 제정되었다. 신문 〈청년의사〉가 주최하고, 한미약품(주)이 후원하는 본 상은 수필 공모전으로서 지난 2001년부터 매년 하반기에 작품을 공모해 왔다.

대한민국 의사 면허 소지자라면 누구나 응모할 수 있으며, 자신이 진료한 환자를 소재로 하여 원고지 20매 내외로 작성된 수필이 공모 대상이다. 심사는 시인 정호승이 심사위원장을, 소설가 한창훈과 문학평론가 홍기돈이 심사위원을 맡아 진행한다. 시상식은 다음 해 1월 말경에 있다. 대상 1인에게는 상금 500만 원과 상패, 우수상 3인에게는 상금 200만 원과 상패, 장려상 10인에게는 상금 100만 원과 상패가 각각 수여된다.

의사가 자신이 진료했던 환자를 소재로 쓴 수필을 대상으로 하는 본 상은, 환자와 의사 사이의 이해관계를 돕고 올바른 환자-의사 관계 재정립에 기여하고 있다.

※ 이 책에는 15회부터 17회까지 수상한 40편의 작품이 실렸다. 원래는 42편의 작품이어야 하지만 작품 두 편을 저자의 요청으로 싣지 않았다.

# 그는 가고 나는 남아서

지 은 이 김원석·남궁인·오홍권 외

펴 낸 날 1판 1쇄 2018년 5월 21일
1판 3쇄 2019년 7월 25일

펴 낸 이 양경철
편집주간 박재영
편    집 강지예
디 자 인 박찬희

발 행 처 ㈜청년의사
발 행 인 양경철
출판신고 제313-2003-305호(1999년 9월 13일)
주    소 (04074) 서울시 마포구 독막로 76-1(상수동, 한주빌딩 4층)
전    화 02-3141-9326
팩    스 02-703-3916
전자우편 books@docdocdoc.co.kr
홈페이지 www.docbooks.co.kr

ISBN 978-89-91232-71-6 (03810)

책값은 뒤표지에 있습니다.
잘못 만들어진 책은 서점에서 바꾸어 드립니다.